怪盗《かいとう》クイーン

ブラッククイーンは微笑《ほほえ》まない

はやみね かおる／作《さく》　K2《ケーツー》商《しょう》会《かい》／絵《え》

講談社 青い鳥文庫

もくじ

◇おもな登場人物《とうじょうじんぶつ》◇

友人《ゆうじん》

仕事上《しごとじょう》の
パートナー

友人《ゆうじん》

仕事仲間《しごとなかま》

クイーン

C調《シーちょう》と遊《あそ》び心《ごころ》がモットーの怪盗《かいとう》。飛行船《ひこうせん》で世界《せかい》じゅうに出没《しゅつぼつ》する。

ジョーカー

クイーンの仕事上《しごとじょう》のパートナー。

RD《アールディー》

飛行船《ひこうせん》トルバドゥールを管理《かんり》する、世界一《せかいいち》の人工知能《じんこうちのう》。

友人《ゆうじん》

先輩《せんぱい》

師匠《ししょう》

弟子《でし》

師匠《ししょう》？

ヤウズ

皇帝《アンプルール》の弟子《でし》。

皇帝《アンプルール》

クイーンの師匠《ししょう》。伝説《でんせつ》の大怪盗《だいかいとう》。

ブラッククイーン

クイーンの名《な》を騙《かた》る偽者《にせもの》。

パシフィスト

クイーンの古《ふる》い友人《ゆうじん》で、トレジャーハンター。

国際刑事警察機構《ICPO》

M《エム》

ルイーゼの上司《じょうし》。正体《しょうたい》は謎《なぞ》に包《つつ》まれている。

ルイーゼ

13人《にん》の探偵卿《たんていきょう》をまとめる元《もと》・探偵卿《たんていきょう》。

最強《さいきょう》コンビ？

仙太郎《せんたろう》

コンビニ王《おう》をめざす探偵卿《たんていきょう》。

ヴォルフ

武闘派《ぶとうは》の探偵卿《たんていきょう》。

マンダリン

フランス人《じん》の探偵《たんてい》卿《きょう》。家族《かぞく》とうまくいっていない。

ウァドエバー

天才的《てんさいてき》な犯罪《はんざい》センスをそなえる詳細《しょうさい》不明《ふめい》の探偵卿《たんていきょう》。

パイカル

ウァドエバーの助手《じょしゅ》。“スキップ”の異名《いみょう》を持《も》つ。

OPENING《オープニング》　スキップのパイカルとヴァドエバー

ぼくの名前《なまえ》はパイカル。

まわりからは、〝スキップのパイカル〟とよばれてる。これは、飛《と》びはねるように歩《ある》くスキップが上手《じょうず》だからではない。今年《ことし》の春《はる》、飛び級制度《スキップ》を使《つか》って、十五歳《さい》で大学《だいがく》を卒業《そつぎょう》したからだ。

卒業《そつぎょう》するとき、大学《だいがく》の研究室《けんきゅうしつ》にのこるよういわれたが、ぼくには国際刑事警察機構《ICPO》の探偵卿《たんていきょう》になるという夢《ゆめ》があった。

そのために体《からだ》もきたえ、勉強《べんきょう》もがんばってきたんだ。……勉強《べんきょう》のほうはがんばりすぎてしまったような気《き》もするけどね。

そして、なんとか探偵卿《たんていきょう》の助手《じょしゅ》になることができた。

探偵卿《たんていきょう》になるというと、友《とも》だちは口《くち》をそろえていった。「やめとけ。」と——。この反応《はんのう》で、探《たん》偵卿《ていきょう》に対《たい》する世間《せけん》のイメージが、よくわかるというものだ。

「探偵卿《たんていきょう》ってのは、常識《じょうしき》があるとなれないんだろ？」

そんなふうにいわれるほど、探偵卿《たんていきょう》というのは〝個性派《こせいは》〟ぞろいである。

探偵卿《たんていきょう》の仕事《しごと》よりコンビニでバイトすることを優先《ゆうせん》する日本人探偵卿《にほんじんたんていきょう》。

推理力《すいりりょく》を使《つか》わず腕力《わんりょく》で事件《じけん》を解決《かいけつ》するドイツ人探偵卿《じんたんていきょう》。

〝調子っ外れ《ホンキートンク》〟などというあだ名《な》をつけられていたイギリス人探偵卿《じんたんていきょう》。

心《こころ》に傷《きず》を持《も》つ、暗《くら》い性格《せいかく》のフランス人探偵卿《じんたんていきょう》。

「現実《げんじつ》は、いつもぼくを傷《きず》つける」が口《くち》ぐせの、ギリシャ人探偵卿《じんたんていきょう》。

探偵卿《たんていきょう》になることを夢見《ゆめみ》ているぼくでも、彼《かれ》らの顔《かお》を思《おも》いうかべると、『世界《せかい》の奇人変人《きじんへんじん》』とか『万国《ばんこく》びっくりショー』ということばが頭《あたま》の中《なか》をグルグルする。

いや、ほかの探偵卿《たんていきょう》がどれだけかわり者《もの》でも、関係《かんけい》ない。重要《じゅうよう》なのは、ぼくが、尊敬《そんけい》される探《たん》偵卿《ていきょう》になればいいということだ。

探偵卿《たんていきょう》は世界《せかい》で十三人《にん》しか認《みと》められていない。その中《なか》の一人《ひとり》が定年退職《ていねんたいしょく》したり殉職《じゅんしょく》したりした場合《ばあい》、助手《じょしゅ》の中《なか》から昇格《しょうかく》できる仕組《しく》みだ。

つまり、助手《じょしゅ》になることが、探偵卿《たんていきょう》への第一歩《だいいっぽ》だ。

しかし、助手《じょしゅ》になったからといって安心《あんしん》できない。

まったくちがう仕事《しごと》をしていた者《もの》が、才能《さいのう》を買《か》われて、助手《じょしゅ》を経験《けいけん》することなく探偵卿《たんていきょう》になったりすることもある。この場合《ばあい》、現役《げんえき》の探偵卿《たんていきょう》が解雇《かいこ》される。

あと、どの探偵卿《たんていきょう》の助手《じょしゅ》になるかというのも、重要《じゅうよう》になってくる。

性格《せいかく》がよく、いろいろ仕事《しごと》のことを教《おし》えてくれる探偵卿《たんていきょう》につくとラッキーだ。反対《はんたい》に、性格《せいかく》が悪《わる》く、仕事《しごと》のことを教《おし》えてくれない探偵卿《たんていきょう》につくと、最悪《さいあく》だ。

ぼくは、ウァドエバーという探偵卿《たんていきょう》の助手《じょしゅ》になった。このとき、いろんな人《ひと》から、川《かわ》に落《お》ちた犬《いぬ》を見《み》るような目《め》で見《み》られた。コンビニ店員《てんいん》の制服《せいふく》を着《き》た探偵卿《たんていきょう》からは、日本語《にほんご》で「ゴシュウショウサマデス。」といわれた。「ゴシュウショウサマデス。」の意味《いみ》は、すぐにわかるときがきたが、彼《かれ》がなぜコンビニ店員《てんいん》の制服《せいふく》を着《き》ていたかはいまもわかってない。


ウァドエバーについて、書《か》いておこう。

国籍不明《こくせきふめい》。正確《せいかく》な年齢《ねんれい》も、探偵卿《たんていきょう》になるまでなにをしていたかも不明《ふめい》。

ウァドエバーという名前《なまえ》も、本名《ほんみょう》かどうかわからない。

外見《がいけん》は、眼鏡《めがね》をかけた中年男性《ちゅうねんだんせい》。きっちりしたヘアスタイルと、ピシッとした背広姿《せびろすがた》は、どこから見《み》てもふつうのビジネスマンだ。

見《み》た目《め》の印象《いんしょう》がうすい。これが、彼《かれ》の最大《さいだい》の特徴《とくちょう》といえる。

そして、もう一つの特徴《とくちょう》は、彼《かれ》の本質《ほんしつ》が〝絶対的《ぜったいてき》な悪《あく》〟だということだ。犯罪《はんざい》をおこなうことにためらいがない。純粋培養《じゅんすいばいよう》された犯罪者《はんざいしゃ》。――これが、ウァドエバーだ。

探偵卿《たんていきょう》になったきっかけは、国際刑事警察機構《ICPO》の上層部《じょうそうぶ》がスカウトしたからだというが、疑《うたが》わしい。

どうやら、スカウトではなく、犯罪者《はんざいしゃ》として逮捕《たいほ》したというのが真実《しんじつ》のようだ。

では、なぜ犯罪者《はんざいしゃ》が探偵卿《たんていきょう》になることができたのか？

事件《じけん》を解決《かいけつ》するには、犯人《はんにん》の心理《しんり》がわからないといけない。その点《てん》、ウァドエバーは本質《ほんしつ》が犯《はん》罪者《ざいしゃ》。ほかのどの探偵卿《たんていきょう》より、犯人《はんにん》の気持《きも》ちになって推理《すいり》することができると考《かんが》えたからだと思《おも》う。

日本《にっぽん》の警察《けいさつ》には、〝悪党《あくとう》を退治《たいじ》するために集《あつ》められた七人《にん》の悪党《あくとう》〟の組織《そしき》があるという。国際刑事警察機構《ICPO》は、ウァドエバーに〝悪《あく》を退治《たいじ》するための、悪《あく》の探偵卿《たんていきょう》〟を期待《きたい》したのだろうか？

……だったら、上層部《じょうそうぶ》は根本的《こんぽんてき》にまちがってる。

七人《にん》の悪党《あくとう》には、正義《せいぎ》の心《こころ》がある。

ヴァドエバーには、それがない。いままで多《おお》くの犯罪者《はんざいしゃ》を逮捕《たいほ》してきてるが、それは正義感《せいぎかん》からではなく、自分以外《じぶんいがい》の犯罪者《はんざいしゃ》がきらいだからだ。

以前《いぜん》、彼《かれ》は真剣《しんけん》な顔《かお》で、ぼくにいった。

「パイカルくん。きみは、犯罪者《はんざいしゃ》をどう思《おも》うかね？」

「ゆるせない悪《あく》だと思《おも》います。一人《ひとり》でも多《おお》くの犯罪者《はんざいしゃ》をつかまえるのが、ぼくの仕事《しごと》だと思《おも》ってます。」

面接試験《めんせつしけん》なら、百点満点《てんまんてん》の答《こた》えを、ぼくは口《くち》にした。

満足《まんぞく》そうにうなずくヴァドエバー。

「なるほど。しかしそれは、きみが〝本物《ほんもの》〟を知《し》らないからじゃないだろうか？」

「……本物《ほんもの》？」

そのときのぼくは、彼《かれ》がなにをいってるのか理解《りかい》できなかった。

「きみが知《し》ってる犯罪者《はんざいしゃ》は、すべて〝本物《ほんもの》〟ではない。チンピラの小悪党《こあくとう》だ。そういう醜《みにく》い連中《れんちゅう》をゆるせないというのは、とても理解《りかい》できる。」

「………………」

「だが、〝本物《ほんもの》〟の犯罪者《はんざいしゃ》はちがう。パイカルくんも〝本物《ほんもの》〟に会《あ》ったら、考《かんが》え方《かた》がかわると思《おも》うよ。〝本物《ほんもの》〟の犯罪者《はんざいしゃ》は……なによりも美《うつく》しい。」

やさしい口調《くちょう》だったけど、きいてたぼくはゾッとした。まるで、首筋《くびすじ》にカミソリの刃《は》をあてられたような感《かん》じがして、ぼくは首《くび》をすくめる。

「ウァドエバーさんは、本物《ほんもの》に会《あ》ったことがあるんですか？」

ぼくの質問《しつもん》に、しばらく考《かんが》えるウァドエバー。

そして、ぼくの肩《かた》をポンとたたいていった。

「きみが探偵卿《たんていきょう》になったら、かならず〝本物《ほんもの》〟の犯罪者《はんざいしゃ》に会《あ》えるよ。」

このとき、ぼくは恐怖《きょうふ》で体《からだ》がふるえた。ウァドエバーがこわかったからじゃない。本物《ほんもの》の犯罪者《はんざいしゃ》に会《あ》いたい——そう考《かんが》えてる自分《じぶん》がこわかったんだ。

ウァドエバーの犯罪捜査能力《はんざいそうさのうりょく》は、高《たか》く評価《ひょうか》されている。

しかし、彼《かれ》が捜査《そうさ》にのりだすことは、あまりない。捜査方法《そうさほうほう》が違法行為《いほうこうい》スレスレというより、ふつうに違法行為《いほうこうい》だったり、捜査費用《そうさひよう》が莫大《ばくだい》な金額《きんがく》になったりするからだ。

「わたしには、理解《りかい》できない。法律《ほうりつ》を守《まも》る気《き》のない犯罪者《はんざいしゃ》を相手《あいて》にするのに、どうしてこちらだけ法律《ほうりつ》を守《まも》って捜査《そうさ》しなければいけないんだ？」

法律《ほうりつ》を守《まも》る気《き》のないウァドエバーのことば。

「それに、わたしのポケットマネーから捜査費用《そうさひよう》は出《だ》している。だれも文句《もんく》はいえない。」

ウァドエバーは、信《しん》じられないくらいの大富豪《だいふごう》といわれている。どうやって大富豪《だいふごう》になったかを考《かんが》えるとこわいものがある。

以前《いぜん》、こういうことをいわれた。

「金《かね》は、あるところにはある。貧《まず》しい者《もの》が、一生《いっしょう》かかっても稼《かせ》げない金《かね》を、一部《いちぶ》の大富豪《だいふごう》は数秒《すうびょう》で稼《かせ》いでるからね。そこから持《も》ってきたら、だれでも大富豪《だいふごう》になれる。」

「でも……それって、犯罪《はんざい》ですよね？」

ぼくの質問《しつもん》に、彼《かれ》は答《こた》えをいわない。

推理力《すいりりょく》はあると思《おも》う。もっとも、ウァドエバーの場合《ばあい》、〝推理力《すいりりょく》〟というより〝悪知恵《わるぢえ》〟といったほうがピッタリくるような気《き》がする。

なにより最大《さいだい》の問題点《もんだいてん》は、助手《じょしゅ》のぼくに、彼《かれ》はなにも教《おし》えてくれないということだ。

「いやいや、おれはおどろいてるんだぜ。」

コンビニの制服《せいふく》を着《き》た探偵卿《たんていきょう》が、ぼくにいった。

「ウァドエバーの助手《じょしゅ》になって、十日《とおか》以上《いじょう》我慢《がまん》できたやつはいない。それが、きみはもう半年《はんとし》ももっている。じつに、たいしたもんだ。」

「…………」

「いま、きみがどれくらい我慢《がまん》できるか、探偵卿《たんていきょう》の間《あいだ》で盛《も》りあがってるんだ。もし辞《や》めるのなら、あと二か月《げつ》で辞《や》めてくれると、おれに金《かね》がはいるんだ。」

「ひょっとして、賭《か》けてるんですか？」

ぼくの質問《しつもん》に、彼《かれ》は笑《わら》ってこたえない。でも、ウァドエバーのようなこわさはなかった。

助手《じょしゅ》が辞《や》めるのは、ウァドエバーのやり方《かた》についていけないからだろう。

たとえば、ウァドエバーは手書《てが》き以外《いがい》の報告書《ほうこくしょ》を認《みと》めない。

「文書《ぶんしょ》ファイルは、第三者《だいさんしゃ》によって書《か》きかえることができる。信用《しんよう》できない。」

こんなことをいうのは、探偵卿部局内《たんていきょうぶきょくない》では彼《かれ》だけだ。

「心配《しんぱい》しすぎじゃないでしょうか？　国際刑事警察機構《ICPO》のシステムに侵入《しんにゅう》し、ファイルを書《か》きかえることができるとは思《おも》えません。」

ぼくがいい返《かえ》すと、ウァドエバーはおだやかな口調《くちょう》でいった。

「そんなあまい認識《にんしき》では、わたしの助手《じょしゅ》として認《みと》めることはできない。」

「…………」

ぼくは、我慢《がまん》して報告書《ほうこくしょ》を手書《てが》きしている。

そして今日《きょう》、ウァドエバーに上司《じょうし》のルイーゼからよびだしがあった。もちろん、助手《じょしゅ》のぼくもいっしょにいくことになる。

探偵卿《たんていきょう》が所属《しょぞく》する探偵卿部局《たんていきょうぶきょく》は、建物《たてもの》の深部《しんぶ》にある。もっとも、探偵卿《たんていきょう》は世界中《せかいじゅう》に散《ち》らばっているため、この建物《たてもの》にいつもいるのはルイーゼだけである。

現役時代《げんえきじだい》は「伏兵《ヒンターハルト》」とよばれていた彼女《かのじょ》。いまは、探偵卿《たんていきょう》をまとめる中間管理職《ちゅうかんかんりしょく》をしている。

世界《せかい》でおこる怪事件《かいじけん》を解決《かいけつ》するためには、十三人《にん》の探偵卿《たんていきょう》をしっかり管理《かんり》しないといけない。

——彼女《かのじょ》の瞳《ひとみ》は使命感《しめいかん》に燃《も》えてるけど、じっさいやってることは、学級崩壊《がっきゅうほうかい》している一年生《ねんせい》のクラス担任《たんにん》みたいだと思《おも》う。

ちなみに、いつも部下《ぶか》の健康《けんこう》と幸《しあわ》せを願《ねが》う彼女《かのじょ》の愛読書《あいどくしょ》は、『部下《ぶか》をのばす上司《じょうし》の心得《こころえ》』だ。

長《なが》い廊下《ろうか》を歩《ある》きながら、ぼくはウァドエバーに話《はな》しかける。

「ひさしぶりの仕事《しごと》ですね。」

「そうだな。だが、油断《ゆだん》はできない。つまらない仕事《しごと》だったら、そのまま引《ひ》き返《かえ》そう。」

きびしいことをいってるが、彼《かれ》の表情《ひょうじょう》はゆるんでる。鼻歌《はなうた》でも歌《うた》いだしそうだ。こんな上《じょう》きげんのウァドエバー、ひさしぶりだ。

『ルイーゼ』と書《か》かれたピンクのプレートがさがったドアを、ぼくがノックする。

「失礼《しつれい》します。」

あいさつするのも、ぼく。ウァドエバーは、ぼくの後《うし》ろで、とうぜんという感《かん》じでふんぞり返《かえ》ってる。

「どうぞ。」

ルイーゼにいわれ、ぼくらは部屋《へや》にはいる。

「おひさしぶりね、ウァドエバーちゃんにパイカルちゃん。」

デスクの前《まえ》のルイーゼが、ぼくらを見《み》て目《め》を細《ほそ》める——いや、正確《せいかく》に書《か》くと、もともと細《ほそ》い目《め》をさらに細《ほそ》める。

バッグを出《だ》し、キャンディを、二つ出《だ》した。

「アメちゃん、食《た》べる?」

ウァドエバーが、ぼくの背中《せなか》を押《お》す。「もらってこい。」という意味《いみ》だ。

キャンディをなめながら、ウァドエバーがいった。

「じつにおひさしぶりです。あまりによびだしがかからないので、わたしのことなど忘《わす》れてると思《おも》ってましたよ。」

純度《じゅんど》百パーセントの皮肉《ひにく》をいうウァドエバー。

ルイーゼは、それを無視《むし》して、デスクの引《ひ》き出《だ》しから書類《しょるい》の束《たば》を出《だ》す。

「今回《こんかい》の指令《しれい》よ。」

また、ウァドエバーが、ぼくの背中《せなか》を突《つ》く。ぼくは書類《しょるい》をとると、彼《かれ》にわたした。

書類《しょるい》を受《う》けとり、ペラペラめくるウァドエバー。

ぼくは背伸《せの》びして、書類《しょるい》をのぞきこむ。『怪盗《かいとう》クイーン逮捕計画《たいほけいかく》』と書《か》かれた文字《もじ》が見《み》える。

その脇《わき》には、『超極秘《ちょうごくひ》』の判子《はんこ》。

心臓《しんぞう》が、ドキドキする。犯罪者《はんざいしゃ》を追《お》う探偵卿《たんていきょう》になれば、かならず出会《であ》うであろう名前《なまえ》。でも、こんなにはやく、その機会《きかい》がくるなんて……。

クイーンの名前《なまえ》が知《し》られるようになったのは、ぼくが小《ちい》さかったころ。予告状《よこくじょう》を出《だ》し、獲物《えもの》を華麗《かれい》に盗《ぬす》みだすクイーンに、ぼくらは夢中《むちゅう》になった。

TAKETOMI vil.

しかし、最近《さいきん》は、あまり熱心《ねっしん》に仕事《しごと》をしていない。せっかく盗《ぬす》みだした獲物《えもの》もすててしまったり、暗殺者集団《あんさつしゃしゅうだん》と闘《たたか》ったり……。

本来《ほんらい》の仕事《しごと》である〝怪盗《かいとう》〟をサボってるような気《き》がする。

だけど最近《さいきん》、秘宝《ひほう》「アイリスのほほえみ」を盗《ぬす》んでからは、それまでためたエネルギーをいっきに放出《ほうしゅつ》するかのように犯行《はんこう》をくりかえしている。

世界各地《せかいかくち》で被害《ひがい》がでている状況《じょうきょう》に、国際刑事警察機構《ICPO》もだまってはいられなくなったのだろう。

書類《しょるい》を読《よ》んだウァドエバーが、ぼくの背中《せなか》を突《つ》いた。彼《かれ》から書類《しょるい》の束《たば》を受《う》けとり、ルイーゼに返《かえ》す。

すこし間《ま》をおいて、ウァドエバーが口《くち》をひらいた。

「わたしにクイーン逮捕《たいほ》の命令《めいれい》を出《だ》すということは、あなたたちも、ようやく本気《ほんき》になったようですね。」

「まるで、いままで本気《ほんき》じゃなかったような言《い》い方《かた》ね。」

「真剣《しんけん》にクイーンをつかまえようと思《おも》っていたら、もっとはやくに、わたしを使《つか》っていたはずです！」

ルイーゼのことばをさえぎり、デスクに手《て》を突《つ》くヴァドエバー。

その迫力《はくりょく》に、ぼくの体《からだ》がかたまる。

でも、ルイーゼの表情《ひょうじょう》に変化《へんか》はない。

「いままでのことはともかく、上層部《じょうそうぶ》がクイーン逮捕《たいほ》の命令《めいれい》を出《だ》した。それで、あなたは、どうするの？」

彼女《かのじょ》の質問《しつもん》に、ヴァドエバーがニヤリと笑《わら》った。

「クイーンを逮捕《たいほ》できるのは、十三人《にん》の探偵卿《たんていきょう》の中《なか》で、わたししかいない。いつ命令《めいれい》がでてもいいように、準備を進めていました。」

「…………」

「そして、わたしに命令《めいれい》がでたということは、クイーンが逮捕《たいほ》されるというのとおなじ意味《いみ》です。」

「すごい自信《じしん》ね。」

「とうぜんです。わたしは、ヴァドエバー。すべての犯罪者《はんざいしゃ》を超《こ》える存在《そんざい》です。」

「でも、相手《あいて》は怪盗《かいとう》クイーン。そうかんたんにいくかしら？」

挑戦《ちょうせん》するような目《め》つきに、ヴァドエバーは肩《かた》をすくめる。

そして、指《ゆび》を三本《ぼん》のばしていった。

「今日《きょう》から三か月以内《げついない》に、この部屋《へや》に手錠《てじょう》をかけたクイーンをつれてきましょう。楽《たの》しみにしていてください。」

「楽《たの》しみにしてるわ。」

ほほえむルイーゼ。

ウァドエバーは片頬《かたほお》で笑《わら》い、部屋《へや》をでていこうとする。ぼくがついていこうとすると、

「ここからの準備《じゅんび》は、わたしが一人《ひとり》でする。きみは、わたしがいうまで待機《たいき》していたまえ。」

「わかりました。」

ウァドエバーといっしょにいなくていいと思《おも》うと、うれしい反面《はんめん》、彼《かれ》がどのような準備《じゅんび》をするかが気《き》になる。

「ドアをあけたまえ。」

ウァドエバーがいった。

ぼくがあけたドアからでていこうとするウァドエバー。

ルイーゼが、引《ひ》き留《と》める。

「退室《たいしつ》するときは、きちんとあいさつしなさい。」

ルイーゼの説教《せっきょう》に、ふりかえることなくウァドエバーはこたえる。

「Oh,whatever……（はいはい……。）」

「〝はい〟は、一回《かい》だけ！」

しかし、そのことばは、部屋《へや》をでていったウァドエバーにはとどかない。

ルイーゼは、また大《おお》きなため息《いき》をつく。

「パイカルちゃんも、苦労《くろう》するわね。」

部屋《へや》にのこされたぼくに、ルイーゼがいった。

ぼくは、うなずくしかない。

Scene《シーン》01 基本的生活習慣《きほんてきせいかつしゅうかん》 is《イズ》 DIFFICULT《ディフィフィカルト》

世界《せかい》を飛《と》びまわる超弩級巨大飛行船《ちょうどきゅうきょだいひこうせん》トルバドゥールには、暗《くら》くなったから夜《よる》、明《あか》るくなったから朝《あさ》という感覚《かんかく》はない。

朝日《あさひ》を浴《あ》びたかったら、夜《よ》が明《あ》けた国《くに》へ飛《と》んでいけばいい。

夜《よる》の闇《やみ》を漂《ただよ》いたかったら、太陽《たいよう》からにげるように影《かげ》の部分《ぶぶん》を飛《と》べばいい。

だから、トルバドゥールを操《あやつ》る人工知能《じんこうちのう》RD《アールディー》は、船内《せんない》に人工的《じんこうてき》な夜《よる》や朝《あさ》をつくっている。

[怪盗《かいとう》の世界《せかい》は、きびしいものなのです。早寝早起《はやねはやお》きをし、いつも体調《たいちょう》を完璧《かんぺき》にしておく必要《ひつよう》があります。だからわたしは、トルバドゥール船内《せんない》の太陽光照明《たいようこうしょうめい》を明《あか》るくしたり暗《くら》くしたりして、体内時計《たいないどけい》が狂《くる》わないようにしてるんです。]

ある雑誌《ざっし》のインタビューで、RD《アールディー》は得意《とくい》げにこたえた。

[現《げん》に、規則正《きそくただ》しく生活《せいかつ》してるジョーカーの体《からだ》は、おそろしいほどのスピードできたえられてま

す。」

ここで、RD《アールディー》の声《こえ》の調子《ちょうし》がかわった。

［まぁ、そういうのをまったく気《き》にしてない人《ひと》もいますけどね……。」

基本的生活習慣《きほんてきせいかつしゅうかん》ができてない怪盗《かいとう》クイーンには、夜《よる》になったから寝《ね》る、朝《あさ》になったから起《お》きるという感覚《かんかく》はない。

ねむくなったら寝《ね》る、満足《まんぞく》するまで寝《ね》てればいい——そう思《おも》っている。

［あなたは、怪盗《かいとう》なんですよ。どうして、もっと自分《じぶん》にきびしく、怪盗《かいとう》らしく生活《せいかつ》しようとしないんですか？」

RD《アールディー》に小言《こごと》をいわれると、耳《みみ》をピッと後《うし》ろにするクイーン。

そう、クイーンは怪盗《かいとう》を生業《なりわい》としている。

怪盗《かいとう》？　そんなものは、SNS《エスエヌエス》が発達《はったつ》し、指先《ゆびさき》一つであらゆる人々《ひとびと》とつながったような気持《きも》ちになれる現代《げんだい》、絶滅《ぜつめつ》してしまったのではないか？　——あなたは、そう思《おも》うかもしれない。

いや、怪盗《かいとう》は生《い》きている。

夜《よる》の闇《やみ》に浪漫《ロマン》を感《かん》じ、赤《あか》い夢《ゆめ》の中《なか》で遊《あそ》ぶ子《こ》どもがいるかぎり、怪盗《かいとう》が死《し》ぬことはない。

［そこまで怪盗《かいとう》を主張《しゅちょう》するのなら、もっと、自覚《じかく》を持《も》ってください。］

RD《アールディー》にいわれ、クイーンは耳《みみ》を元《もと》の位置《いち》にもどす。

「いまのは、ききずてならないね。怪盗《かいとう》としての自覚《じかく》？　──わたしは、自覚《じかく》の塊《かたまり》といっていい存在《そんざい》だよ。」

［それでは、もうすこし規則正《きそくただ》しい生活《せいかつ》を心《こころ》がけてください。どれだけいっても、あなたの生活《せいかつ》態度《たいど》はふしだらなままです。規則正《きそくただ》しく小言《こごと》をいう習慣《しゅうかん》が、わたしの身《み》についただけです。］

フッと肩《かた》をすくめるクイーン。

そして、上《うえ》から目線《めせん》でRD《アールディー》にいう。

「人生《じんせい》に必要《ひつよう》なのは、C調《シーちょう》と遊《あそ》び心《ごころ》だと思《おも》わないかい？」

［〝C調《シーちょう》と遊《あそ》び心《ごころ》〟は、〝怪盗《かいとう》の自覚《じかく》〟と正反対《せいはんたい》のものに思《おも》えるのですが……。］

「それは、見解《けんかい》の相違《そうい》というやつだよ。『みんなちがってみんないい』ということばを、RD《きみ》に贈《おく》ろう。」

［…………］

RD《アールディー》は、だまってため息《いき》をつく。

世界最高《せかいさいこう》の人工知能《じんこうちのう》であるRD《アールディー》は、人間《にんげん》のようにため息《いき》をつくなどかんたんなことだ。また、判断力《はんだんりょく》も優《すぐ》れているため、クイーンにはなにをいってもむだだとわかったのだ。

なにもいわれないことに気《き》をよくしたクイーンは、笑顔《えがお》でいう。

「それで、朝《あさ》ご飯《はん》はなにかな？　健康《けんこう》に気《き》を遣《つか》うのなら、朝《あさ》からきちんと食《た》べないとね。」

「……………」

RD《アールディー》は、食事《しょくじ》に入《い》れてもクイーンに気《き》づかれない毒《どく》を開発《かいはつ》しようと決《き》めた。


ある日《ひ》――。

クイーンは、これ以上《いじょう》寝《ね》てると目《め》が溶《と》けてしまうのではないかと思《おも》われるほど、たっぷり睡眠《すいみん》をとった。

時刻《じこく》は、すでに午後《ごご》二時《じ》。

クイーンの部屋《へや》は、暖《あたた》かい太陽《たいよう》の日差《ひざ》しでまぶしいほどだ。

大《おお》きく伸《の》びをして、半天蓋《はんてんがい》ベッドから下《お》りるクイーン。

――それにしても、おもしろい映画《えいが》だった。

夜更《よふ》かしの原因《げんいん》は、深夜映画《しんやえいが》。いつの間《ま》にか、まわりの人《ひと》が宇宙人《うちゅうじん》に体《からだ》を乗《の》っとられていくというSF《エスエフ》ホラー映画《えいが》だ。家族《かぞく》や近所《きんじょ》の人《ひと》たちが、姿形《すがたかたち》はおなじなのに中身《なかみ》が宇宙人《うちゅうじん》になっているため、どこかちがうという恐怖《きょうふ》が白黒画面《しろくろがめん》で描《えが》かれている。

コーラのL《エル》サイズをかたわらに、ポップコーンのバケットをかかえ、クイーンは深夜映画《しんやえいが》を見《み》つづけた。こわいのだけど、画面《がめん》から目《め》がはなせない。

——また、ああいうワクワクする映画《えいが》に出会《であ》いたいものだ。

しかし、この満足感《まんぞくかん》も、RD《アールディー》の［また夜更《よふ》かししたんですか！］というお小言《こごと》を思《おも》うとどこかへ飛《と》んでいってしまう。

ため息《いき》をついて考《かんが》えるクイーン。

——だいたい、怪盗《かいとう》は夜《よる》の住人《じゅうにん》なんだ。その怪盗《かいとう》であるわたしに、［早寝《はやね》しなさい。］というのはまちがってる。

パジャマを脱《ぬ》ぎ散《ち》らかし、ナイトキャップを投《な》げすてるクイーンは、自分《じぶん》は悪《わる》くないという理《り》由《ゆう》をいっしょうけんめい考《かんが》える。

——つまり、夜更《よふ》かしも怪盗《かいとう》の仕事《しごと》の一つといえるだろう。ということは、わたしは、とても仕事熱心《しごとねっしん》な怪盗《かいとう》ということになる。

胸《むね》を張《は》るクイーン。

——そう、わたしは仕事熱心《しごとねっしん》なんだ！

自分《じぶん》の出《だ》した結論《けつろん》に満足《まんぞく》し、リビングにむかう。

リビングのテーブルでは、ジョーカーが新聞《しんぶん》を読《よ》んでいた。

「おはようございます、クイーン。」

立《た》ちあがってあいさつするジョーカーに、クイーンはおどろく。

てっきり「いったいいつまで寝《ね》てれば気《き》が済《す》むんですか。ぼくは、もうトレーニングを何《なん》セットもやりましたよ。」と、嫌《いや》みをいわれると思《おも》っていたからだ。

「……おはよう。」

クイーンは、すこし引《ひ》きつった笑顔《えがお》であいさつを返《かえ》し、ソファーにむかう。

ごろりと寝《ね》ころがり、ソファーの下《した》からワインのボトルをとりだす。

ちらりとジョーカーを見《み》る。クイーンがボトルを持《も》ったのを見《み》たはずなのに、なにもいわず新《しん》聞《ぶん》をひろげる。

部屋《へや》のすみについているＲＤ《アールディー》の人工眼《じんこうアイ》を見《み》る。赤《あか》く光《ひか》ってるということは、ちゃんと作動《さどう》してるということだ。

――おかしいな……。

拍子《ひょうし》ぬけするクイーン。

——てっきり、［これだけ寝《ね》ておいて、まだソファーに寝《ね》ころぶんですか？］とか［起《お》きてすぐワインですか。いいご身分《みぶん》ですね。］とか［いいかげんワインはワインセラーにおいてください。］と、嫌《いや》みをいわれると思《おも》ったのに……。

首《くび》をひねるクイーンの前《まえ》に、皿《さら》を持《も》ったRD《アールディー》のマニピュレーターがのびる。皿《さら》には、ふわふわリコッタパンケーキや、とろとろスクランブルエッグ、ハチミツではなくリンゴジュースを使《つか》ったグラノーラなどがのっている。

［こちらに朝食《ちょうしょく》をお持《も》ちしましたが、よろしかったでしょうか？］

「……ああ、ありがとう。」

ソファーに起《お》きあがったクイーンは、目《め》の前《まえ》におかれた朝食《ちょうしょく》を見《み》る。

——毒《どく》か？　毒《どく》がはいってるのか？

ナイフとフォークを持《も》ったクイーンは、考《かんが》える。

——いや、わたしはムラサメブラザーズのおかげで、毒《どく》が効《き》かない体《からだ》になっている。それは、RD《アールディー》も知《し》っている。

安心《あんしん》してフォークをのばしたクイーンの手《て》が、ピタリととまった。

——ひょっとして、新型《しんがた》の毒《どく》を開発《かいはつ》したのか！

クイーンの頰《ほお》を、冷《つめ》たい汗《あせ》が流《なが》れる。

[どうかしましたか?]

なかなか食事《しょくじ》しないクイーンに、RD《アールディー》がいった。

「いや……ちょっと、ポップコーンを食《た》べすぎたのかな。食欲《しょくよく》がなくて……。」

声《こえ》がふるえないよう気《き》をつけながら、クイーンはこたえた。

いつもなら、ジョーカーとRD《アールディー》から「寝《ね》るまえに食《た》べると太《ふと》りますよ。」[間食《かんしょく》はひかえてください。]という声《こえ》が飛《と》んでくるのだが、静《しず》かなまま。

それどころか、

「だいじょうぶですか?」

ジョーカーの心配《しんぱい》した声《こえ》。

[お薬《くすり》を用意《ようい》しました。]

すかさず、水《みず》のはいったグラスと胃腸薬《いちょうやく》の小瓶《こびん》をさしだすRD《アールディー》。

クイーンは、『クイダオレ胃腸薬《いちょうやく》AZ《エーゼット》』というラベルの貼《は》られた小瓶《こびん》を見《み》て、思《おも》った。

――毒《どく》! 毒薬《どくやく》がはいってるんだ!

ハンカチで額《ひたい》の汗《あせ》をおさえ、クイーンはジョーカーとRD《アールディー》にいう。

「そんなに心配《しんぱい》しなくても、すこし休《やす》んだら治《なお》るから。——この朝食《ちょうしょく》は、そのときにいただくよ。」

[わかりました。]

皿《さら》をさげるRD《アールディー》。

ジョーカーもテーブルにもどると、新聞《しんぶん》をひろげた。

その様子《ようす》を見《み》て、クイーンは考《かんが》える。

——どうしたんだ？　ジョーカーくんもRD《アールディー》も、やさしすぎる。

ちらちらとジョーカーを見《み》る。

——姿形《すがたかたち》は、ジョーカーくんだ。でも、中身《なかみ》がちがう。

そこまで考《かんが》えて、昨夜《ゆうべ》見《み》た映画《えいが》を思《おも》いだす。

——ひょっとして、宇宙人《うちゅうじん》に乗《の》っとられたのか！

クイーンの心臓《しんぞう》が、ドクンとはねる。大量《たいりょう》の汗《あせ》が、吹《ふ》きだす。

「どうかしたんですか、そんなに汗《あせ》をかいて——？」

心配《しんぱい》そうにきいてくるジョーカーに、クイーンは引《ひ》きつった笑顔《えがお》でこたえる。

「いや……エアコンがききすぎてるのかな？」

［では、すこし温度《おんど》をさげますね。］

やさしいＲＤ《アールディー》のことばに、クイーンの頭《あたま》の中《なか》で〝いつものジョーカーとＲＤ《アールディー》なら、こう反応《はんのう》する〟という映像《えいぞう》が流《なが》れる。

「それだけ汗《あせ》をかくということは、よほどかくしたいことがあるんですね？　また、通信販《つうしんはん》売《ばい》で妙《みょう》なものを買《か》ったんでしょ。ちなみに、この間買《あいだか》った『ラーメン屋台《やたい》セット』は粗大《そだい》ゴミで出《だ》しましたから。」

［すこしは、汗《あせ》をかいたほうがいいでしょ。毎日《まいにち》、運動《うんどう》せずゴロゴロしてるんですから。ちゃんとトレーニングして体《からだ》をしぼってるジョーカーを、見習《みなら》ってください。］

——乗《の》っとられてるな……。

クイーンは、確信《かくしん》した。

——ジョーカーくんにＲＤ《アールディー》。いますぐ、たすけてあげるからね。

気配《けはい》を殺《ころ》して立《た》ちあがり、ジョーカーの背後《はいご》に近《ちか》づく。

——首筋《くびすじ》に一撃《いちげき》をあたえ、気絶《きぜつ》させる。そのあとはロープでグルグル巻《ま》きにして吊《つ》るし、煙《けむり》でいぶせばでていくだろう。

タヌキを穴《あな》から追《お》いだすときのやり方《かた》に似《に》てるような気《き》がしたが、ほかに宇宙人《うちゅうじん》を追《お》いだす方法《ほうほう》を思《おも》いつかないクイーンだった。

『朧《ミラージュ》』の術《じゅつ》を使《つか》っているクイーンに、ジョーカーもRD《アールディー》も気《き》づかない。手刀《しゅとう》をふり下《お》ろそうとしたとき、ジョーカーが読《よ》んでる新聞記事《しんぶんきじ》が目《め》にはいる。

『怪盗《かいとう》クイーン参上《さんじょう》 秘宝《ひほう》「アイリスのほほえみ」を盗《ぬす》む』

派手《はで》な文字《もじ》を使《つか》った見出《みだ》しが、事件《じけん》の大《おお》きさをあらわしている。

おどろいたクイーンは、ジョーカーの手《て》から新聞《しんぶん》をうばう。

「どうしたんですか、クイーン！」

いきなり新聞《しんぶん》をうばわれたジョーカーがおどろく。それにはかまわず、記事《きじ》を読《よ》むクイーン。

博物館《はくぶつかん》にクイーンの名前《なまえ》で予告状《よこくじょう》を出《だ》し、警察《けいさつ》に厳重《げんじゅう》な警備《けいび》をさせたうえで獲物《えもの》を盗《ぬす》む——それは、まさに怪盗《かいとう》クイーンの犯行《はんこう》だ。

「なんだ、自分《じぶん》の記事《きじ》を読《よ》みたかったんですか。あなたのことだから、保管用《ほかんよう》・布教用《ふきょうよう》・観賞用《かんしょうよう》と三部《ぶ》は買《か》ってると思《おも》ったのですが。」

ジョーカーがクイーンにいうが、クイーンの耳《みみ》にはとどいてない。

——だれだ、このクイーンは……？

記事《きじ》の下《した》のほうについている不鮮明《ふせんめい》なカラー写真《しゃしん》。博物館《はくぶつかん》の屋根《やね》の上《うえ》——満月《まんげつ》を背《せ》にして立《た》つ、黒《くろ》いボディスーツの人物《じんぶつ》。逆光《ぎゃっこう》になっていて、顔《かお》はよくわからない。

「そういえば、昨夜《ゆうべ》は黒《くろ》いウイッグをつけてたんですか？　満月《まんげつ》の夜《よる》だから、いまの銀色《ぎんいろ》の髪《かみ》のほうが似合《にあ》うと思《おも》ったのですが——。」

ジョーカーのことばどおり、写真《しゃしん》の人物《じんぶつ》は実物《じつぶつ》とちがい黒髪《くろかみ》だ。

——ブラッククイーン……。

心《こころ》の中《なか》で名付《なづ》けるクイーン。

ジョーカーは話《はな》しつづける。

「ぼくは、あなたを見直《みなお》しましたよ。いつもゴロゴロしてるのは、こういう大仕事《おおしごと》のために体《からだ》を休《やす》めていたんですね。」

「クイーンは〝やればできる子《こ》〟だと信《しん》じてました。」

RD《アールディー》にもいわれ、クイーンは、

「いや、この記事《きじ》に書《か》かれてる怪盗《かいとう》は、わたしじゃない。」

と正直《しょうじき》に告白《こくはく》しようとした。しかし、心《こころ》の中《なか》にあらわれた黒翼《こくよく》をつけたクイーンがささやく。

〝もし、ここで正直《しょうじき》にいったら、どうなる？　ジョーカーくんは「おかしいと思《おも》ったんですよ。いまのあなたに、こんな華麗《かれい》な犯行《はんこう》ができるとは思《おも》えません。」というだろうし、RD《アールディー》は［根《ね》っからのダメっ子《こ》だと思《おも》ってました。］と評価《ひょうか》をかえるだろう〟

だまってるほうがよさそうだ——そう判断《はんだん》するのに、〇・二秒《びょう》もかからなかった。

クイーンは、わざとらしく自分《じぶん》の肩《かた》をポンポンたたく。

「わたしも年齢《とし》かな。この程度《ていど》の仕事《しごと》で、疲《つか》れるなんて……。」

「〝この程度《ていど》〟って……なにをいうんですか。これこそ、怪盗《かいとう》の仕事《しごと》ですよ。」

［疲《つか》れてとうぜんです。いまは、ゆっくり休《やす》むこともたいせつです。］

ジョーカーとRD《アールディー》にいわれ、

「じゃあ、もうすこし休《やす》ませてもらおうかな。」

リビングをでようとするクイーン。

［あとで、なにか元気《げんき》がでるような食事《しょくじ》を用意《ようい》します。］

RD《アールディー》のことばからにげるように、ベッドに潜《もぐ》りこむ。

――いったい、だれがわたしの名前《なまえ》を騙《かた》ったんだ……。

布団《ふとん》を頭《あたま》からかぶり、ブラッククイーンの正体《しょうたい》について考《かんが》える。

――警察《けいさつ》もマスコミも、わたしがやったと疑《うたが》わないほどの大胆《だいたん》な犯行《はんこう》。そのようなまねができる怪盗《かいとう》は、だれだ？

クイーンは、最近《さいきん》とどいた怪盗《かいとう》の業界紙《ぎょうかいし》を思《おも》いだす。『今月《こんげつ》デビューの新人《しんじん》コーナー』に、そんな大型新人《おおがたしんじん》のことは書《か》かれていなかった。

――ひょっとして、お師匠様《ししょうさま》？

クイーンは、自分《じぶん》の師匠《ししょう》――皇帝《アンプルール》を思《おも》いだす。

皇帝《アンプルール》は、すべての怪盗《かいとう》の頂点《ちょうてん》に立《た》つ者《もの》。かつて、クイーンを弟子《でし》としてきたえた（もしくは、いじめぬき虐待《ぎゃくたい》した）、伝説《でんせつ》の怪盗《かいとう》である。

――お師匠様《ししょうさま》なら、わたしとおなじ犯行《はんこう》をできるだろう。しかし、クイーンの名前《なまえ》を使《つか》うところがわからない。お師匠様《ししょうさま》なら、ご自分《じぶん》の名前《なまえ》で仕事《しごと》をされるはずだ。

もう、クイーンには心当《こころあ》たりがなくなった。

――しかし、このクイーンの名前《なまえ》を騙《かた》るとは、だれであろうとゆるされることじゃない。しかるべき報《むく》いを受《う》けてもらおう。

ニヤリと笑《わら》うクイーン。

しかし、すぐに笑顔《えがお》が消《き》えた。

心《こころ》の中《なか》にあらわれた、黒翼《こくよく》をつけたクイーンがささやいたのだ。

〝おいおい、ブラッククイーンをたおすのは、待《ま》ったほうがいいんじゃないのか？〟

——どういうことだ？

ベッドに立《た》ちあがったクイーンは、黒翼《こくよく》のクイーンがいったことを考《かんが》える。

〝この状況《じょうきょう》、理想的《りそうてき》だとは思《おも》わないか？　夜更《よふ》かし朝寝坊《あさねぼう》しても、ジョーカーとＲＤ《アールディー》からおこられない。がんばって仕事《しごと》してると思《おも》われてるから、とてもやさしくしてもらえる。そして、じっさいの仕事《しごと》をしてるのはブラッククイーンだから、自分《じぶん》が疲《つか》れることもない。——どうだ？〟

「らりほぉ〜！」

思《おも》わず歓声《かんせい》がこぼれる。

そして、拳《こぶし》をにぎりしめた。

「がんばれ、ブラッククイーン！」

トルバドゥールの航海日誌《こうかいにっし》を調《しら》べると、奇跡《きせき》のように平穏《へいおん》な日々《ひび》が書《か》かれた時期《じき》があった。

深夜映画《しんやえいが》にネトゲ、マンガ、一人《ひとり》カラオケ、深夜《しんや》ラジオ——クイーンは、好《す》きなだけ夜更《よふ》かしと朝寝坊《あさねぼう》をした。

でも、ジョーカーとRD《アールディー》からおこられない。その間《かん》、ブラッククイーンが、予告状《よこくじょう》を出《だ》し獲物《えもの》を盗《ぬす》む華麗《かれい》なる犯行《はんこう》をつづけたからだ。

クイーンがやったことといえば、たっぷり朝寝坊《あさねぼう》してからリビングにいき、「昨夜《ゆうべ》の警備《けいび》は、なかなかきびしかった。」とか「つぎの計画《けいかく》を練《ね》っていたら徹夜《てつや》になってしまった。」と、つぶやいただけだ。

それに対《たい》して、

「あまり、むりしないでくださいね。」

【たまには、気分転換《きぶんてんかん》にゴロゴロしてください。】

ジョーカーとRD《アールディー》からはやさしいことばがとどく。

「ありがとう。だけど、怪盗《かいとう》がわたしの生業《なりわい》だから。」

さらりというクイーンに、ジョーカーが尊敬《そんけい》の目《め》をむける。RD《アールディー》の赤《あか》い人工眼《じんこうアイ》もウルウルしてるように見《み》えた。

しかし、そんな平穏《へいおん》な日《ひ》がおわるときがきた。

すっかり朝寝坊《あさねぼう》の生活《せいかつ》が身《み》についたクイーンは、その日《ひ》もゆっくりベッドから這《は》いだし、リビングにむかった。

「クイーン！」

ドアをあけてはいってきたクイーンを見《み》て、ジョーカーがおどろいた声《こえ》を出《だ》す。

「どうかしたのかい、ジョーカーくん？　なんだか、幽霊《ゆうれい》でも見《み》たような顔《かお》をしているよ。」

クイーンは気楽《きらく》な声《こえ》でいい、ソファーに寝《ね》ころがる。

「RD《アールディー》、わたしの朝食《ちょうしょく》はどうなってる？」

「……………。」

RD《アールディー》は、こたえない。

だまったままマニピュレーターを使《つか》い、ジョーカーが見《み》ているテレビモニタをクイーンの見《み》やすい位置《いち》に移動《いどう》させる。

画面《がめん》には、ソファーにすわった高齢《こうれい》の婦人《ふじん》がうつっている。

タマネギのようなヘアスタイルの婦人《ふじん》。その前《まえ》には、全身《ぜんしん》にモザイク処理《しょり》された人物《じんぶつ》が、長《なが》い足《あし》を組《く》んですわってる。

「あたくし、『怪盗《かいとう》』を仕事《しごと》にしてる方《かた》に会《あ》うのは初《はじ》めてで、かなり緊張《きんちょう》してますの。」

タマネギ頭《あたま》の婦人《ふじん》がいう。

「紹介《しょうかい》がおくれましたわね。今日《きょう》のゲストは、いま、世界中《せかいじゅう》の秘宝《ひほう》・財宝《ざいほう》を盗《ぬす》みまくってる怪盗《かいとう》クイーンさんです。」

そのことばに、モザイク処理《しょり》された人物《じんぶつ》がかるくうなずく。

――こいつが、ブラッククイーン……。

自分《じぶん》とおなじ犯行《はんこう》をくりかえす怪盗《かいとう》を初《はじ》めて見《み》て、クイーンは、なんだか鏡《かがみ》を見《み》ているような気分《きぶん》になった。

「テレビをごらんの皆様《みなさま》におことわりしておきますが、クイーンさんは世界中《せかいじゅう》の警察機関《けいさつきかん》から追《お》われてます。そのため、映像《えいぞう》にはモザイクをかけ、声《こえ》もデジタル処理《しょり》させてもらいました。」

カメラ目線《めせん》だった婦人《ふじん》が、ブラッククイーンに目《め》をうつす。

「あーた、変装《へんそう》の名人《めいじん》だとおききしてるけど、いまの顔《かお》は素顔《すがお》じゃないの？」

「ええ、そうです。もっとも変装《へんそう》ばかりしてるので、素顔《すがお》を忘《わす》れてしまいましたけどね。」

ブラッククイーンのことばに、タマネギ頭《あたま》の婦人《ふじん》がコロコロと笑《わら》う。

「それで、どうしてきゅうに出演《しゅつえん》してくださることになったのかしら?」

「暇《ひま》つぶしですよ。人生《じんせい》は、あまりに退屈《たいくつ》ですからね。」

手《て》ぶりを交《ま》じえて、ブラッククイーンがこたえる。

婦人《ふじん》がうなずき、質問《しつもん》をつづける。

「あーたが予告状《よこくじょう》を出《だ》して獲物《えもの》を盗《ぬす》むのも、かんたんに盗《ぬす》んでは退屈《たいくつ》するからかしら?」

「そうですね。怪盗《かいとう》やってるのも、死《し》ぬまでの暇《ひま》つぶしですから。」

「ちがう!」

さけんだのは、テレビ画面《がめん》を見《み》ていたクイーンだ。

「ブラッククイーン、おまえは、怪盗《かいとう》というものをまちがって捉《とら》えている。怪盗《かいとう》は、暇《ひま》つぶしでやるようなものじゃない! いまのことばは、わたしやお師匠様《ししょうさま》をはじめとする全世界《ぜんせかい》の怪盗《かいとう》を侮辱《ぶじょく》することばだ。——ジョーカーくんもRD《アールディー》も、そう思《おも》うだろ?」

クイーンが画面《がめん》を指《ゆび》さし、熱《あつ》くさけぶ。

しかし、返《かえ》ってきたのは冷《つめ》たいことばだった。

[これはどういうことですか?]

「どうして、テレビにでてるはずのあなたが、ここにいるんですか?」

RD《アールディー》とジョーカーに追及《ついきゅう》され、なんとかごまかさなければ！　とクイーンは考《かんが》える。

「えーっとね……。これは、先日《せんじつ》の夜中《よなか》に収録《しゅうろく》があった番組《ばんぐみ》なんだ。録画放送《ろくがほうそう》なんだよ。」

完璧《かんぺき》な言《い》い訳《わけ》だと、クイーンは思《おも》った。

しかし――。

「新聞《しんぶん》のテレビ欄《らん》には、『怪盗《かいとう》クイーン緊急《きんきゅう》、生出演《しゅつえん》！』と書《か》いてありますよ。」

ジョーカーが、クイーンにむかって新聞《しんぶん》をひろげる。

「…………。」

考《かんが》える、クイーンは必死《ひっし》で考《かんが》える。

しかし、それよりはやくジョーカーが口《くち》をひらく。

「ひょっとして、この間《あいだ》からいっしょうけんめいはたらいていたのは、このテレビにでてるほうのクイーンですか？」

「…………。」

いまのクイーンは、飛車角《ひしゃかく》だけでなく、金《きん》も銀《ぎん》も桂馬《けいま》も香車《きょうしゃ》も歩《ふ》もすべてとられてしまった王《おう》将《しょう》のようなもの。

にげ場《ば》をなくしたクイーンは、ジョーカーとRD《アールディー》にむかって「ごめんなさい。」と頭《あたま》をさげた。

怪盗クイーン緊急"生"出演！

テーブルについたクイーンは、ブラッククイーンがでてる番組《ばんぐみ》を見《み》ている。

その横《よこ》には、ジョーカー。

RD《アールディー》も人工眼《じんこうアイ》を画面《がめん》にむけている。

――なんだか冷《つめ》たい空気《くうき》が流《なが》れてるが、これはエアコンのせいじゃないんだろうな……。

空気《くうき》の冷《つめ》たさを感《かん》じてるのに、汗《あせ》がクイーンの頬《ほお》を伝《つた》う。

テレビでは、まだブラッククイーンの出演《しゅつえん》がつづいていた。

「最後《さいご》に、みなさんがいちばん知《し》りたいことをきいちゃいますね。こんどの獲物《えもの》はなにかしら？」

「じつは、国際刑事警察機構《ICPO》が、わたしをつかまえようと必死《ひっし》になってるんです。餌《えさ》を用意《ようい》し、いろいろと準備《じゅんび》をしてるときききました。わたしをつかまえるのに、そこまでしてくれるのは光栄《こうえい》といえば光栄《こうえい》ですが、暇《ひま》つぶしにもなりませんね。」

自信《じしん》にあふれたことばが、テレビからきこえる。

ジョーカーがつぶやく。

「たいしたものですね。全身《ぜんしん》からオーラがみなぎってるじゃないですか。それにくらべて……。」

ちらりとクイーンを見《み》る。クイーンは、身《み》を小《ちい》さくする。

つづけて、ジョーカーがきく。

「ブラッククイーンというのは、あなたがつけた名前《なまえ》ですか？」

「そうだよ。わたしとちがって黒《くろ》い髪《かみ》をしてるからね。」

「何者《なにもの》か、心当《こころあ》たりはないんですか？」

首《くび》を横《よこ》にふるクイーン。一つせきばらいして、提案《ていあん》する。

「しかし、わたしとおなじ犯行《はんこう》をクイーンの名前《なまえ》でやってるということは、わたしが仕事《しごと》してると考《かんが》えてもいいんじゃないかな？」

バキッ！　という音《おと》がして、テーブルにヒビがはいる。ジョーカーが、拳《こぶし》を打《う》ち付《つ》けたのだ。

さらに身《み》を小《ちい》さくするクイーン。

［いまのことばは、自分《じぶん》がやったことを悪《わる》いと思《おも》ってませんね。すこしは反省《はんせい》してください。］

RD《アールディー》のマニピュレーターがのび、クイーンの前《まえ》に水《みず》のはいったグラスをおく。ジョーカーの前《まえ》には、カフェオレのカップ。

「わたしは、カフェオレじゃないのかい？」

［……………］

クイーンの質問《しつもん》に、沈黙《ちんもく》をもってこたえるRD《アールディー》。クイーンが笑顔《えがお》でいう。

「ちょうどミネラルウォーターを飲《の》みたいと思《おも》ってたところだよ、ありがとうRD《アールディー》。」

[それは、ただの水道水《すいどうすい》です。]

「………。」

引《ひ》きつるクイーンの笑顔《えがお》。

テレビ画面《がめん》では、ブラッククイーンが一枚《まい》の紙《かみ》を出《だ》した。

「ウァドエバーという探偵卿《たんていきょう》から、身《み》の程《ほど》知《し》らずにも挑戦状《ちょうせんじょう》がとどきました。それには、『ホープ・エッグ』を用意《ようい》したので、盗《ぬす》めるものなら盗《ぬす》んでみろと書《か》かれてました。――『エッグ』という秘宝《ひほう》はご存《ぞん》じですか？」

ブラッククイーンの質問《しつもん》に、婦人《ふじん》が大《おお》げさに手《て》をふる。

「あたくし、かなり長《なが》く生《い》きてますが、初《はじ》めてききますわ。」

反応《はんのう》したのは、テレビを見《み》ていたクイーンだ。

「まさか、エッグが……。」

それに対《たい》してRD《アールディー》がきく。

[知《し》ってるんですか？　わたしのデータベースにも、『エッグ』に関《かん》する情報《じょうほう》はありません。]

クイーンは、こたえない。だが、その顔《かお》は真剣《しんけん》だ。

ブラッククイーンが、テレビカメラにむかっていう。

「エッグは、明後日《あさって》から日本《にっぽん》のスローターハラトリアム博物館《はくぶつかん》で展示《てんじ》されます。なかなかすてきな博物館《はくぶつかん》ですよ。国際刑事警察機構《ICPO》も、事件《じけん》にかかわった品《しな》をたくさん寄贈《きぞう》しています。」

そして、ピッと指《ゆび》をのばしポーズをとる。

「ここで犯行予告《はんこうよこく》です。一週間後《しゅうかんご》の正午《しょうご》に、わたし——怪盗《かいとう》クイーンはエッグを盗《ぬす》みだします。どれだけ厳重《げんじゅう》な警備《けいび》をしても、むだだといっておきましょう。」

「あ〜ら、なんてたのもしいおことば！」

両手《りょうて》を合《あ》わせた婦人《ふじん》が、歓声《かんせい》をあげる。そして、ブラッククイーンにむかってタマネギ頭《あたま》をさげた。

「今日《きょう》は、ゲストにきてくださりありがとうございました。ほんとうは、テレビでこんなことをいっちゃいけないんですけど、お仕事《しごと》が成功《せいこう》すること祈《いの》ってますわ。——怪盗《かいとう》クイーンさんでした。」

婦人《ふじん》がテレビカメラにむかって手《て》をふり、番組《ばんぐみ》がおわった。

クイーンが立《た》ちあがる。その真剣《しんけん》な表情《ひょうじょう》に、ジョーカーもRD《アールディー》も、文句《もんく》をいうことを忘《わす》れてしまう。

「つぎの獲物《えもの》が決《き》まったよ。――RD《アールディー》、トルバドゥールの針路《しんろ》を、日本《にっぽん》にむけてくれたまえ。」

その姿《すがた》は、夜更《よふ》かし朝寝坊《あさねぼう》をくりかえしていたクイーンとは、まったくちがう。誇《ほこ》り高《たか》い怪盗《かいとう》そのものである。

「エッグを、盗《ぬす》むんですか？」

ジョーカーの質問《しつもん》に、うなずくクイーン。

「これまでは、わたしが夜更《よふ》かしするために、ブラッククイーンのやることを多少《たしょう》は見《み》のがしていた。しかし、エッグに手《て》を出《だ》すとなったら話《はなし》は別《べつ》だ。」

リビングをでようとするクイーンに、こんどはRD《アールディー》がきいた。

「エッグとはなにか、教《おし》えてもらえませんか？」

「『フィニス・パクトゥン』について、くわしい資料《しりょう》を集《あつ》めたまえ。そうすれば、ある程度《ていど》理解《りかい》できるはずだ。」

そのことばをのこし、リビングをでていこうとするクイーン。

「おでかけですか？」

ジョーカーがきいた。

「人《ひと》と会《あ》ってくる。そのあとは、エッグを盗《ぬす》みだすための作戦会議《さくせんかいぎ》だ。」

「了解《りょうかい》しました。」

疾風《はやて》のように走《はし》っていくクイーンの背中《せなか》にむかい、ジョーカーが深々《ふかぶか》と頭《あたま》をさげた。

Scene《シーン》02　酒場《さかば》のマナー is《イズ》 IMPORTANT《インポータント》

ここは、ホテルのバー。

うす暗《ぐら》い照明《しょうめい》の中《なか》、壁《かべ》にならんだボトルが間接照明《かんせつしょうめい》の光《ひかり》を浴《あ》びてかがやく。

深海《しんかい》のような雰囲気《ふんいき》の店内《てんない》には、数名《すうめい》の客《きゃく》がいる。どの客《きゃく》も、目《め》の前《まえ》の酒《さけ》と静《しず》かな会話《かいわ》を楽《たの》しんでいる。

カウンターの奥《おく》にも、二人《ふたり》づれの客《きゃく》。深紅《しんく》のイブニングドレスを着《き》た女性《じょせい》が、空《から》になったマルガリータのグラスをおいた。

「偽《にせ》クイーンのテレビを見《み》て、すぐにわたしをよびだしたってわけね？」

彼女《かのじょ》の名前《なまえ》は、パシフィスト・ドゥ・ルーベ。

本業《ほんぎょう》は考古学者《こうこがくしゃ》だが、やってることは遺跡荒《トレジャー・ハンター》らしとかわらない。クイーンとは、ともに大学院《だいがくいん》で学《まな》んだ仲《なか》である。

「よく、あのクイーンが偽者《にせもの》だとわかったね。」

パシフィストのとなりで、クイーンがいった。

銀色《ぎんいろ》の髪《かみ》をラフに束《たば》ね、ジャケット姿《すがた》のクイーンは、ギムレットのグラスを空《から》にする。

すかさずバーテンダーが、新《あたら》しいグラスを二人《ふたり》の前《まえ》においた。

クイーンが、ギムレットのグラスを持《も》つ。

「ジョーカーくんもRD《アールディー》も、ずっと偽者《にせもの》だとは気《き》づかなかったのに。」

「だって偽者《にせもの》のほうからは、C調《シーちょう》と遊《あそ》び心《ごころ》を感《かん》じなかったもん。それと、偽者《にせもの》のほうが怪盗《かいとう》らしかったわ。」

「……………」

「きっと、坊《ぼう》やもRD《アールディー》も、〝クイーンには、こうあってほしい〟という理想型《りそうけい》が、あの偽者《にせもの》なのよ。偽者《にせもの》と思《おも》いたくなかったから、気《き》づかなかったんじゃないかしら？」

「哀《かな》しい話《はなし》だ。わたしとブラッククイーンは、あきらかにちがうのに……。」

「ブラッククイーン……。あまりセンスのいいネーミングじゃないわね。」

容赦《ようしゃ》ないパシフィストの感想《かんそう》。

「ふん！」

不満《ふまん》そうに鼻《はな》を鳴《な》らし、ギムレットをいっきに飲《の》みほすクイーン。

パシフィストが、その手《て》をペチンとたたく。

「場所《ばしょ》を考《かんが》えなさいよね。貧乏学生《びんぼうがくせい》がコンパする大衆居酒屋《たいしゅういざかや》じゃないのよ。一気飲《いっきの》みなんて下品《げひん》な飲《の》み方《かた》は、似合《にあ》わないわ。」

彼女《かのじょ》のことばに、シェイカーをふる動作《どうさ》に合《あ》わせて、バーテンダーがうなずく。

パシフィストは、新《あたら》しいグラスを持《も》ってから、クイーンにいった。

「でも、ホープ・エッグが見《み》つかったとはね……。」

信《しん》じられないというように、首《くび》を横《よこ》にふる。

クイーンがパシフィストを見《み》る。

「わたしがきみをよびだしたのは、そこだ。トレジャーハンター……じゃない、考古学者《こうこがくしゃ》のきみに、フィニス・パクトゥンの最新情報《さいしんじょうほう》を教《おし》えてもらいたい。」

クイーンも、新《あたら》しいグラスを持《も》った。


そのころ、トルバドゥールの船室《キャビン》では、ＲＤ《アールディー》が集《あつ》めた『フィニス・パクトゥン』の資料《しりょう》をジョーカーにむかって説明《せつめい》していた。

[なかなか苦労《くろう》しました。デジタルデータはほとんど存在《そんざい》しないし、紙《かみ》の資料《しりょう》もあまりのこってないし——。]

空間《くうかん》のモニタに、自分《じぶん》のイメージ映像《えいぞう》をうつすＲＤ《アールディー》。今日《きょう》は、大学教授風《だいがくきょうじゅふう》の衣装《いしょう》だ。

「それで、フィニス・パクトゥンってのは、なんなんだい？」

ジョーカーの質問《しつもん》に、伊達眼鏡《だてめがね》の位置《いち》を指《ゆび》で直《なお》し、ＲＤ《アールディー》がこたえる。

[かんたんにいうと、いまから約《やく》五百年《ねん》まえに世界《せかい》の九か所《しょ》でおきた奇跡《きせき》のことです。]

「奇跡《きせき》……？」

[はい。当時《とうじ》、フィニス・パクトゥンが世界中《せかいじゅう》でおきていたことはわかりませんでした。交通《こうつう》や通信機器《つうしんきき》が発達《はったつ》していく中《なか》で、ほぼ同時期《どうじき》におこった奇跡《きせき》に、多《おお》くの学者《がくしゃ》がおどろきました。そして彼《かれ》らは、その謎《なぞ》を研究《けんきゅう》し、答《こた》えを見《み》つけられないまま死《し》んでいきました。]

モニタに、世界地図《せかいちず》や写真《しゃしん》、年表《ねんぴょう》がうつしだされる。

その間《あいだ》を、ＲＤ《アールディー》のイメージ映像《えいぞう》が歩《ある》きまわる。

[当時《とうじ》、世界中《せかいじゅう》のいたるところで、権力《けんりょく》を持《も》った一部《いちぶ》の人間《にんげん》が領主《りょうしゅ》となり、領民《りょうみん》を苦《くる》しめていました。人《ひと》の命《いのち》が、現代《げんだい》ほど大事《だいじ》にされていなかった時代《じだい》です。]

「いまも、それほど大事《だいじ》にされてるとは思《おも》えないけどね。」

ジョーカーの苦笑《にがわら》い。

RD《アールディー》がつづける。

「領民《りょうみん》は反抗《はんこう》する力《ちから》も気持《きも》ちも持《も》っていませんでした。どれだけむごいあつかいを受《う》けても、それがあたりまえだと思《おも》っていたんです。目《め》の前《まえ》に武器《ぶき》をおかれても、手《て》にとろうとはしなかったでしょう。――フィニス・パクトゥンがおきたのは、世界《せかい》の中《なか》でも特《とく》に領民《りょうみん》が苦《くる》しめられていた場所《ばしょ》です。」

「具体的《ぐたいてき》に、どんな奇跡《きせき》がおきたんだい？」

「あるところでは、領民《りょうみん》を守《まも》るための城《しろ》が、一《いち》夜《や》でつくられました。」

RD《アールディー》の説明《せつめい》に、ジョーカーはおどろく。

「一夜《いちや》って……一夜《いちや》で城《しろ》をつくるなんて不可能《ふかのう》じゃないか。」

「そのとおりです。だから、〝奇跡《きせき》〟とよばれてるんです。」

「またある場所《ばしょ》では、領民《りょうみん》のすむ街《まち》が迷路状《めいろじょう》につくりかえられたりもしました。」

「………」

「それも、一夜《いちや》でおこなわれたのかい。」

ジョーカーの質問《しつもん》に、ＲＤ《アールディー》はうなずく。

「これらの奇跡《きせき》におどろいた領主《りょうしゅ》は、領民《りょうみん》が反乱《はんらん》をおこすまえに武力《ぶりょく》でおさえこもうとしました。しかし、領民《りょうみん》の中《なか》に不思議《ふしぎ》な能力《のうりょく》を身《み》につけた者《もの》があらわれ、領民《りょうみん》を守《まも》りました。」

「不思議《ふしぎ》な能力《のうりょく》？」

「念動力《ねんどうりょく》、飛行能力《ひこうのうりょく》、瞬間移動《しゅんかんいどう》、発火能力《はっかのうりょく》、電撃《でんげき》などなど。ＳＦ《エスエフ》アニメの主人公《しゅじんこう》が、たくさんあらわれたと考《かんが》えてください。」

「………」

「各地《かくち》でおきたフィニス・パクトゥンには、つくられた城《しろ》の形《かたち》や能力《のうりょく》の種類《しゅるい》などちがいはありましたが、多《おお》くの命《いのち》が救《すく》われたのは事実《じじつ》です。」

「でも、いったい、だれがそんな奇跡《きせき》をおこしたんだ？」

こたえられないＲＤ《アールディー》は、首《くび》を横《よこ》にふる。

[わかりません。だれがフィニス・パクトゥンをおこしたのか？　どうしてフィニス・パクトゥンがおきたのか？　世界中《せかいじゅう》の学者《がくしゃ》が研究《けんきゅう》を進《すす》めていますが、答《こた》えはでませんでした。]

「フィニス・パクトゥンがおきた九か所《しょ》は、そのあと、どうなったんだい？」

[あまり、幸《しあわ》せではないようですね。ほとんどすべての街《まち》で、忌《い》まわしい思《おも》い出《で》をすてるように、領民《りょうみん》がはなれていってます。いまも人《ひと》がすんでる街《まち》はありますが、ゴミすて場《ば》のようになっていたり、スラム化《か》しています。ふつうに暮《く》らしてる街《まち》は、一つしかありませんね。]

「もう一つ、質問《しつもん》。『フィニス・パクトゥン』というのは、どういう意味《いみ》なんだ？」

[意味《いみ》については、まったくわかりません。これは、フィニス・パクトゥンがおきた街《まち》にのこされていたことばなんです。]

「…………」

[九つの場所《ばしょ》は、国《くに》も言語《げんご》もちがいます。でも、どの街《まち》でも自分《じぶん》たちにおきた奇跡《きせき》のことを、『フィニス・パクトゥン』とよんでたそうです。]

「だれかに教《おし》えられたのかな？」

[わかりません。とにかくデータがすくなすぎます。]

「…………」

「二十一世紀《せいき》の現在《げんざい》、わかってるのは〝フィニス・パクトゥンについて、なにもわからない〟ということだけなんです。そして学者《がくしゃ》たちは、十番目《ばんめ》のフィニス・パクトゥンが見《み》つかれば、なにかわかるのではないかと期待《きたい》しています。でも、どれだけ待《ま》ち望《のぞ》んでも、十番目《ばんめ》は見《み》つからないんですよ。」


「それが、あっさり見《み》つかったって話《はなし》なのよね。」

さっきのバーとはちがい、焼《や》き魚《ざかな》とホルモンの煙《けむり》でかすんだ居酒屋《いざかや》。

店内《てんない》は、酔《よ》ったサラリーマンと学生《がくせい》であふれている。しかし、イエローブロンドの髪《かみ》にイブニングドレス姿《すがた》のパシフィストに注目《ちゅうもく》する客《きゃく》はいない。『蜃気楼《ミラージュ》』の異名《いみょう》を持《も》つクイーンが『朧《ミラージュ》』の術《じゅつ》を使《つか》い、まわりの客《きゃく》から二人《ふたり》を見《み》えなくしているのだ。

「でもまさか、日本《にっぽん》にあったとはね……。」

小《しょう》ジョッキのビールを飲《の》みほすパシフィスト。

いままで、日本《にっぽん》では一つフィニス・パクトゥンが見《み》つかっていた。おなじ国《くに》で二つ見《み》つかった例《れい》は、ない。

「日本《にっぽん》のどこで見《み》つかったんだい？」

中《ちゅう》ジョッキを持《も》ったクイーンがきいた。

「多家良島《たからじま》――K県《ケーけん》の沖《おき》にある、人《ひと》が五十人《にん》もすんでないような小《ちい》さい島《しま》。」

「島《しま》？」

おどろくクイーン。

いままで見《み》つかったフィニス・パクトゥンは、すべて山《やま》や森《もり》の中《なか》だ。島《しま》で見《み》つかった例《れい》はなかった。

パシフィストが、割《わ》り箸《ばし》を器用《きよう》に使《つか》い、ホッケの身《み》をほぐす。つづいて、小《しょう》ジョッキのビールを、早送《はやおく》り映像《えいぞう》のような速《はや》さで飲《の》みほす。

クイーンが質問《しつもん》する。

「それで、エッグは？」

「うわさだけど、ちゃんと見《み》つかったそうよ。そして、偽《にせ》クイーンがいったようにスローターハラトリアム博物館《はくぶつかん》に納《おさ》められるって――。」

「でも、エッグのことをきいたとき、どうしてクイーンはフィニス・パクトゥンについて調《しら》べるようにいったんだろう？」

ジョーカーが、独《ひと》り言《ごと》のようにつぶやいた。

［エッグは、フィニス・パクトゥンをおこす起爆剤《きばくざい》のようなものです。本物《ほんもの》のフィニス・パクトゥンかどうかは、その場所《ばしょ》でエッグが見《み》つかったかどうかで判断《はんだん》されます。］

「起爆剤《きばくざい》？」

［現在《げんざい》の科学《かがく》では、それ以上《いじょう》はわかりません。世界最高《せかいさいこう》の人工知能《じんこうちのう》であるわたしが推測《すいそく》すると、布団圧縮袋《ふとんあっしゅくぶくろ》のようなものです。］

「……………」

RD《アールディー》の説明《せつめい》に、ジョーカーは、さらにわからなくなった。

［布団《ふとん》は、そのままではかさばりますよね。でも、圧縮袋《あっしゅくぶくろ》に入《い》れたら、コンパクトになってはこびやすい。それとおなじで、エッグの中《なか》には、さまざまなものが圧縮《あっしゅく》して入《い》れてあるんです。フィニス・パクトゥンでは、一夜《いちや》で城《しろ》ができたという話《はなし》もありますね。あれも、エッグの中《なか》に城《しろ》がはいっていたと考《かんが》えたら、説明《せつめい》ができます。］

「道《みち》が迷路《めいろ》になったのは？　いくらエッグの中《なか》にさまざまなものがはいっていても、道《みち》を迷路《めいろ》にするのには時間《じかん》がかかるんじゃないかな。」

［エッグの中《なか》には、『時間《じかん》』もはいっていた——そう考《かんが》えたらどうですか？］

ジョーカーは、RD《アールディー》の説明《せつめい》におどろく。時間《じかん》を封《ふう》じこめる技術《ぎじゅつ》——それは、〝魔法《まほう》〟とよぶのが最《もっと》もピッタリくるように思《おも》えた。

——そんなエッグが、いままでに九つ見《み》つかっている。

ジョーカーは、RD《アールディー》にきく。

「テレビでいってたホープ・エッグというのは？」

[十番目《ばんめ》のフィニス・パクトゥンをおこしたエッグのことです。十番目《ばんめ》のエッグが見《み》つかれば、いろんな謎《なぞ》が解《と》ける——その願《ねが》いをこめて、ホープ・エッグと名付《なづ》けられたそうです。]

「つまり、国際刑事警察機構《ICPO》はホープ・エッグを発見《はっけん》していたわけだ。」

ジョーカーが、つぶやく。

——なぜ、その発見《はっけん》を国際刑事警察機構《ICPO》はだまっていたのだろう……？

「きみたち遺跡荒《トレジャー・ハンター》らし——じゃなく、考古学者《こうこがくしゃ》の間《あいだ》では、ホープ・エッグが見《み》つかったという話《はなし》はひろがってたのかい？」

クイーンの質問《しつもん》に、パシフィストは首《くび》を横《よこ》にふる。

「こういうの、日本《にっぽん》では『寝耳《ねみみ》にミミズ』っていうの？　そんな世紀《せいき》の大発見《だいはっけん》があったら、考古《こうこ》学界《がくかい》は大騒《おおさわ》ぎよ。でも、いっさいそういう話《はなし》はなかったわ。それを、国際刑事警察機構《ICPO》が見《み》つけてたなんて、おどろきよ。」

「なるほど。……あと、『寝耳《ねみみ》にミミズ』って、どういう意味《いみ》だい？」

「寝《ね》てる人《ひと》の耳《みみ》にミミズを入《い》れたらビックリするでしょ。そんなイタズラをしちゃダメよって、意味《いみ》みたい。」

「なるほど……。」

日本《にっぽん》には過激《かげき》なイタズラがあるんだなと、クイーンは思《おも》った。そして、ジョーカーに教《おし》えてあげるために、『東洋《とうよう》の神秘《しんぴ》　大事典《だいじてん》』と書《か》かれた手帳《てちょう》にメモする。

　そして、独《ひと》り言《ごと》のようにつぶやく。

「どうして、国際刑事警察機構《ICPO》はホープ・エッグを見《み》つけたことをだまってたんだろう？　考古《こうこ》学界《がくかい》への嫌《いや》がらせかな？」

　また、パシフィストが首《くび》を横《よこ》にふった。

「嫌《いや》がらせされるおぼえはないけど、国際刑事警察機構《ICPO》がだまってた理由《りゆう》については、心当《こころあ》たりがあるわ。」

　そしてパシフィストが話《はな》したのは、国際刑事警察機構《ICPO》が〝力《ちから》〟をほしがってる話《はなし》。

「そんなに力《ちから》を持《も》って、どうするんだろうね？」

首《くび》をひねるクイーンに、パシフィストがきく。

「あなた、国際刑事警察機構《ICPO》の事務総長《じむそうちょう》——スキューイーズのこと、知《し》ってる？」

「興味《きょうみ》ない。」

あっさりこたえるクイーン。

小《しょう》ジョッキのおかわりをして、パシフィストがつづける。

「『世界《せかい》が平和《へいわ》になればいいのに。』——子《こ》どものとき、だれもが一度《いちど》は考《かんが》えたことがあるでしょ。でも、大《おお》きくなるにつれて忘《わす》れてしまう。クイーン、あなたもそうでしょ？」

顔《かお》をのぞきこまれ、クイーンはこたえる。

「たしかに、きみのいうとおりだ。そうだったかもしれないけど、忘《わす》れてる。」

「それがふつうね。……というか、あなたからふつうの答《こた》えが返《かえ》ってきたのが、すこしおどろきだけど。」

「…………」

苦笑《くしょう》するクイーンを無視《むし》し、パシフィストがつづける。

「でも、たまに忘《わす》れず大人《おとな》になった人《ひと》がいる。そんな人《ひと》たちは、周囲《しゅうい》から〝こまったやつだ〟という目《め》で見《み》られたりもするけど、無害《むがい》な人間《にんげん》としてあつかわれる。だって、その人《ひと》たちには世界《せかい》を平和《へいわ》にするだけの力《ちから》がない。」

「…………」

「国際刑事警察機構《ICPO》の事務総長《じむそうちょう》になったスキューイーズは、その力《ちから》を求《もと》めた。」

［国際刑事警察機構《ICPO》は、力《ちから》がほしいんです。どんな犯罪《はんざい》にも負《ま》けない最強《さいきょう》の力《ちから》を——。そして、最終的《さいしゅうてき》に世界《せかい》から犯罪《はんざい》をなくし、平和《へいわ》にするのがねらいです。］

RD《アールディー》の説明《せつめい》に、ジョーカーはとまどう。

「そんなこと……。気持《きも》ちはわかるけど、不可能《ふかのう》じゃないかな。魔法《まほう》でも使《つか》えば別《べつ》だけど。」

［だから、国際刑事警察機構《ICPO》は魔法《まほう》の力《ちから》を手《て》に入《い》れようとしてるんです。エッグも、その一つです。］

「……なるほど。」

うなずくジョーカー。

——国際刑事警察機構《ICPO》に世界平和《せかいへいわ》を実現《じつげん》してほしいという気持《きも》ちはある。でも同時《どうじ》に、魔法《まほう》を使《つか》っても不可能《ふかのう》だとも思《おも》ってる。これは、ぼくが大人《おとな》になったからなのか……。

ふと、疑問《ぎもん》に思《おも》ったことをきく。

「ホープ・エッグは国際刑事警察機構《ICPO》が持《も》ってる。ほかの九個《こ》のエッグは、どこにあるんだい？」

「表向《おもてむ》きは、行方不明《ゆくえふめい》になってます。」

「行方不明《ゆくえふめい》？」

「エッグは、発見《はっけん》された瞬間《しゅんかん》から世界最高機密《せかいさいこうきみつ》あつかいになります。超厳重《ちょうげんじゅう》な管理《かんり》の下《もと》におかれます。どれだけの可能性《かのうせい》が秘《ひ》められてるかわからないエッグです。下手《へた》なあつかいをしたら、冗談《じょうだん》ぬきで世界《せかい》——いや、宇宙《うちゅう》がおわる可能性《かのうせい》がありますからね。」

「そんな世界最高機密《せかいさいこうきみつ》あつかいのものが、行方不明《ゆくえふめい》になってるのかい？」

「いちおう、どこにあるかはわかってるんです。」

「えっ？」

「ほんとうは、盗《ぬす》まれたんです。でも、盗《ぬす》まれたなんて発表《はっぴょう》するわけにもいかないし、表向《おもてむ》きは行方不明《ゆくえふめい》ということにしてあるんです。」

「盗《ぬす》まれたって……九個《こ》全部《ぜんぶ》盗《ぬす》まれたのかい？」

「ええ。たった一人《ひとり》の人物《じんぶつ》が、すべてのエッグを盗《ぬす》みだし所有《しょゆう》しています。」

ジョーカーは、おどろく。

そして同時《どうじ》に、そんなことができる人間《にんげん》は一人《ひとり》しかいないことに気《き》づく。(ほんとうは〝二人《ふたり》〟いることに気《き》づいたのだが、そのうちの一人《ひとり》は〝C調《シーちょう》と遊《あそ》び心《ごころ》〟をたいせつにする怠《なま》け者《もの》なので、すぐに考《かんが》えから消《け》した。)

RD《アールディー》が、答《こた》えをいった。

[皇帝《アンプルール》です。]

「皇帝《アンプルール》……。」

ジョーカーの頭《あたま》の中《なか》で、オープンカーに乗《の》った皇帝《アンプルール》が派手《はで》なパレードをくりひろげる。舞《ま》い散《ち》る紙吹雪《かみふぶき》のもと、観衆《かんしゅう》の声援《せいえん》に手《て》をふってこたえる皇帝《アンプルール》。

「皇帝《アンプルール》か……。」

ジョーカーが、もう一度《いちど》つぶやいた。

「ある時期《じき》、国際刑事警察機構《ICPO》をはじめ、エッグをほしがる世界中《せかいじゅう》の組織《そしき》が皇帝《アンプルール》のところにあるエッグを盗《ぬす》もうとしてたのよ。知《し》らなかった?」

パシフィストにきかれ、クイーンは首《くび》を横《よこ》にふる。

「お師匠様《ししょうさま》は、世界中《せかいじゅう》の組織《そしき》を敵《てき》にしてるからね。いちいち、なんでねらわれてるかなんて気《き》にしてないよ。」

クイーンは、修行時代《しゅぎょうじだい》を思《おも》いだす。

ときどき、やってくる組織《そしき》の相手《あいて》をさせられた。それは、皇帝《アンプルール》からの修行《しゅぎょう》（いじめ、あるいは虐待《ぎゃくたい》）にたえるより、はるかにかんたんなことだった。

「あなたも、苦労《くろう》してるのね。」

「まぁ、雑魚《ざこ》ばかりだったから、いい運動《うんどう》にはなったけど――。」

クイーンのことばがとまった。

「どうしたの？」

「いや、お師匠様《ししょうさま》からきいた話《はなし》を思《おも》いだしたんだ、あまり気持《きも》ちのいい話《はなし》じゃないので、必死《ひっし》で忘《わす》れるようにしてたんだけど……。」

クイーンの顔色《かおいろ》が悪《わる》い。

「三年《ねん》ぐらいまえにも、エッグを盗《ぬす》みにきた者《もの》がいたんだ。そいつが、エッグの中《なか》にあったわたしのデータをコピーしていったそうだ。」

「コピー……？」

わけがわからないという顔《かお》のパシフィスト。

クイーンが説明《せつめい》する。

「お師匠様《ししょうさま》は、自分《じぶん》なりにエッグの機能《きのう》を調《しら》べたんだ。そのうちに、エッグにはコピー機能《きのう》があることを見《み》つけてね。具体的《ぐたいてき》にいうと、動物《どうぶつ》の能力《のうりょく》をエッグにおぼえさせ、その能力《のうりょく》をほかの動《どう》物《ぶつ》にペーストすることができるんだ。」

「……すごい……というか、すごすぎて、ことばがないわ。」

「お師匠様《ししょうさま》は、わたしの能力《のうりょく》をエッグにおぼえさせ、それを猿《さる》にペーストする実験《じっけん》をした。実験《じっけん》は成功《せいこう》し、猿《さる》は、わたしとおなじ能力《のうりょく》を持《も》った。」

「その猿《さる》、いまどうしてるの？」

「お師匠様《ししょうさま》の話《はなし》だと、山奥《やまおく》で平和《へいわ》に暮《く》らしてるみたいだよ。毎日《まいにち》、猿酒《さるざけ》を飲《の》んで仲間《なかま》のノミとりをし、人生《じんせい》を楽《たの》しんでるようだ。せっかく、わたしの能力《のうりょく》をペーストしたというのに、もったいない話《はなし》だよ。」

クイーンは、哀《かな》しそうに首《くび》を横《よこ》にふる。

しかし、パシフィストは、

——C調《シーちょう》と遊《あそ》び心《ごころ》……。まさに、クイーンの能力《のうりょく》をコピーしてるわ。

と思《おも》った。

「お師匠様《ししょうさま》は、自分《じぶん》の能力《のうりょく》もエッグにおぼえさせた。わたしにペーストしようとしたんだけど、丁重《ていちょう》にことわったよ。」

「能力《のうりょく》をエッグにおぼえさせるのって、あぶなくなかったの？」

パシフィストがきいた。

「人体実験《じんたいじっけん》だからね、危険《きけん》はあったよ。でも、そのときはまだわたしも修行中《しゅぎょうちゅう》で、お師匠様《ししょうさま》の言《い》いつけに従《したが》わなかったら命《いのち》がなくなることにかわりなかったから――。」

明《あか》るくこたえるクイーンのことばに、パシフィストは涙《なみだ》する。

そして、小《しょう》ジョッキのおかわりをたのんでからいった。

「皇帝《アンプルール》が、エッグを研究機関《けんきゅうきかん》にわたしてくれたら、人類《じんるい》の科学《かがく》はものすごく進歩《しんぽ》すると思《おも》うんだけど――。」

クイーンを見《み》るパシフィスト。

「あなたから、説得《せっとく》してくれない？」

「むだだね。」

首《くび》を横《よこ》にふるクイーン。

「お師匠様《ししょうさま》は、一度《いちど》盗《ぬす》んだものはぜったいにわたさないよ。それはもう、頬袋《ほおぶくろ》にクルミを入《い》れたリスのようなものだ。」

——リスみたいに、かわいくないけどね。

心《こころ》の中《なか》で付《つ》けくわえるクイーン。

パシフィストは、残念《ざんねん》なようなホッとしたような、複雑《ふくざつ》な顔《かお》。

「いろいろ調《しら》べたいけど、皇帝《アンプルール》が持《も》っててくれたら、だれも手《て》を出《だ》せない。その点《てん》は、安心《あんしん》できるわね。」

クイーンを見《み》る。

「あなたは、これからどうするの?」

「エッグは、みんなの前《まえ》に出《だ》してはいけない危険《きけん》なもの。それを、国際刑事警察機構《ICPO》は博物館《はくぶつかん》に展示《てんじ》しようとしている。ブラッククイーンがどう動《うご》くかわからないけど、わたしはわたしでエッグをうばうつもりだ。」

「それをきいて、安心《あんしん》したわ。」

ほほえむパシフィスト。

「わたしは、一度《いちど》、島《しま》へいってくる。どんなふうにホープ・エッグが発見《はっけん》されたか、いろいろ調《しら》べてくるわ。」
パシフィストが、ジョッキを飲《の》みほした。

Scene《シーン》03　酒場《さかば》のマナー is《イズ》 IMPORTANT《インポータント》　その2

ジョーカーとRD《アールディー》、クイーンとパシフィストが皇帝《アンプルール》の名前《なまえ》に顔《かお》をしかめているころ——。

店内《てんない》の反対側《はんたいがわ》——畳敷《たたみじ》きの座敷席《ざしきせき》では、ちがう集団《しゅうだん》が盛《も》りあがっていた。

「乾杯《かんぱい》する、乾杯《かんぱい》？」

いちばんはしゃいでいるのは、ルイーゼだ。

「乾杯《かんぱい》もなにも、まだなにも注文《ちゅうもん》してないぜ。」

ふきげんな声《こえ》は、ヴォルフだ。

ヴォルフ・ミブ——ドイツの探偵卿《たんていきょう》。いつも白《しろ》いロングコートで、左腰《ひだりごし》に長刀《ちょうとう》を差《さ》している。

正義感《せいぎかん》にあふれているが、推理力《すいりりょく》はあふれてないので、たいていのことは拳《こぶし》でかたづけてきた武《ぶ》闘派《とうは》だ。いまは、畳《たたみ》の上《うえ》にすわるのに邪魔《じゃま》なので、長刀《ちょうとう》を脇《わき》においている。

「そうだったわね。——ほら、パイカルちゃん。みんなの注文《ちゅうもん》をきいて。」

「あの……そのまえに、ぼくはまだ未成年《みせいねん》で、こういった居酒屋《いざかや》にはいるのはダメなような気《き》がするんですが……。」

居心地悪《いごこちわる》そうなパイカル。まず、彼《かれ》はさわがしいところが苦手《にがて》だ。また、酒《さけ》を飲《の》む人《ひと》がきらいだ。

「だいじょうぶ。国際刑事警察機構《ICPO》がついてるのよ。補導《ほどう》される心配《しんぱい》はないわ。それより、パイカルちゃんがいちばん年下《としした》なんだから動《うご》かなきゃ。」

はやくいけというように、ルイーゼが手《て》をふる。

「細《こま》かいことは気《き》にするな。あと、おれはビール。アサヒでもキリンでもいいぞ。」

日本《にっぽん》のビールの銘柄《めいがら》をいって、ヴォルフがパイカルを突《つ》く。

――なにより、ぼくを突《つ》く人《ひと》が大《だい》きらいだ。

しぶしぶ立《た》ちあがろうとしたパイカルの肩《かた》を、花菱仙太郎《はなびしせんたろう》がおさえこむ。

「こんなときは、おれにまかせとけ。いくらおまえが〝スキップのパイカル〟でも、上手《じょうず》に『おとおし』をことわったりするしかたはわかんねぇだろ。」

「なんですか『オトオシ』って？」

首《くび》をひねるパイカル。

「だから、まかせとけって。」

みんなのまわりをスルスルとまわり、注文《ちゅうもん》をきく花菱仙太郎《はなびしせんたろう》——日本《にっぽん》の探偵卿《たんていきょう》。推理《すいり》をするときに、瞳《ひとみ》の色《いろ》が銀色《ぎんいろ》にかわるところから、『ダブルフェイス』の異名《いみょう》を持《も》つ。もっとも、本人《ほんにん》に探偵卿《たんていきょう》の自覚《じかく》はない。夢《ゆめ》は〝コンビニ王《おう》〟になることだ。ちなみに、コンビニ業界《ぎょうかい》では『伝説《でんせつ》のフリーター』という異名《いみょう》を持《も》つ。

「えっと……フランスの旦那《だんな》は、なにを飲《の》む?」

仙太郎《せんたろう》が、フランスの探偵卿《たんていきょう》——マンダリンに声《こえ》をかける。断片的《だんぺんてき》なデータを収集分析《しゅうしゅうぶんせき》し、それらをつなぎ合《あ》わせて事件《じけん》を推理《すいり》する彼《かれ》は、〝パッチワーク・マンダリン〟とよばれている。

「わたしは、蕎麦湯《そばゆ》をください。」

フランス人《じん》にしては小柄《こがら》な体《からだ》をまるめ、ボソリというマンダリン。

「へぇ、すごいね。外国人《がいこくじん》なのに、蕎麦湯《そばゆ》を知《し》ってるんだ。あと、日本語《にほんご》うまいな。」

ちなみに、この場《ば》の会話《かいわ》はおもに英語《えいご》が使《つか》われているが、ルイーゼもヴォルフも日本語《にほんご》を話《はな》すことができる。ルイーゼは大阪出身《おおさかしゅっしん》だし、ヴォルフは日本《にっぽん》で捜査《そうさ》した経験《けいけん》があるのだ。

「妻《つま》が日本人《にほんじん》なんです。その関係《かんけい》で、わたしも娘《むすめ》も日本語《にほんご》が話《はな》せるようになりました。」

「じゃあ、いっしょに日本《にっぽん》へきたんだ。」

Mandarine
"Patchwork"
Luise
"Hinterhalt"
Wolf
"Militant"
Sentaro
"Doubleface"

笑顔《えがお》で、仙太郎《せんたろう》がきいた。

「……それなら、いいんですけどね。」

哀《かな》しそうにほほえむ。

「妻《つま》と娘《むすめ》は、『日本《にっぽん》にはいきたいけど、パパといっしょにはいきたくない。』といって……。別便《べつびん》で日本《にっぽん》にきてます。いまごろは、ディズニーランドのナイトパレードを楽《たの》しんでるんじゃないでしょうか。」

きいていた仙太郎《せんたろう》の笑顔《えがお》に、縦線《たてせん》がはいる。

ヴォルフが、仙太郎《せんたろう》の頭《あたま》を長刀《ちょうとう》の柄《つか》でたたいた。

「うかつなことをきくんじゃねぇ。大人《おとな》の男《おとこ》は、いろいろかかえてるんだよ。」

頭《あたま》をおさえながら、仙太郎《せんたろう》がマンダリンに頭《あたま》をさげる。

「たしかに、おれが悪《わる》かった。というわけで、蕎麦湯《そばゆ》はやめて蕎麦焼酎《そばじょうちゅう》にしなよ。酒《さけ》でも飲《の》んで、明《あか》るくいこうぜ。」

「……すみません。どうも、生《う》まれつき暗《くら》い性格《せいかく》で。」

頭《あたま》をさげるマンダリンに、仙太郎《せんたろう》が手《て》をふる。

「いいって、いいって。マンダリンさんは、そのままでいいから。」

——問題《もんだい》は、こいつのほうだな……。

仙太郎《せんたろう》は、パイカルの持《も》ってきたタブレットを見《み》る。

真《ま》っ暗《くら》な画面《がめん》をペシペシたたいて、ギリシャの探偵卿《たんていきょう》——アンゲルスをよびだす。

「おい、おまえは引《ひ》きこもってるから注文《ちゅうもん》はきかないけど、ちゃんと場《ば》には参加《さんか》しておけよ。」

タブレットにむかっていう仙太郎《せんたろう》。

アンゲルスは、引《ひ》きこもりの探偵卿《たんていきょう》だ。外《そと》にでるのをきらい、自分《じぶん》で開発《かいはつ》した人工知能《じんこうちのう》のマガに生活《せいかつ》のめんどうを見《み》てもらってる。

「……………」

仙太郎《せんたろう》のよびかけに、タブレットの画面《がめん》は暗《くら》いままだ。

「無視《むし》するんじゃねぇよ！」

仙太郎《せんたろう》がタブレットをゆすると、画面《がめん》が明《あか》るくなりマガがあらわれた。女性型《じょせいがた》のマガは、仙太《せんた》郎《ろう》にむかって頭《あたま》をさげると、すまなそうにいった。

「ごめんなさいね。アンゲルス、画面《がめん》にでたくないって駄々《だだ》こねてるの。」

「なんでだよ！　タブレットに顔出《かおだ》すぐらい、いいじゃねえか！」

どなる仙太郎《せんたろう》に、マガが首《くび》を横《よこ》にふる。

「日本《にっぽん》の居酒屋《いざかや》は、にぎやかできらいだっていってるわ。わたしも、その店《みせ》は美《うつく》しくないと思《おも》うの。——じゃあ、なにかおもしろい話《はなし》がでたら、よびだしてね。」

投《な》げキッスして、画面《がめん》からマガが消《き》えた。

「…………」

仙太郎《せんたろう》はため息《いき》をつくと、タブレットをパイカルに返《かえ》す。そして、アンゲルスについては、かかわらないほうがよさそうだと判断《はんだん》した。

みんなからきいた注文《ちゅうもん》を、どの居酒屋店員《いざかやてんいん》に伝《つた》えようかと店内《てんない》を見《み》まわす。

一人《ひとり》、バイトの女《おんな》の子《こ》が目《め》にはいる。元気《げんき》でクルクル動《うご》いてるのはいいんだけど、しょっちゅうころぶ、皿《さら》やコップを砕《くだ》く、料理《りょうり》はひっくり返《かえ》す（しかも客《きゃく》の頭《あたま》にむかって）——。「唐揚《からあ》げ4人前《にんまえ》」のメモを「唐揚《からあ》げ千人前《にんまえ》」と読《よ》みちがえ、厨房《ちゅうぼう》をパニックにもした。

——この娘《むすめ》もアンゲルスと同様《どうよう》、かかわらないほうがいいな。

さわらぬ神《かみ》に祟《たた》りなしと考《かんが》えた仙太郎《せんたろう》は、小柄《こがら》で風《かぜ》のように動《うご》く男《おとこ》の店員《てんいん》に注文《ちゅうもん》を伝《つた》える。

みんなの手元《てもと》にグラスがわたったとき、ルイーゼが立《た》ちあがった。

「じゃあ、改《あらた》めて——。乾杯《かんぱい》！」

「乾杯《かんぱい》！」

仙太郎《せんたろう》は元気《げんき》にグラスを突《つ》きあげる。

その横《よこ》ではマンダリンがかるくグラスを持《も》ちあげ、どうしていいかわからないパイカルはキョロキョロする。

ヴォルフは、ムスッとしたままだ。

「そんなことより、今回《こんかい》の仕事《しごと》の話《はなし》をしてくれ。なんで、探偵卿《たんていきょう》を日本《にっぽん》に集《あつ》めたんだ？」

——正確《せいかく》には、探偵卿助手《たんていきょうじょしゅ》も交《ま》じってる。

パイカルが、心《こころ》の中《なか》でつぶやいた。

生《なま》ビールを飲《の》みほした仙太郎《せんたろう》が、気楽《きらく》な声《こえ》でいう。

「いつも一生懸命《いっしょうけんめい》はたらいてるから、ご苦労《くろう》さん会《かい》じゃないの？」

「そんなむだな集《あつ》まりなら、おれは帰《かえ》る。」

立《た》ちあがるヴォルフを、マンダリンがとめた。

「まぁまぁ、おすわりなさい。帰《かえ》るのは、ルイーゼさんのお話《はなし》をきいてからでもいいんじゃないですか？」

年齢的《ねんれいてき》には上《うえ》なのだが、ヴォルフに対《たい》してマンダリンは敬語《けいご》を使《つか》う。

「ふん！」

鼻《はな》を鳴《な》らして、すわり直《なお》すヴォルフ。

ルイーゼが、みんなを見《み》まわす。

「慰労会《いろうかい》は、また別《べつ》の機会《きかい》にしてあげるとして——。あなたたち優秀《ゆうしゅう》な探偵卿《たんていきょう》に集合《しゅうごう》をかけたのは、重大事件《じゅうだいじけん》がおこりつつあるからなの。」

——優秀《ゆうしゅう》……？

パイカルは、集《あつ》まった探偵卿《たんていきょう》を見《み》て不思議《ふしぎ》に思《おも》う。

——探偵卿《たんていきょう》の中《なか》で最《もっと》も優秀《ゆうしゅう》なスペインの探偵卿《たんていきょう》、ラロがいない。あと、最近売《さいきんう》りだし中《ちゅう》の新人《しんじん》、冥美《めいび》も……。それから、なによりウァドエバーがいない。

その点《てん》をきくと、

「あなたたち以外《いがい》の探偵卿《たんていきょう》は、別《べつ》の捜査《そうさ》で全員出動中《ぜんいんしゅつどうちゅう》。ウァドエバーちゃんは、今回《こんかい》の責任者《せきにんしゃ》みたいなもんなんだけど、準備《じゅんび》でいそがしいみたいね。彼《かれ》から『代打《だいだ》パイカル。背番号《せばんごう》なし。』って連絡《れんらく》があったわ。」

スマートフォンをチェックするルイーゼ。

パイカルは心《こころ》の中《なか》で、〝優秀《ゆうしゅう》な探偵卿《たんていきょう》〟を〝捜査《そうさ》によんでもらえない暇《ひま》な探偵卿《たんていきょう》〟に書《か》きかえた。

「ちょっと待《ま》て。こんな居酒屋《いざかや》で仕事《しごと》の話《はなし》をするのか？」

おどろくヴォルフに、ルイーゼは指《ゆび》をチッチッチとふる。

「心配《しんぱい》ないわ。お客《きゃく》さんたち、自分《じぶん》が飲《の》むのにいそがしくて、だれもこっちを注目《ちゅうもく》してないから。」

正確《せいかく》にいうと、ルイーゼのいうことはまちがってる。注目《ちゅうもく》してないのではなく、すこしでも視《し》線《せん》をむけると「なに見《み》てんだよ！」とヴォルフが吠《ほ》えるから、注目《ちゅうもく》してないふりをしてるのだ。

「そうそう。あんまり神経質《しんけいしつ》になんなよ、旦那《だんな》。」

仙太郎《せんたろう》が、ぬらした指《ゆび》でグラスの縁《ふち》をこすり、器用《きよう》に『遠《とお》き山《やま》に日《ひ》は落《お》ちて』を奏《かな》でる。

「おまえは、無神経《むしんけい》すぎるんだ。あと、妙《みょう》な曲《きょく》を演奏《えんそう》するな！」

「これ、合《ごう》コンのときにやると、女《おんな》の子《こ》がよろこぶんだぜ。――やり方《かた》、教《おし》えてやろうか？」

ヴォルフににらまれて、仙太郎《せんたろう》は口《くち》を手《て》でおさえる。

「それで、重大事件《じゅうだいじけん》とはなんです？」

仙太郎《せんたろう》とおなじように、細《こま》かいことを気《き》にしないマンダリンの質問《しつもん》に、ルイーゼがバッグからカセットテープを出《だ》した。

「なんですか、それ？」

カセットテープを初《はじ》めて見《み》るパイカル。

「いまの若《わか》い人《ひと》は、カセットを知《し》らないんですか。妻《つま》とドライブするとき、マイセレクションのカセットテープをつくり楽《たの》しんだものです。……遠《とお》いむかしの話《はなし》ですけどね。」

しんみりしてしまうマンダリン。

二人《ふたり》を無視《むし》して、ルイーゼが説明《せつめい》する。

「この中《なか》に、M《エム》からの指令《しれい》がはいってます。」

M《エム》――国際刑事警察機構《I C P O》上層部《じょうそうぶ》の人間《にんげん》。かつて、「探偵卿《たんていきょう》の中《なか》の探偵卿《たんていきょう》」といわれた男《おとこ》。その素顔《すがお》は、現役《げんえき》を引退《いんたい》したいまも、知《し》られていない。

ルイーゼが、カセットテープを携帯型《けいたいがた》プレイヤーに入《い》れ、再生《さいせい》ボタンを押《お》した。

[ごきげんよう、エンゼル諸君《しょくん》。]

機械《きかい》で合成《ごうせい》したようなM《エム》の声《こえ》。

反射的《はんしゃてき》に長刀《ちょうとう》を持《も》つヴォルフ。思《おも》わず斬《き》ってしまいたいような気分《きぶん》にさせる始《はじ》め方《かた》だ。

[今回《こんかい》、暇《ひま》な——ではなく、優秀《ゆうしゅう》な探偵卿諸君《たんていきょうしょくん》に集《あつ》まってもらったのは、ほかでもない。]

——M《エム》も、ここにいる探偵卿《たんていきょう》のことを〝捜査《そうさ》によんでもらえない暇《ひま》な探偵卿《たんていきょう》〟だと思《おも》ってる。

さすが「探偵卿《たんていきょう》の中《なか》の探偵卿《たんていきょう》」だと、パイカルは思《おも》った。

M《エム》の指令《しれい》はつづく。

[きみたちも、テレビ出演《しゅつえん》したクイーンが、日本《にっぽん》でエッグを盗《ぬす》むと宣言《せんげん》したことは知《し》っていると思《おも》う。]

うなずいたのは、パイカルだけだった。

そっぽをむくヴォルフ。マンダリンはうつむいてるし、仙太郎《せんたろう》は首《くび》をひねってる。アンゲルスのタブレットは真《ま》っ暗《くら》なまま。

[きみたちには、エッグを守《まも》ってもらいたい。]

「おい、ちょっと待《ま》てよ。それはヴァドエバーが担当《たんとう》してるんじゃないのか?」

ヴォルフが、カセットプレイヤーにむかっていう。

[彼一人《かれひとり》では心配《しんぱい》でね。きみたちにも、警備《けいび》をたのみたい。]

まるで、ヴォルフと会話《かいわ》するかのように、M《エム》がこたえた。

「……M《エム》の声《こえ》は、カセットテープに録音《ろくおん》されてるんじゃないのか？」

かたわらにおいた長刀《ちょうとう》を持《も》ち、周囲《しゅうい》を警戒《けいかい》するヴォルフ。

ルイーゼが、フッと笑《わら》った。

「M《エム》は、『探偵卿《たんていきょう》の中《なか》の探偵卿《たんていきょう》』。ここでヴォルフちゃんがなにかいってくることぐらい、かるく推測《すいそく》できるわ。」

——これが、M《エム》の能力《のうりょく》……。

その場《ば》にいた探偵卿《たんていきょう》の頬《ほお》を、冷《つめ》たい汗《あせ》が流《なが》れる。

「しかし、我々《われわれ》は、エッグがどういうものかを知《し》りません。」

マンダリンがつぶやく。

「形《かたち》と大《おお》きさは、ニワトリの卵《たまご》ぐらい。色《いろ》は、すこしオレンジ色《いろ》がかった銀色《ぎんいろ》だ。ニワトリの卵《たまご》の化石《かせき》だと思《おも》ってもらえばいい。」

タイミングよく、M《エム》がこたえる。

仙太郎《せんたろう》が、エッグが展示《てんじ》されるスローターハラトリアム博物館《はくぶつかん》を、スマホで調《しら》べる。

——近《ちか》くにあるのは、『シャドウ』のチェーン店《てん》か……。売《う》り上《あ》げはいまひとつってところだな。博物館《はくぶつかん》を訪《おとず》れる客層《きゃくそう》の好《この》みを考《かんが》えた商品展開《しょうひんてんかい》をすれば、売《う》り上《あ》げは倍増《ばいぞう》する。

彼《かれ》の頭《あたま》の中《なか》で、バイトとしてはいったチェーン店《てん》で店長《てんちょう》になり、近《ちか》くのコンビニ店《てん》をすべて買《ばい》収《しゅう》し、自分《じぶん》の店《みせ》を増殖《ぞうしょく》させる計画《けいかく》が、着々《ちゃくちゃく》と進行《しんこう》する。

「クイーンがでてくるのなら、やるしかないな。」

ヴォルフが、長刀《ちょうとう》をにぎる。そして、パイカルの持《も》つタブレットをペシペシたたく。

「おまえは、どうするんだ？」

画面《がめん》にマガがあらわれる。

[日本《にっぽん》の聖地《アキバ》にはいきたいっていってるけど、エッグの警備《けいび》には興味《きょうみ》ないって。]

「アンゲルスに伝《つた》えろ。『こんど会《あ》った瞬間《しゅんかん》、叩《たた》っ斬《き》る！』ってな──。」

[了解《りょうかい》！]

敬礼《けいれい》したマガが、画面《がめん》から消《き》える。

[しかたない。アンゲルスくんには、今回《こんかい》は自宅警備員《じたくけいびいん》をしてもらおう。]

M《エム》の声《こえ》。アンゲルスが駄々《だだ》をこねるのも彼《かれ》にはわかっていたのだ。

カセットテープから、ジジジという音《おと》がして、M《エム》の声《こえ》がつづく。

[では、それぞれの端末《たんまつ》に、今後《こんご》の指令《しれい》は送《おく》ることにする。]

ヴォルフは、不思議《ふしぎ》に思《おも》う。

――M《エム》は、どうして最初《さいしょ》から端末《たんまつ》に指令《しれい》を送《おく》らなかったんだ？　わざわざカセットテープを使《つか》ったことに、どんな意味《いみ》がある？

まわりの探偵卿《たんていきょう》を見《み》る。

「なんで、このM《エム》ってやつはカセットで指令《しれい》を出《だ》すんだ？」

仙太郎《せんたろう》がつぶやく。

「なにか、カセットテープに意味《いみ》があるのでしょうか？」

マンダリンも、顎《あご》を指《ゆび》でつまみ考《かんが》えはじめる。

――そうか……おれたちの思考《しこう》レベルは、おなじなのか……。

このことをよろこんでいいのか哀《かな》しんでいいのか、ヴォルフにはわからなかった。

一方《いっぽう》、パイカルは感心《かんしん》する。

――こういうふうに考《かんが》えるのが探偵卿《たんていきょう》なんだ。勉強《べんきょう》になる！

「趣味《しゅみ》ね。以前《いぜん》は、DVD《ディーブイディー》にオープニングや特典映像《とくてんえいぞう》までつけてつくってたんだけど、あまりに時間《じかん》がかかるので原点《げんてん》にもどる必要《ひつよう》を感《かん》じたっていってたわ。」

ルイーゼの説明《せつめい》をきいて、ヴォルフは思《おも》いだす。以前《いぜん》、ピラミッドキャップ事件《じけん》のとき、M《エム》から指令《しれい》を受《う》けたときのことを——。

——あのとき、M《エム》は『スパイ大作戦《だいさくせん》』が好《す》きだといっていた。そして、やつのつくったDVD《ディーブイディー》は、お約束《やくそく》どおり消滅した。これが原点《げんてん》だとすると……。

ヴォルフの頬《ほお》を、冷《つめ》たい汗《あせ》が流《なが》れた。

[例《れい》によって、きみたちの命《いのち》に危険《きけん》がせまっても当局《とうきょく》はいっさい関知《かんち》しない。では、幸運《こううん》を祈《いの》る。]

お約束《やくそく》どおりのM《エム》の声《こえ》。

[なお、このテープは、自動的《じどうてき》に消滅《しょうめつ》する。]

携帯型《けいたいがた》プレイヤーから、白《しろ》い煙《けむり》がでる。

——ほら、この程度《ていど》だ。

安心《あんしん》するヴォルフ。

すると、店《みせ》の入《い》り口《ぐち》のほうからさけび声《ごえ》がした。どこかできいたような声《こえ》だと思《おも》ったが、思《おも》いだせなかった。

「にげろ、爆弾《ばくだん》だ！」

そのさけび声《ごえ》で、店内《てんない》の客《きゃく》がいっせいに立《た》ちあがる。食器《しょっき》の割《わ》れる音《おと》、悲鳴《ひめい》——。

煙玉《けむりだま》を爆発《ばくはつ》させたかのように、店《みせ》のあちらこちらで黒《くろ》い煙《けむり》が立《た》ちのぼる。
パニックになる店内《てんない》。
探偵卿《たんていきょう》たちもなにがおきたのかわからず、ウロウロするばかり。
いちばんはじめに冷静《れいせい》になったのはヴォルフ。
「おちつけ！」
ほかの探偵卿《たんていきょう》にいって、ルイーゼを背《せ》にまわす。
——これは、カセットテープの爆発《ばくはつ》じゃねぇ。襲撃《しゅうげき》か？
長刀《ちょうとう》を持《も》ったとき、
「にげろ！　にげろ！」
パニックをあおる声《こえ》が聞《き》こえ、後頭部《こうとうぶ》に激《はげ》しい痛《いた》みがはしる。
黒煙《こくえん》の中《なか》からあらわれた者《もの》が、ヴォルフの頭《あたま》を蹴《け》りつけたのだ。
——この声《こえ》は……。
もうすこしで声《こえ》の主《ぬし》を思《おも》いだせそうだったのだが、そこまでだった。
意識《いしき》がとぎれるヴォルフ。

居酒屋《いざかや》がパニックになる数分《すうふん》まえ——。

酔《よ》っぱらいの波《なみ》にもまれながら、クイーンたちのいる居酒屋《いざかや》にむかって歩《ある》く二人《ふたり》。

「なんで、こんなもみくちゃにされてまで、クイーンに会《あ》いにいくんだ？　……おれは、人《ひと》がいっぱいいるところがきらいなんだけどな。」

ふきげんそうにいうのは、ヤウズ。歩《ある》くたびに、オレンジの紐《ひも》で縛《しば》った黒髪《くろかみ》が、馬《うま》の尻尾《しっぽ》のようにゆれる。

「弟子《でし》がこまってるんだ。とうぜん、師匠《ししょう》としてはでむく必要《ひつよう》があるだろ。」

こたえたのは、白銀《はくぎん》の髪《かみ》の男《おとこ》——皇帝《アンプルール》。

「あいつは、エッグがどういうものか知《し》っている。それが、テレビで大々的《だいだいてき》に名前《なまえ》がでてきて……。いまごろ、苦労《くろう》してるはずだぜ。」

「エッグって、『漬物石《つけものいし》にでも使《つか》え。』って、ジジイがわたしてくれた石《いし》だろ。大《おお》きさのわりに重《おも》いから、便利《べんり》に使《つか》ってるけど——。あれって、そんなにすごいものなのか？」

「持《も》ち主《ぬし》しだいだな。おれのような賢者《けんじゃ》なら、漬物石《つけものいし》としても使《つか》うことができる。だが、愚者《ぐしゃ》が持《も》てば、世界《せかい》を滅《ほろ》ぼす。クイーンのやつも、それは知《し》ってる。もしエッグを見《み》つけたら、人《ひと》の記《き》憶《おく》にのこらないようひそかに盗《ぬす》みだし、おれのところに持《も》ってくるんじゃねぇかな。まちがっても、テレビに出演《しゅつえん》して、エッグのことを話《はな》したりはしねぇよ。」

「ってことは、テレビにでてたのは偽者《にせもの》か？」

「ああ、おれにはわかる。なんせ、おれとあいつは、師弟関係《していかんけい》より熱《あつ》い友情《ゆうじょう》で結《むす》ばれてるからな。」

「……ストーカー被害者《ひがいしゃ》の気持《きも》ちが、すごく理解《りかい》できたぜ。」

ボソッとつぶやくヤウズ。

それを無視《むし》して、皇帝《アンプルール》がつづける。

「ジョーカーくんにきいたら、人《ひと》と会《あ》うといってでかけたそうだ。やつには、パシフィストというトレジャーハンターの知《し》り合《あ》いがいるから、彼女《かのじょ》と会《あ》うんだろう。」

「よく居酒屋《いざかや》にいるってわかったな。」

すると、皇帝《アンプルール》がスマホを出《だ》した。

「ジョーカーくんは、クイーンに気《き》づかれないよう、居所《いどころ》のわかる子《こ》どもむけの端末《たんまつ》を持《も》たせてる。その位置情報《いちじょうほう》をラインで教《おし》えてもらったんだ。」

「……ますます、ストーカー被害者《ひがいしゃ》の気持《きも》ちが理解《りかい》できるぜ。」

クイーンに同情《どうじょう》するヤウズだった。

「でも、弟子《でし》をたすけにいくのなら、おれをつれてくる必要《ひつよう》なかっただろ。」

「荷物持《にもつも》ちをさせるために決《き》まってるだろ。かわりに、いまからうまい酒《さけ》と料理《りょうり》を食《く》わせてやる。」

「おれは未成年《みせいねん》だ。あと、自分《じぶん》の荷物《にもつ》ぐらい自分《じぶん》で持《も》て。」

「……おまえは、この年老《としお》いた老人《ろうじん》に、重《おも》い荷物《にもつ》をはこばせて平気《へいき》なのか？　鬼《おに》だな。」

そのことばに、ヤウズは皇帝《アンプルール》を見《み》る。

ほんとうの皇帝《アンプルール》は、身長《しんちょう》百四十センチもない。しかしいまは、関節《かんせつ》をはずして手足《てあし》をのばしたうえに、シークレットブーツを履《は》いて百九十センチぐらいになっている。さらに特殊《とくしゅ》メイクで、とても老人《ろうじん》には見《み》えない。

ヤウズが手《て》をあげてきく。

「最大《さいだい》の質問《しつもん》。なんで、若作《わかづく》りバージョンなんだ？」

皇帝《アンプルール》が、フッと笑《わら》う。

「それは、帝国軍《ていこくぐん》と反乱軍《はんらんぐん》の戦《たたか》いにくらべたら、たいした問題《もんだい》じゃない。」

「ごまかすな。——トレジャーハンターが美人《びじん》だって、ジョーカー先輩《せんぱい》から教《おし》えてもらったんだろ？」

「…………」

――図星《ずぼし》か。

ため息《いき》をつくヤウズ。

「ジジイも、そろそろ自分《じぶん》の年齢《ねんれい》を考《かんが》えろよな。カラーコンタクトまで入《い》れて、恥《は》ずかしいと思《おも》わないのか？」

「手作《てづく》りの逸品《いっぴん》だ。」

皇帝《アンプルール》が、金色《きんいろ》の瞳《ひとみ》をヤウズにむける。

「幽玄《ゆうげん》の谷《たに》にすむイワナの鱗《うろこ》に、色《いろ》をつけたものだ。金《かね》を出《だ》しても買《か》えるものじゃない。」

「いや、いらないから……。だいたい、そんなもん目《め》の中《なか》に入《い》れてもだいじょうぶなのか？」

「安心《あんしん》しろ。少々《しょうしょう》ボヤけるが、なんとか見《み》える。」

――見《み》えるとか、そういう問題《もんだい》じゃないと思《おも》うけどな。

ヤウズは深《ふか》いため息《いき》をつく。

「まったく……。そんなにしてまで、女《おんな》の子《こ》にモテたいのかね……。」

ドキッとする皇帝《アンプルール》。

つづけるヤウズ。

「夜中《よなか》、おれが寝《ね》てると思《おも》って、里《さと》へ合《ごう》コンしにいってるの知《し》ってんだぞ。」

「おっと、着信《ちゃくしん》だ！」

スマホの通話《つうわ》ボタンを押《お》し、会話《かいわ》するふりをする皇帝《アンプルール》。

――ごまかしてるの、丸《まる》わかりだ。

ヤウズは、スマホをポケットにもどした皇帝《アンプルール》にいう。

「でもさ、居酒屋《いざかや》なんてところにフラフラいってもいいのか？　クイーンもジジイも、いろんなところで恨《うら》みを買《か》いまくってるだろ。危険《きけん》じゃねぇのか？」

「フッ、おれのことを気《き》にしてくれるのはうれしいが、小僧《こぞう》に心配《しんぱい》してもらうほど耄碌《もうろく》してないぜ。」

――いや、気《き》にするわけねぇだろ。おれが心配《しんぱい》してるのは、巻《ま》きこまれる居酒屋《いざかや》の客《きゃく》のほうだ。

右手《みぎて》をブンブンふって否定《ひてい》してるヤウズに気《き》づかない皇帝《アンプルール》。

「しかし、クイーンのやつは、おれほど強《つよ》くないからな。まぁ、なにかあったら、おれが守《まも》ってやるか。」

得意《とくい》げにいって、居酒屋《いざかや》の戸《と》をあける。

「へい、らっしゃい！」

店員《てんいん》の元気《げんき》な声《こえ》が、皇帝《アンプルール》とヤウズをむかえる。

「クイーン、いねぇな。」

店内《てんない》を見《み》まわすヤウズに、

「『朧《ミラージュ》』の術《じゅつ》を使《つか》って、ほかの客《きゃく》から見《み》えないようにしてるからな。もっとも、おれには通用《つうよう》しない術《じゅつ》だが。」

胸《むね》を張《は》る皇帝《アンプルール》。

ヤウズは、首《くび》をひねる。

「おれには、どこにいるか見《み》えねぇけどな。」

「修行《しゅぎょう》が足《た》りんからだ。おれのように心《こころ》を静《しず》かにして周囲《しゅうい》を注意深《ちゅういぶか》く観察《かんさつ》すれば、いくら『朧《ミラージュ》』の術《じゅつ》を使《つか》っても――。」

皇帝《アンプルール》のことばがとまった。

座敷《ざしき》のテーブルの上《うえ》で、白《しろ》い煙《けむり》をあげる携帯型《けいたいがた》プレイヤー。それが手作《てづく》りカラーコンタクトを入《い》れて視界《しかい》がボヤける皇帝《アンプルール》には、煙《けむり》をあげていまにも爆発《ばくはつ》しそうな爆弾《ばくだん》に見《み》えた。

「にげろ、爆弾《ばくだん》だ！」

そして、携帯型《けいたいがた》プレイヤーにむかってナイフを投《な》げようとしたが、あわてていたためかくし持《も》っていた煙玉《けむりだま》をバラバラと落《お》としてしまう。

立《た》ちのぼる黒煙《こくえん》が、皇帝《アンプルール》と店内《てんない》にいる人間《にんげん》の視界《しかい》をうばう。

——負《ま》けるもんか！

クイーンをにがし、自分《じぶん》が爆発《ばくはつ》をとめなければと思《おも》った皇帝《アンプルール》は、

「にげろ！　にげろ！」

さけびながら、携帯型《けいたいがた》プレイヤーにむかって走《はし》る。途中《とちゅう》、なにかを激《はげ》しく膝蹴《ひざげ》りしたが、気《き》にしなかった。

爆弾《ばくだん》だと思《おも》って手《て》にとったものが携帯型《けいたいがた》プレイヤーだとわかったとき、皇帝《アンプルール》は、自分《じぶん》がいろいろまちがってたことに気《き》づいた。

しかし、ミスしたことにおちこんでいては、怪盗《かいとう》として生《い》きていけない。

刹那《せつな》の瞬間《しゅんかん》だけ反省《はんせい》すると、

「小僧《こぞう》、にげるぞ！」

ヤウズに声《こえ》をかけ、パニックになってる客《きゃく》たちといっしょに店《みせ》の外《そと》にころがりでた。

「あ〜、ひどい目《め》にあった。」

パトカーや消防車《しょうぼうしゃ》のサイレンに追《お》われるようにして路地《ろじ》までにげこんだ皇帝《アンプルール》は、ヤウズにいう。指《ゆび》の間《あいだ》には、焼《や》き鳥《とり》の串《くし》や野菜《やさい》スティック、シシャモなどがはさまっている。

ヤウズは、これ以上《いじょう》はないってぐらい疲《つか》れた顔《かお》で、皇帝《アンプルール》にいう。

「あのなぁ、ジジイ。おれはべつに善人《ぜんにん》じゃない。はっきりいって、殺人技術《さつじんぎじゅつ》を身《み》につけてる悪党《あくとう》だ。そんなおれでも、思《おも》う。世界平和《せかいへいわ》のために、ジジイは死《し》ぬまで山奥《やまおく》に引《ひ》っこんでいたほうがいいぞ。」

「そうかな？」

首《くび》をひねる皇帝《アンプルール》にむかって、ヤウズはおこる。

「このサイレンがきこえねぇのか！　なんで、居酒屋《いざかや》にはいっただけで、こんな大騒《おおさわ》ぎになるんだよ！」

フッと笑《わら》う皇帝《アンプルール》。

「持《も》って生《う》まれたスター性《せい》ってやつかな。意識《いしき》してなくても目立《めだ》ってしまう。」

ヤウズは、髪《かみ》をかきあげる皇帝《アンプルール》を冷《つめ》たい目《め》で見《み》る。

「それで、騒動《そうどう》に紛《まぎ》れて料理《りょうり》を盗《ぬす》んできたのか。やってることは、食《く》いにげ犯《はん》だな。」

「食《く》うか？」

「いらねぇ！」

ことわるヤウズ。

かまわずシシャモにかじりつく皇帝《アンプルール》。

「なんだ、これ？　子持《こも》ちシシャモじゃないぞ。」

手作《てづく》りカラーコンタクトをはずし、確認《かくにん》する。

「やっぱり、オスのシシャモか……。」

哀《かな》しそうな声《こえ》でつぶやく皇帝《アンプルール》の肩《かた》を、ヤウズがポンとたたいた。

「ジジイ、二度《にど》とカラーコンタクトをはめるんじゃねぇぞ！」


「あ～、ひどい目《め》にあった。」

居酒屋《いざかや》からすこしはなれたところですわりこむ仙太郎《せんたろう》。彼《かれ》は、マンダリンとパイカルの三人《にん》で、気絶《きぜつ》したヴォルフをはこびだしたのだ。

「まったく、なんでこんなに重《おも》いんだよ！　鉄《てつ》の鎧《よろい》でも着《き》こんでんのか？」

コンビニ王《おう》をめざしていても、仙太郎《せんたろう》は探偵卿《たんていきょう》。彼《かれ》の推理《すいり》は、そんなにもはずれていない。

近《ちか》くを走《はし》る救急隊員《きゅうきゅうたいいん》をよびとめ、ヴォルフを救急車《きゅうきゅうしゃ》に乗《の》せるようにいった。

「いいんですか？　ヴォルフさんって、病院《びょういん》とかをすごくきらってるイメージがあります。勝手《かって》に救急車《きゅうきゅうしゃ》に乗《の》せたら、あとでおこられませんか？」

パイカルが、仙太郎《せんたろう》にいった。

「それもそうだな。」

うなずいた仙太郎《せんたろう》は、ヴォルフを数人《すうにん》がかりでストレッチャーに乗《の》せてる救急隊員《きゅうきゅうたいいん》にいう。

「このドイツ人《じん》、後頭部《こうとうぶ》の打撲《だぼく》で、かなり脳《のう》をやられてるんだ。目覚《めざ》めたら暴《あば》れると思《おも》うから、おとなしくなるまで入院《にゅういん》させといてくれないかな。」

ヴォルフと、恐怖《きょうふ》に顔《かお》を引《ひ》きつらせた救急隊員《きゅうきゅうたいいん》を乗《の》せ、救急車《きゅうきゅうしゃ》は走《はし》り去《さ》る。

「あれ、ルイーゼは？」

「国際刑事警察機構《ICPO》の人間《にんげん》ですからね。現場検証《げんばけんしょう》の手伝《てつだ》いにいってます。」

マンダリンが、仙太郎《せんたろう》にいった。

仙太郎《せんたろう》は、居酒屋《いざかや》のほうを見《み》る。

入《い》り口《ぐち》からは、まだ黒煙《こくえん》がモクモクでている。何本《なんぼん》もの消火用《しょうかよう》ホースが、うねうねとのたくっている。

ちらりと見《み》える店内《てんない》は、グチャグチャだ。

――いったい、どうしてこうなったんだ？

仙太郎《せんたろう》は、わけがわからない。

暗《くら》い顔《かお》のマンダリンがつぶやく。

「M《エム》からの指令《しれい》がおわると同時《どうじ》に、騒動《そうどう》がおきました。想像《そうぞう》ですが、エッグの事件《じけん》と関係《かんけい》あると思《おも》います。」

「あの〜。」

おそるおそるという感《かん》じで、パイカルが手《て》をあげた。

「携帯型《けいたいがた》プレイヤーから煙《けむり》がでるのを見《み》て、目《め》の悪《わる》い老人《ろうじん》が爆弾《ばくだん》とまちがえて大騒《おおさわ》ぎした――こういうのは考《かんが》えられませんか？」

それに対《たい》し、仙太郎《せんたろう》は「ないない。」と手《て》をふるし、マンダリンも苦笑《くしょう》する。

「はやく探偵卿《たんていきょう》になりたいっていうパイカルの気持《きも》ちもわかるけど、もうすこし修行《しゅぎょう》しないとむりだな。」

先輩風《せんぱいかぜ》をピューピュー吹《ふ》かせて、仙太郎《せんたろう》がパイカルの背中《せなか》をポンとたたく。

「あ〜、ひどい目《め》にあった。」

パシフィストが、うす汚《よご》れたドレスを見《み》て悲鳴《ひめい》をあげる。

「見《み》てよ、これ！　BEYOND《ビヨンド》　IRMA《イルマ》のドレスが、だいなしよ！」

クイーンは、考《かんが》える。

——「きみは、ドレスなんかよりトレジャーハンターの衣装《いしょう》のほうが似合《にあ》ってるよ」。ダメだな、この台詞《せりふ》はおこらせる。「そもそも、高級《こうきゅう》ドレスで居酒屋《いざかや》にくるのがまちがいでは？」。さらに、まずいな。わたしの命《いのち》が危険《きけん》だ。う〜ん……。

いいことばが思《おも》いつかないクイーンは、だまってることにした。

「なんとかいいなさいよ！」

パシフィストが、クイーンをビシッと指《ゆび》さした。

——なにしてもおこるんだ……。

「それで、いったいなにがおこったのよ！」

こたえられない質問《しつもん》をするパシフィスト。

派手《はで》なため息《いき》をついて、クイーンにいう。

「エッグにかかわったら、ろくな目《め》にあわないことだけはわかったわ。あなたも、気《き》をつけるのよ。そして、なにがなんでもエッグを手《て》に入《い》れてね。」

「〃気《き》をつける〃というのと〃なにがなんでも〃というのは、矛盾《むじゅん》してるような気《き》がするけどね。」

クイーンが肩《かた》をすくめる。

「きみに心配《しんぱい》してもらうまでもない。エッグは、わたしの獲物《えもの》。怪盗《かいとう》クイーンは、ねらった獲物《えもの》はかならず手《て》に入《い》れる。」

「…………」

パシフィストが、フッと肩《かた》の力《ちから》をぬく。

「その台詞《せりふ》――できるなら、ホテルのバーできききたかったわね。」

そして、カクテルグラスを持《も》ってるかのように手《て》を目《め》の高《たか》さまであげた。

「あなたの獲物《えもの》に、乾杯《かんぱい》！」

INTERVAL《インターバル》　遠足前夜《えんそくぜんや》は興奮《こうふん》してねむれない人《ひと》
——羊《ひつじ》をかぞえなさい

「それは、ひどい目《め》にあいましたね。」

トルバドゥールに帰《かえ》ったクイーンは、居酒屋《いざかや》でのできごとをジョーカーとRD《アールディー》に話《はな》す。

［原因《げんいん》は、わからないんですか？］

RD《アールディー》の質問《しつもん》には、首《くび》を横《よこ》にふる。

「なにせ、突然《とつぜん》のできごとだったからね。だれかが『にげろ！』ってさけんでパニックになったんだ。ただ、その声《こえ》にききおぼえがあるような……でも、思《おも》いださないように心《こころ》にブレーキがかかってるというか……。」

頭《あたま》をかかえるクイーン。

ふと思《おも》いだしたというように、ジョーカーがスマホを出《だ》す。

「そういえば、あなたの居所《いどころ》を皇帝《アンプルール》が知《し》りたがっていましたよ。どこにいるのかって、ラインできかれました。」

クイーンは「皇帝《アンプルール》」の名前《なまえ》をきいて、目《め》の前《まえ》の風景《ふうけい》から色《いろ》が消《き》えたように感《かん》じた。

——お師匠様《ししょうさま》が、騒動《そうどう》の原因《げんいん》なら納得《なっとく》できる。生《い》きてるだけでまわりに迷惑《めいわく》をかける、バイオハザードみたいな人《ひと》だからな。

同時《どうじ》に、不思議《ふしぎ》に思《おも》った。

——どうして、わたしが居酒屋《いざかや》にいるのがわかったんだろう？

ジョーカーにきく。

「お師匠様《ししょうさま》に教《おし》えようにも、わたしの居場所《いばしょ》はジョーカーくんも知《し》らなかっただろ？」

「そうですね。」

位置情報検索《いちじょうほうけんさく》サービスで知《し》っていたのだが、ジョーカーはごまかす。

「でも、皇帝《アンプルール》ほどの怪盗《かいとう》なら、あなたが居酒屋《いざかや》にいることをつきとめるのはかんたんだと思《おも》います。」

「…………」

色《いろ》が消《き》えた風景《ふうけい》から、さらに音《おと》までも消《き》えた。

「クイーン、だいじょうぶですか！」

突然《とつぜん》、電池《でんち》が切《き》れたようにかたまってしまったクイーンに、ジョーカーがいう。

「ああ……だいじょうぶだよ。ちょっと思《おも》いだしたくない名前《なまえ》をきいて、気分《きぶん》が悪《わる》くなっただけだから。」

むりしてほほえむクイーン。

「しかし、お師匠様《ししょうさま》までできたとなると、慎重《しんちょう》に計画《けいかく》を立《た》てないとたいへんなことになるね。ジョーカーくんにRD《アールディー》、たのんでおいた資料《しりょう》は集《あつ》まったかい？」

「はい、ここに——。」

ジョーカーが、タブレットをクイーンの前《まえ》に出《だ》す。

「まず、スローターハラトリアム博物館《はくぶつかん》のデータです。あと、日本警察《にほんけいさつ》と国際刑事警察機構《ICPO》の警《けい》備形態《びけいたい》、ならびに、当日取材《とうじつしゅざい》に訪《おとず》れるマスコミ関係者《かんけいしゃ》の名簿《めいぼ》です。」

クイーンは、画面《がめん》にあらわれる探偵卿《たんていきょう》の写真《しゃしん》を見《み》て、かるく口笛《くちぶえ》を吹《ふ》く。

「こんなに探偵卿《たんていきょう》を集《あつ》めてくれるとはね。国際刑事警察機構《ICPO》は、なにがなんでもクイーン——いや、ブラッククイーンを逮捕《たいほ》する気《き》だな。」

何度《なんど》かかかわったことがある探偵卿《たんていきょう》のリストの中《なか》、知《し》らない顔《かお》があった。

特徴《とくちょう》のない、中年《ちゅうねん》の男性《だんせい》。地味《じみ》な背広姿《せびろすがた》は、探偵卿《たんていきょう》というより単身赴任《たんしんふにん》に疲《つか》れた企業戦士《きぎょうせんし》という感《かん》じがする。
「この男《おとこ》も探偵卿《たんていきょう》かい？」
クイーンがきいた。
[はい。名前《なまえ》はヴァドエバーです。探偵卿《たんていきょう》として登録《とうろく》されたのは二年《ねん》まえです。だれかの助手《じょしゅ》をしていたという記録《きろく》はありません。]
RD《アールディー》がこたえる。
しばらく、沈黙《ちんもく》がトルバドゥールの船室《キャビン》を支配《しはい》する。
「ほかには？」
クイーンの質問《しつもん》に、
[ありません。]
RD《アールディー》の素《そ》っ気《け》ない返事《へんじ》。
[彼《かれ》については、不明《ふめい》な部分《ぶぶん》が多《おお》いです。国籍《こくせき》などの個人《こじん》データも、探偵卿《たんていきょう》になるまでの経歴《けいれき》もわかってません。罪《つみ》を犯《おか》し、国際刑事警察機構《ICPO》につかまったのが、探偵卿《たんていきょう》になるきっかけだというわさもあります。ヴァドエバーという名前《なまえ》も、本名《ほんみょう》かどうかわかりません。]
「ふ～ん。」

興味《きょうみ》なさそうなクイーン。

その様子《ようす》を見《み》て、RD《アールディー》がいう。

[この日本《にっぽん》に、悪党《あくとう》を始末《しまつ》するために集《あつ》められた警察組織《けいさつそしき》があることを知《し》ってますか?]

「悪党《あくとう》を、逮捕《たいほ》ではなく退治《たいじ》するグループだろ。とうぜん、知《し》ってるよ。映画化《えいがか》もされたしね。ちなみに、わたしはファンだよ。」

[国際刑事警察機構《ICPO》は、ウァドエバーに、その役目《やくめ》をさせようとしてるのではないかと思《おも》われます。]

ジョーカーが、つづける。

「つまり、クイーンをつかまえず、その場《ば》で退治《たいじ》しようと考《かんが》えてる可能性《かのうせい》があります。」

「だいじょうぶだよ、ジョーカーくん。かんちがいしてないか。今回《こんかい》、犯行予告《はんこうよこく》をしてるのはブラッククイーン。つまり、わたしは安全《あんぜん》だというわけだ。」

[しかし、あなたもエッグをねらうんでしょ。おなじように退治《たいじ》されるんじゃないですか?]

「そのときは、ブラッククイーンを生《い》け贄《にえ》にして、うまくにげるよ。」

右手《みぎて》をヒラヒラふってこたえるクイーン。その無責任《むせきにん》な態度《たいど》を見《み》て、ジョーカーとRD《アールディー》は、ブラッククイーンといっしょに退治《たいじ》されたらいいのにと思《おも》った。

「さぁ、おもしろくなってきた。」

ジョーカーとRD《アールディー》の冷《つめ》たい視線《しせん》に気《き》づかないクイーンは、楽《たの》しそうにいう。

「ブラッククイーンが予告《よこく》した日《ひ》まで、あと三日《みっか》。いまのわたしは、遠足《えんそく》をひかえた子《こ》どものように、ワクワクしてるよ。」

「ぼくは、遠足《えんそく》のバスで乗《の》り物酔《ものよ》いするのが心配《しんぱい》で、すこしも楽《たの》しくない子《こ》どもの気分《きぶん》です。」

ジョーカーの暗《くら》い声《こえ》。

【あなたを見《み》てると、興奮《こうふん》しすぎて寝《ね》られず、遠足当日《えんそくとうじつ》に熱《ねつ》を出《だ》す子《こ》どもをイメージします。】

「だいじょうぶ、ちゃんと羊《ひつじ》をかぞえるから！」

クイーンが、RD《アールディー》にむかってV《ブイ》サインを出《だ》した。

Scene《シーン》04 大型《おおがた》モニタ is《イズ》 LIVE《ライブ》

スローターハラトリアム博物館《はくぶつかん》は、冒険家《ぼうけんか》の針井貫太郎氏《はりいかんたろうし》が個人所有《こじんしょゆう》するというめずらしい博《はく》物館《ぶつかん》だ。ほかでは、とても展示《てんじ》されないような怪《あや》しげな品《しな》が多《おお》いのが特徴《とくちょう》である。所蔵《しょぞう》されている約《やく》八十万点《まんてん》の品々《しなじな》は、針井氏《はりいし》が世界中《せかいじゅう》を旅《たび》して集《あつ》めたものや、仲間《なかま》から寄贈《きぞう》されたもの。

山《やま》を切《き》りひらいてつくられた博物館《はくぶつかん》の広《ひろ》さは、ドーム球場《きゅうじょう》九個分《こぶん》ほど。中庭《なかにわ》をとりかこむ四つの建物《たてもの》では、所蔵品《しょぞうひん》の中《なか》で五万点《まんてん》が常設展示《じょうせつてんじ》されている。展示数《てんじすう》が多《おお》いうえに、建物《たてもの》の中《なか》が迷宮《めいきゅう》のように入《い》り組《く》んでいるため、すべて見《み》るにはまるまる一日《にち》かけてもむりだといわれている。また、建物《たてもの》の中《なか》で迷子《まいご》になったときのため、インフォメーション室《しつ》につながるインターフォンが至《いた》るところにある。

マニアからは「聖地《せいち》」とよばれてるが、一般人《いっぱんじん》からは「巨大《きょだい》なゴミ屋敷《やしき》」といわれている。

いつもなら百人《にん》もいない来館者《らいかんしゃ》が、エッグを盗《ぬす》むという予告《よこく》があってからは、一日《にち》に一万人《まんにん》を超《こ》えるようになった。

そして、今日《きょう》。遠足《えんそく》——ではなく、ブラッククイーンが予告《よこく》した日《ひ》がやってきた。

朝《あさ》から、すでに来館者《らいかんしゃ》は二十万人《まんにん》を超《こ》えている。

エッグが展示《てんじ》されているのは、中央大展示室《ちゅうおうだいてんじしつ》。昨日《きのう》の閉館《へいかん》から、中央大展示室《ちゅうおうだいてんじしつ》にはだれも入《い》れないようになっている。

そして今日《きょう》は、建物《たてもの》の中《なか》へ一般客《いっぱんきゃく》ははいれない。はいれる場所《ばしょ》は、博物館中央《はくぶつかんちゅうおう》にある中庭《なかにわ》だけである。

展示室内《てんじしつない》は十六台《だい》のカメラで監視《かんし》され、その様子《ようす》は、中庭《なかにわ》の巨大《きょだい》モニタにうつしだされている。

いま、ほかの展示物《てんじぶつ》はすべてはこびだされ、展示室内中央《てんじしつないちゅうおう》にはエッグが入《い》れられたガラスケースがあるだけだ。

スローターハラトリアム博物館《はくぶつかん》に集《あつ》まった人《ひと》たちは、いかにして怪盗《かいとう》クイーンがエッグを盗《ぬす》むのか、予告《よこく》された正午《しょうご》がくるのをワクワクしながら待《ま》っている。

前日《ぜんじつ》に退院《たいいん》したヴォルフは、ルイーゼといっしょに警備室《けいびしつ》で警備状況《けいびじょうきょう》を確認《かくにん》する。

「だいじょうぶなの、ヴォルフちゃん？」

「ああ。ちょっとばかり記憶《きおく》が飛《と》んでるが、仕事《しごと》には影響《えいきょう》ない。」

頭《あたま》に包帯《ほうたい》を巻《ま》いたヴォルフがこたえる。

「そう。頑丈《がんじょう》に産《う》んでくれたお母《かあ》さんに、感謝《かんしゃ》しなきゃね。」

バッグから出《だ》したキャンディを、ヴォルフに見《み》せるルイーゼ。

それをことわり、そばにいるパイカルにきく。

「ウァドエバーは、どこだ？」

「昨夜《ゆうべ》まではいっしょにいたんですが——。そのあと、『いよいよ本番《ほんばん》だ。』といって、どこへいったのか……。」

こまった顔《かお》のパイカル。

盛大《せいだい》なため息《いき》をつくヴォルフ。

「そんなに気《き》を落《お》とさなくてもいいぜ、旦那《だんな》。このおれ——花菱仙太郎《はなびしせんたろう》がいるじゃないか。」

仙太郎《せんたろう》が、胸《むね》を張《は》って自分《じぶん》を指《ゆび》さす。

ヴォルフのこんどのため息《いき》は、さっきより大《おお》きい。

「おまえが、そのコンビニ店員《てんいん》の制服《せいふく》を着《き》てなかったら、もうすこし信用《しんよう》してやってもいいんだけどな……。」

仙太郎《せんたろう》が着《き》てるのは、コンビニ『シャドウ』のものだ。

指《ゆび》をチッチッチとふる仙太郎《せんたろう》。

「正確《せいかく》にいってほしいな。コンビニ店員《てんいん》じゃなく、おれは臨時店長《りんじてんちょう》だぜ。」

スローターハラトリアム博物館近《はくぶつかんちか》くの『シャドウ』は、いきなりふえた客《きゃく》に、対応《たいおう》しきれないでいた。

そこへ三日《みっか》まえに雇《やと》われた仙太郎《せんたろう》は、〝コンビニ王《おう》になる〟ということばどおり、能力《のうりょく》を発揮《はっき》し、一日《にち》で売《う》り上《あ》げを十六倍《ばい》にふやし、臨時店長《りんじてんちょう》の座《ざ》を手《て》に入《い》れた。

そして、昨日《きのう》は、スローターハラトリアム博物館《はくぶつかん》の中庭《なかにわ》にプレハブの店《みせ》を出《だ》すことを認《みと》めさせた。

「すげぇだろ。おれは、今日《きょう》一日《にち》で半年分《はんとしぶん》の売《う》り上《あ》げを稼《かせ》ごうと計画《けいかく》してるんだ。この調子《ちょうし》でいけば、一年後《ねんご》に全国《ぜんこく》の『シャドウ』はおれのもの。ちなみに、これが今回《こんかい》の計画書《けいかくしょ》だ。——見《み》る？」

得意《とくい》げに、ノートをヴォルフの鼻先《はなさき》につきつける。

ヴォルフは、一つせきばらいしていう。

「おれがコンビニ関係者《かんけいしゃ》なら、いまの話《はなし》で、おまえの能力《のうりょく》をすなおに認《みと》めてやるんだけどな……。残念《ざんねん》なことに、おれは探偵卿《たんていきょう》で、おまえには探偵卿《たんていきょう》の能力《のうりょく》しか求《もと》めてない。」

ヴォルフが、長刀《ちょうとう》をぬく。

「というわけで、そのコンビニ店員《てんいん》の制服《せいふく》を脱《ぬ》ぐか、おれの視界《しかい》から消《き》えるか——どちらかをえらべ。」

「だから、店員《てんいん》じゃなくって、臨時店長《りんじてんちょう》だっていってるだろ。」

ブチッという、堪忍袋《かんにんぶくろ》の緒《お》が切《き》れる音《おと》がして、ヴォルフが長刀《ちょうとう》をふりかぶる。

「わ〜、待《ま》った！　旦那《だんな》、おちつけって！　——この服《ふく》は、探偵卿《たんていきょう》の仕事《しごと》として着《き》てるんだから。」

頭《あたま》を手《て》で庇《かば》い、身《み》を縮《ちぢ》める仙太郎《せんたろう》。

「仕事《しごと》？」

疑《うたが》わしそうなヴォルフに、仙太郎《せんたろう》は早口《はやくち》でいう。

「そうだよ。こうしてコンビニの制服《せいふく》を着《き》てたら、国際刑事警察機構《ICPO》の連中《れんちゅう》も日本警察《にほんけいさつ》も、だれもおれのことを探偵卿《たんていきょう》だと思《おも》わないだろ。」

「そうか……おまえも考《かんが》えていたんだな。」

ヴォルフが長刀《ちょうとう》を納《おさ》める。その表情《ひょうじょう》には、〝こいつも成長《せいちょう》してるじゃないか〟と書《か》かれている。

仙太郎《せんたろう》は、〝いま、考《かんが》えたばかりだけどね〟と、心《こころ》の中《なか》でつぶやく。

そのやりとりを見《み》ていて、パイカルが〝この人《ひと》たちを見習《みなら》っちゃダメだ〟と心《こころ》のメモ帳《ちょう》に書《か》きこむ。

「マンダリンのやつは、どこだ?」

警備室《けいびしつ》を見《み》まわすヴォルフに、ルイーゼがいう。

「中央展示室前《ちゅうおうてんじしつまえ》に待機《たいき》してるわ。」

「じゃあ、おれも——。」

でていこうとするヴォルフに、ルイーゼがほほえむ。

「ヴォルフちゃんは、遊軍《ゆうぐん》として待機《たいき》。あなたまでいく必要《ひつよう》ないわ。」

「じゃあ、おれがいこうか?」

仙太郎《せんたろう》が手《て》をあげるが、ルイーゼは首《くび》を横《よこ》にふる。

「ここは、マンダリンちゃんだけにまかせましょう。」

「なぜだ?」

ヴォルフがきくと、ルイーゼの目《め》が真剣《しんけん》になった。

「わたしたちが相手《あいて》にしてるのは、クイーン。どんな人間《にんげん》にも変装《へんそう》できる怪盗《かいとう》よ。今後《こんご》、中央展《ちゅうおうてん》示室《じしつ》に近《ちか》づく人間《にんげん》は、すべてクイーンの変装《へんそう》と疑《うたが》う必要《ひつよう》があるの。だから、マンダリンちゃんだけ中央展示室前《ちゅうおうてんじしつまえ》に待機《たいき》させてるのよ。」

「…………」

ルイーゼのことばに、改《あらた》めてクイーンのおそろしさを感《かん》じるパイカル。

——だれにでも変装《へんそう》できる怪盗《かいとう》……。つまり、目《め》の前《まえ》にいるルイーゼさんがクイーンかもしれない。ひょっとすると、ヴォルフさんか仙太郎《せんたろう》さんのどちらかがクイーン……。いや、クイーンがぼくに化《ば》けてるとしたら……。

パイカルは、自分《じぶん》の中《なか》に得体《えたい》の知《し》れないものがはいりこんでるような感《かん》じがして、体《からだ》がふるえた。

深《ふか》く息《いき》を吸《す》い、気持《きも》ちをおちつける。

——こんなことでこわがっていたら、探偵卿《たんていきょう》になれない。探偵卿《たんていきょう》に必要《ひつよう》なのは、あらゆる可能《かのう》性《せい》を考《かんが》える冷静《れいせい》な頭脳《ずのう》。考《かんが》えろ！　恐怖《きょうふ》を感《かん》じる時間《じかん》があったら、考《かんが》えろ！

パイカルは、ルイーゼにきく。

「マンダリンさんが、クイーンの変装《へんそう》という可能性《かのうせい》は？」

ルイーゼは首《くび》を横《よこ》にふった。

「いま、彼《かれ》は中央展示室前《ちゅうおうてんじしつまえ》で待機《たいき》してる。その事実《じじつ》だけで、彼《かれ》がクイーンではないとわかるわ。」

「………。」

パイカルは、意味《いみ》がわからない。仙太郎《せんたろう》とヴォルフを見《み》ると、自分《じぶん》とおなじような顔《かお》をしている。

その様子《ようす》を見《み》て、ルイーゼがほほえむ。

バッグからキャンディを出《だ》して、三人《にん》にわたす。

「まだ予告時間《よこくじかん》まで余裕《よゆう》があるわ。アメちゃんでもなめて、リラックスしてなさい。」

中庭《なかにわ》につくられた『シャドウ　中庭《なかにわ》プレハブ臨時店《りんじてん》』にむかいながら、仙太郎《せんたろう》は不思議《ふしぎ》に思《おも》う。

──なんか、調子狂《ちょうしくる》うな。いつもは、もっと探偵卿《たんていきょう》の仕事《しごと》しろ！　って感《かん》じではたらかされるのに……。

マンダリンの手伝《てつだ》いをしようとしたら必要《ひつよう》ないといわれ、遊軍《ゆうぐん》として待機《たいき》しろという命令《めいれい》。

――まるで、仕事《しごと》するなといわれてるみたいだ。

その考《かんが》えに、思《おも》わず立《た》ちどまる。

「どういうことだ……？」

仙太郎《せんたろう》の異名《いみょう》は、ダブルフェイス。ふだんはぼんやりしていても、探偵卿《たんていきょう》として推理《すいり》を始《はじ》めると、瞳《ひとみ》の色《いろ》が銀色《ぎんいろ》に変化《へんか》する。

いま、彼《かれ》の瞳《ひとみ》が銀色《ぎんいろ》にかわりかけたとき、

「店長《てんちょう》！」

声《こえ》をかけられて、我《われ》に返《かえ》る仙太郎《せんたろう》。

「商品《しょうひん》の発注書《はっちゅうしょ》ができました。確認《かくにん》をお願《ねが》いします。」

大量募集《たいりょうぼしゅう》したアルバイトの一人《ひとり》が立《た》っている。名札《なふだ》には『佐渡山真由《さどやままゆ》』と書《か》かれている。バイトリーダーをまかせてる女子大生《じょしだいせい》だ。

発注書《はっちゅうしょ》を確認《かくにん》する仙太郎《せんたろう》。

「お茶《ちゃ》とミネラルウォーターを、十パーセントふやす。それから、弁当《べんとう》の数《かず》をへらし、そのぶんを、おにぎりやサンドイッチ、ハンバーガーに変更《へんこう》。あと、ブルーシートを一万枚追加《まんまいついか》。」

「了解《りょうかい》しました。」

すぐに、端末《たんまつ》を使《つか》って発注手続《はっちゅうてつづ》きをする佐渡山《さどやま》。

「早朝《そうちょう》にきた商品《しょうひん》の陳列《ちんれつ》は？」

「完了《かんりょう》しました。」

すかさずこたえる佐渡山《さどやま》を見《み》て、仙太郎《せんたろう》は信用《しんよう》できると思《おも》った。

「人手《ひとで》は足《た》りてるかな？」

「はい。昨日《きのう》、バイト募集《ぼしゅう》で新規《しんき》に三人採用《にんさいよう》したんですが、そのうちの二人《ふたり》は、とにかく仕事《しごと》がはやいです。もう一人《ひとり》のおじいさんは、まったく戦力《せんりょく》になりません。」

「どうして、そんなジイさんまで採用《さいよう》したんだい？」

仙太郎《せんたろう》の質問《しつもん》に、佐渡山《さどやま》はすこし首《くび》をかしげる。

「よくわかりませんが……採用《さいよう》したほうが、お店《みせ》のためになるような気《き》がして――。」

はっきりこたえられない佐渡山《さどやま》。

仙太郎《せんたろう》は、笑顔《えがお》でいう。

「いや、べつにおこってるわけじゃない。おれは、佐渡山《さどやま》さんの人《ひと》を見《み》る目《め》を信《しん》じてるから。きみが店《みせ》のためになると思《おも》って採用《さいよう》したのなら、それが正解《せいかい》だ。」

「ありがとうございます。」

SHADOW

「さぁ、お客《きゃく》さんが待《ま》ってる。今日《きょう》は、いそがしくなるぞ！」

店《みせ》にむかって歩《ある》きはじめた仙太郎《せんたろう》は、すでにコンビニ王《おう》をめざす男《おとこ》の顔《かお》になっている。

いまの彼《かれ》に探偵卿《たんていきょう》のことをきいても、「探偵卿《たんていきょう》？　なに、それ？　おいしいの？」とこたえそうな雰囲気《ふんいき》だ。


天気《てんき》は快晴《かいせい》で、博物館《はくぶつかん》の中庭《なかにわ》は太陽《たいよう》の日差《ひざ》しに明《あか》るくつつまれている。

それよりもっと明《あか》るいのが、『シャドウ　中庭《なかにわ》プレハブ臨時店《りんじてん》』だ。天井《てんじょう》にビッシリとり付《つ》けられた蛍光灯《けいこうとう》の数《かず》は、ほかのコンビニの約《やく》一・五倍《ばい》。

明《あか》るい店内《てんない》では、たくさんの客《きゃく》と店員《てんいん》が、入《い》り乱《みだ》れて動《うご》いている。それはまるで、満員電車《まんいんでんしゃ》の中《なか》のようだ。

しかし、押《お》し合《あ》いへし合《あ》いの店内《てんない》を、まるで風《かぜ》が通《とお》りぬけるかのように動《うご》く三人《にん》の店員《てんいん》がいた。

一人《ひとり》は、長《なが》い髪《かみ》をアップにした女性《じょせい》。街《まち》ですれちがえば、まちがいなくふりかえって確認《かくにん》したくなるような美形《びけい》だ。もし、タウン誌《し》が『わが町《まち》のコンビニ小町《こまち》』という企画《きかく》でインタビューしたら、「山田花子《やまだはなこ》二十四歳《さい》です。美大《びだい》で使《つか》う画材《がざい》を買《か》うために、バイトしてます。ぜひ、きてね。」とこたえるだろう。

もう一人《ひとり》は、ひきしまった体《からだ》の男性《だんせい》。短《みじか》い髪《かみ》の下《した》では、するどい目《め》が光《ひか》っている。胸《むね》の名札《なふだ》には『山田太郎《やまだたろう》』の文字《もじ》。もし、タウン誌《し》が『コンビニ・ダンディBEST《ベスト》5』をえらんだら、まちがいなく最多得票《さいたとくひょう》で優勝《ゆうしょう》するだろう。そして、優勝者《ゆうしょうしゃ》インタビューでは「ぼくには内緒《ないしょ》で、姉《あね》がバイトに応募《おうぼ》しました。いきなりレジ打《う》ちをさせられておどろきました。」とこたえるだろう。

そして三人目《にんめ》は、かなり高齢《こうれい》の老人《ろうじん》。八十代《だい》か、九十代《だい》か……？ 下手《へた》したら、かるく百歳《さい》を超《こ》えてるようにも見《み》える。しかし、動《うご》きはすばやい。百四十センチもない小柄《こがら》な体《からだ》で、廃棄《はいき》する食品《しょくひん》をつぎからつぎへとコンテナへ入《い》れていく。胸《むね》の名札《なふだ》には『田中茂造《たなかしげぞう》』の文字《もじ》。もし、タウン誌《し》が『高齢者問題《こうれいしゃもんだい》を考《かんが》える　いまもはたらく現役老人《げんえきろうじん》たち』という企画《きかく》でインタビューしたら、「この国《くに》の政策《せいさく》は、どうなってるんだ。年金《ねんきん》だけでは生活《せいかつ》できず、こんな年《とし》になってもはたらかなきゃいけないんだぞ。」とこたえるだろう。そしてインタビュアーが「ちなみに、お年《とし》は？」ときいたら、「ひ・み・つ。」と、お茶目《ちゃめ》にこたえるにちがいない。

バイトリーダーの佐渡山真由《さどやままゆ》は、三人《にん》の仕事《しごと》ぶりを棚《たな》のかげからチェックする。

——花子《はなこ》と太郎《たろう》は、問題《もんだい》なし。じつに正確《せいかく》に、商品《しょうひん》を棚《たな》にならべていく。それはまるで、高速《こうそく》で動《うご》く機械《きかい》のようだ。茂造《しげぞう》さんも、今日《きょう》は熱心《ねっしん》にはたらいてるわね。これだけお客《きゃく》が多《おお》いと、さすがにサボる気《き》になれないようだわ。

安心《あんしん》した佐渡山《さどやま》は、自分《じぶん》の仕事《しごと》にもどる。

茂造《しげぞう》は、佐渡山《さどやま》の視線《しせん》が消《き》えたのを確認《かくにん》し、ニヤリと笑《わら》い、廃棄《はいき》するおにぎりをコンテナに入《い》れる仕事《しごと》をつづける。

ヒョイヒョイと、かろやかに動《うご》く茂造《しげぞう》の手《て》。それをガシッとつかむ者《もの》があった。山田花子《やまだはなこ》だ。

「……なんのまねだ、クイーン？」

茂造《しげぞう》が、花子《はなこ》――いや、変装《へんそう》したクイーンをにらむ。

おどろいたクイーンは、あわてて茂造《しげぞう》の口《くち》を手《て》でおさえた。

「お師匠様《ししょうさま》、こんなところでクイーンの名前《なまえ》を出《だ》さないでください！　店内《てんない》には、警察《けいさつ》や国際刑事警察機構《ICPO》の人間《にんげん》が何人《なんにん》もいるんですよ。」

小声《こごえ》で茂造《しげぞう》――いや、皇帝《アンプルール》にいう。

皇帝《アンプルール》は、クイーンの手《て》を口《くち》からはずし、

「心配《しんぱい》するな。だれも、怪盗《かいとう》クイーンがコンビニのバイト店員《てんいん》に変装《へんそう》してるとは思《おも》わないよ。それより、おれが真面目《まじめ》に仕事《しごと》をしてるのを、邪魔《じゃま》してもらいたくないな。」

文句《もんく》をいう皇帝《アンプルール》を、クイーンがにらむ。

「真面目《まじめ》に仕事《しごと》？　じゃあ、その口《くち》のまわりについてる海苔《のり》はなんですか？」

皇帝《アンプルール》は、長《なが》い舌《した》で海苔《のり》をなめとり、フッと笑《わら》った。おにぎりをコンテナに入《い》れながら、十個《こ》に一個《こ》の割合《わりあい》で自分《じぶん》の口《くち》にほうりこんでいたのだ。

「コンビニおにぎりの赤《あか》いテープをはがし、ビニールラップを両側《りょうがわ》から引《ひ》いて、ちゃんと海苔《のり》で巻《ま》いたおにぎりを口《くち》に入《い》れる。——これだけの作業《さぎょう》を、あの佐渡山《さどやま》って姉《ねえ》ちゃんにも気《き》づかれずやってたんだぜ。すごいだろ。」

自慢《じまん》する皇帝《アンプルール》。ちなみに、皇帝《アンプルール》の異名《いみょう》は『凬《ヴァン》』だ。

クイーンは、大《おお》きなため息《いき》をつく。

「勝《か》ち誇《ほこ》らないでください。いやしくも、あなたは皇帝《アンプルール》——すべての怪盗《かいとう》の頂点《ちょうてん》に立《た》つ者《もの》です。その自覚《じかく》を忘《わす》れないでください。」

「そうはいうが、もったいないじゃねぇか。これ、みんな廃棄《はいき》するんだぜ。」

「食品《しょくひん》の廃棄《はいき》と、あなたが盗《ぬす》み食《ぐ》いするのは、別問題《べつもんだい》です。とにかく、数《かず》が合《あ》わなくなるんですから、盗《ぬす》み食《ぐ》いはやめてください。」

クイーンににらまれ、しかたなく「わかったよ。」と返事《へんじ》する皇帝《アンプルール》。

「しかし、おまえは盗《ぬす》み食《ぐ》いしたくないのか？」

皇帝《アンプルール》にきかれ、クイーンは首《くび》を横《よこ》にふる。

「とうぜんです。誇《ほこ》り高《たか》い怪盗《かいとう》が、コンビニの廃棄食品《はいきしょくひん》を盗《ぬす》み食《ぐ》いするわけないでしょ。」

「ジョーカーくんはどうなんだ？」

「彼《かれ》もおなじです。スイーツコーナーでは、かなり誘惑《ゆうわく》と闘《たたか》ってるようですが、いっしょうけんめいはたらいてますよ。」

「ジョーカーくんは、あまいものが好《す》きなのか？」

「ええ。」

「そういえば、おまえもあまいもの好《ず》きだったな。壺《つぼ》に入《い》れた水飴《みずあめ》を盗《ぬす》み食《ぐ》いしてたのを、いまでもおぼえてるぞ。」

遠《とお》い目《め》をして過去《かこ》を懐《なつ》かしむ皇帝《アンプルール》。

「そういえば、あまいものを餌《えさ》に、すさまじい修行《しゅぎょう》——というか、いじめ、虐待《ぎゃくたい》をしてくれましたね。いまでもおぼえてますよ。」

遠《とお》い目《め》をして、忌《い》まわしい過去《かこ》を思《おも》いだすクイーン。

一つせきばらいして皇帝《アンプルール》が話《はなし》をかえる。

「コンビニの仕事《しごと》はともかく、おまえはエッグをねらってるんだろ？」

「はい。すでにジョーカーくんには、休憩時間《きゅうけいじかん》に動《うご》いてもらってます。RD《アールディー》も、上空《じょうくう》で待機《たいき》してます。」

クイーンが、上《うえ》を指《ゆび》さす。

[なにか用《よう》ですか？]

コンビニ店員《てんいん》が在庫管理《ざいこかんり》するために持《も》ってる小型端末《こがたたんまつ》。そのディスプレイに、RD《アールディー》からの通信《つうしん》が表示《ひょうじ》される。

「異常《いじょう》はないかい？」

[ありません。拍子《ひょうし》ぬけするぐらい平和《へいわ》です。さっきから擬装用《ぎそうよう》の雲《くも》でパンダやキリンを形作《かたちづく》ってるんですが、子《こ》どもたちはよろこんでますよ。]

超弩級巨大飛行船《ちょうどきゅうきょだいひこうせん》トルバドゥール。はるか高空《こうくう》を航行《こうこう》するときはいいのだが、低空《ていくう》で待機《たいき》するときは、見《み》つからないように耐《たい》レーダー機能《きのう》もそなえた雲《くも》で船体《せんたい》をおおうようにしている。

その雲《くも》は、さまざまな形《かたち》にかえることができる。

「アダムスキー型円盤《がたえんばん》になれるか？」

皇帝《アンプルール》がリクエストする。

[かんたんです。]

「いや……あまり目立《めだ》つことはしないように。お師匠様《ししょうさま》のリクエストは、無視《むし》していいから。引《ひ》きつづき、監視《かんし》をつづけてくれ。」

「了解《りょうかい》しました。」

通信《つうしん》をおえたクイーンが、皇帝《アンプルール》にきく。

「そういえば、お師匠様《ししょうさま》もエッグをほしいんじゃないですか？」

「まぁな。」

「ヤウズくんの姿《すがた》が見《み》えないのは、準備《じゅんび》にかかってるからですか？」

「やつは、昨日《きのう》のうちに帰《かえ》ったよ。『ジジイにふりまわされたくねぇ。』とか『おれは、人《ひと》がいっぱいいるところがきらいなんだ。』とか、さんざんわがままいってたな。」

「じゃあ、一人《ひとり》でエッグを盗《ぬす》む気《き》ですね？」

皇帝《アンプルール》は、その質問《しつもん》に首《くび》を横《よこ》にふる。

「どうせ、おまえが盗《ぬす》むんだろ。あとで、おまえから盗《ぬす》めばいい。」

皇帝《アンプルール》の顔《かお》には、〝クイーンのものは、おれのもの。おれのものはおれのもの〟と書《か》かれている。

「じゃあ、どうしてコンビニ《こ》で《こ》はたらいてるんです？」

「おまえを手伝《てつだ》ってやろうと思《おも》ってな。」

「ほんとうのことをいってください。」

すかさず口《くち》をはさむクイーン。まったく皇帝《アンプルール》のいうことを信用《しんよう》してないのがわかる。

皇帝《アンプルール》は、一つため息《いき》をついていう。

「時給《じきゅう》を稼《かせ》ぎたいんだよ。ヤウズが帰《かえ》るとき、おれの金《かね》も全部《ぜんぶ》持《も》ってったんだ。一文《いちもん》なしで、飛《ひ》行機《こうき》にも乗《の》れやしねぇ。」

そして、クイーンにむかって手《て》をのばす。

「なんですか、この手《て》？」

「金《かね》、貸《か》してちょうだい。」

「がんばって、はたらいてください。」

冷《つめ》たくつきはなすクイーン。

「友《とも》だちがいのないやつだな……。」

哀《かな》しそうにいう皇帝《アンプルール》に、クイーンがビシッという。

「何度《なんど》もいいますが、わたしはあなたの弟子《でし》であって、友《とも》だちじゃありません。その点《てん》をまちがえないようにしてください。」

「……どこへいっても、年寄《としよ》りは邪魔者《じゃまもの》あつかいか。」

ひねくれたようにいう皇帝《アンプルール》。その手《て》が廃棄《はいき》おにぎりにのび、すばやくラップをはがす。

「だから、食《た》べないでください！」

クイーンが、皇帝《アンプルール》の手《て》をおさえた。

警備室《けいびしつ》では、椅子《いす》にすわったルイーゼとヴォルフが、監視《かんし》カメラのモニタを見《み》ている。

九分割《ぶんかつ》されたモニタ。左上《ひだりうえ》の画面《がめん》には、展示室《てんじしつ》の前《まえ》で静《しず》かに立《た》っているマンダリンがうつっている。

中央《ちゅうおう》の画面《がめん》には、ガラスケースにはいったエッグ。

ほかにも、展示室内《てんじしつない》のあらゆる場所《ばしょ》がうつっている。展示室内《てんじしつない》には、四人《にん》の警官《けいかん》が部屋《へや》の四隅《よすみ》に立《た》ち、エッグを見張《みは》っている。

「なんで、国際刑事警察機構《ICPO》の人間《にんげん》が、だれも展示室内《てんじしつない》にいないんだ？」

ヴォルフがきいた。

「まえにもいったけど、日本警察《にほんけいさつ》としては、日本《にっぽん》でおこる事件《じけん》だから自分《じぶん》たちで解決《かいけつ》したい気持《きも》ちがあるの。だから、国際刑事警察機構《ICPO》——特《とく》に探偵卿《たんていきょう》にはかかわってほしくないみたいね。マンダリンちゃんを部屋《へや》の前《まえ》に配置《はいち》するのも、たいへんだったんだから。」

やれやれという感《かん》じでいい、ルイーゼは、バッグから出《だ》したキャンディを口《くち》にほうりこむ。

「中《なか》にいる警官《けいかん》が、クイーンの変装《へんそう》って可能性《かのうせい》はありませんか?」

ルイーゼとヴォルフの後《うし》ろに立《た》っていたパイカルが質問《しつもん》する。

「それはないわ。もしそうだったら、日本警察《にほんけいさつ》の面子《メンツ》は丸《まる》つぶれだもの。DNA鑑定《ディーエヌエーかんてい》のレベルで、身元確認《みもとかくにん》したそうよ。」

こたえながらも、ルイーゼの目《め》はモニタからはなれない。

このモニタを大型《おおがた》にしたのが、中庭《なかにわ》に設置《せっち》されている。現在《げんざい》、多《おお》くの来館者《らいかんしゃ》が中庭《なかにわ》にブルーシートをしき、モニタを見《み》つめてる。

「いいのか、監視《かんし》カメラの映像《えいぞう》を一般人《いっぱんじん》にも見《み》せて?」

「とうぜんよ。わたしたち二人《ふたり》より、十万人《まんにん》の目《め》で見《み》たほうが、見落《みお》としがないわよ。」

「ちげぇねぇ。」

頭《あたま》の後《うし》ろで手《て》を組《く》み、椅子《いす》に反《そ》り返《かえ》るヴォルフ。

ルイーゼが、モニタを見《み》たまままつぶやく。

「昨日《きのう》、国際刑事警察機構《ICPO》からコンテナに入《い》れられたエッグが空港《くうこう》に着《つ》いた。それを展示室《てんじしつ》にはこびこんだのは、マンダリンちゃんと部屋《へや》にいる四人《にん》の警官《けいかん》。はこびこまれてから、四人《にん》の警官《けいかん》は、ずっといっしょにいるわ。つまり、おたがいに見張《みは》ってる状況《じょうきょう》なのよ。——そう、警備《けいび》は完《かん》璧《ぺき》。なのに、すこしも安心《あんしん》できないわ。」

パイカルは、思《おも》いだす。

警察車両《けいさつしゃりょう》に護衛《ごえい》されながら、コンテナに入《い》れられたエッグは空港《くうこう》からはこばれた。展示室内《てんじしつない》で、コンテナがあけられ、中《なか》から布《ぬの》をかぶせられたガラスケースが出《だ》される。ガラスケースは、五十センチの立方体《りっぽうたい》。防弾《ぼうだん》ガラスの三倍《ばい》の強度《きょうど》を持《も》つガラスでつくられている。

布《ぬの》をかぶせられたケースは、そのまま台座《だいざ》におかれた。台座《だいざ》はかなり高《たか》く、エッグを見上《みあ》げるような形《かたち》になる。

布《ぬの》をとると、中《なか》にはいっているエッグが見《み》える。

水晶《すいしょう》を銀色《ぎんいろ》に塗《ぬ》ったようなエッグ。透明感《とうめいかん》があり、かすかにオレンジ色《いろ》がかっている。

マンダリンと四人《にん》の警官《けいかん》が顔《かお》を見合《みあ》わせ、うなずいた。

そして、台座《だいざ》のスイッチが入《い》れられた。これで、すこしでもガラスケースが動《うご》かされたり、重《おも》さがかわったりすると、警報《けいほう》が鳴《な》る仕組《しく》みだ。

この準備《じゅんび》がおわったのが、午前零時《ごぜんれいじ》。

それ以降《いこう》、だれもガラスケースにはさわっていない。

「だいじょうぶですよ。これなら、どんな怪盗《かいとう》でも、手《て》が出《だ》せません。」

パイカルがつぶやいた。

「おい、パスカルくん。」

ヴォルフがいう。

「すみません、ヴォルフさん。ぼくの名前《なまえ》はパイカルです。」

訂正《ていせい》するパイカルにかまわず、ヴォルフはつづける。

「怪盗《かいとう》ってやつを侮《あなど》るなよ。怪盗《かいとう》はな、その気《き》になったら不可能《ふかのう》を可能《かのう》にするんだ。だから、怪《かい》盗《とう》を名乗《なの》ってられんだよ。それがわからないかぎり、おまえはいつまでたっても探偵卿助手《たんていきょうじょしゅ》だ。探偵卿《たんていきょう》にはなれねぇ。」

「…………。」

ピシャリといわれ、表情《ひょうじょう》がこわばるパイカル。

むりに笑顔《えがお》をつくり、ヴォルフにいう。

「意外《いがい》ですね。あなたから、怪盗《かいとう》を尊敬《そんけい》するようなことばをきくなんて。」

「おれは、あらゆる敵《てき》に敬意《けいい》を持《も》っている。だから、こうして生《い》きてられる。おまえも長生《ながい》きしたかったら、おれがいったことをよく考《かんが》えることだな、パスカルくん。」

「…………」

Scene《シーン》05 犯行《はんこう》 is《イズ》 IMPOSSIBLE《インポッシブル》

「で、おまえは、どうやって盗《ぬす》むつもりなんだ?」

皇帝《アンプルール》が、レジの中《なか》にはいったクイーンにきく。

「古典的手法《こてんてきしゅほう》ですよ。——三百二十円《えん》になります。」

客《きゃく》に笑顔《えがお》をむけたまま、コンビニ袋《ぶくろ》をわたすクイーン。そして、皇帝《アンプルール》にむかって邪魔《じゃま》するなというように、シッシッと手《て》をふった。

「なんだよ、古典的手法《こてんてきしゅほう》って?」

まったく気《き》にせず、皇帝《アンプルール》が質問《しつもん》をつづける。

ため息《いき》をつきながらも、笑顔《えがお》をくずさずレジを打《う》つクイーン。

「どんなに静《しず》かな水面《すいめん》も、石《いし》を投《な》げれば波紋《はもん》ができます。それを利用《りよう》します。」

「おまえの悪《わる》いくせだ。かんたんなこともむずかしくいう。——世《よ》の中《なか》、シンプルに生《い》きるやつの勝《か》ちだぜ。」

お説教《せっきょう》をする皇帝《アンプルール》。

クイーンがいう。

「それより、レジ打《う》ちを手伝《てつだ》っていただけませんか？」

皇帝《アンプルール》は、指《ゆび》をチッチッチとふる。

「おれだって、手伝《てつだ》ってやりたいよ。でも、哀《かな》しいことに、おれの身長《しんちょう》じゃレジの位置《いち》は高《たか》すぎるんだ。」

シクシクと泣《な》く皇帝《アンプルール》に、クイーンがきく。

「どうして、〝若作《わかづく》りバージョン〟に変装《へんそう》しないんです？」

「〝ヤング皇帝《アンプルール》バージョン〟は、むだにエネルギーを使《つか》うんだよ。」

微妙《びみょう》にことばをいいかえる皇帝《アンプルール》。

「で、古典的《こてんてき》な手法《しゅほう》ってのはなんだ？」

しつこい皇帝《アンプルール》に対《たい》して、笑顔《えがお》はくずさないものの、クイーンはため息《いき》をつく。そして、あきらめたように、口《くち》をひらいた。使《つか》うことばは、皇帝《アンプルール》にしかわからない高速言語《こうそくげんご》だ。

「警備《けいび》してる警察官《けいさつかん》を四人《にん》たおすよう、ジョーカーくんに指示《しじ》を出《だ》しました。そして、警察官《けいさつかん》の制服《せいふく》をうばい、縛《しば》ったうえで掃除用具《そうじようぐ》入《い》れにほうりこみました。」

「いま、中央展示室《ちゅうおうてんじしつ》にいる四人《にん》の警官《けいかん》は、何者《なにもの》なんだ？」

「怪盗《かいとう》にあこがれてる人間《にんげん》を、バイトでやといました。」

「それだけか？」

「もちろん、バイトでやとった四人《にん》の顔《かお》には、変装《へんそう》を施《ほどこ》しました。これまで、中央展示室《ちゅうおうてんじしつ》の中《なか》にいた警察官《けいさつかん》四人《にん》の顔《かお》を象《かたど》ったマスクをつけさせています。」

「…………」

「四人《にん》の意識《いしき》がもどるのには、今日《きょう》の夜《よる》までかかります。」

新《あたら》しい客《きゃく》に、笑顔《えがお》とコンビニ袋《ぶくろ》をわたすクイーン。

「そろそろ、掃除用具《そうじようぐ》入《い》れにほうりこんだ警官《けいかん》が発見《はっけん》されるころです。」

クイーンのことばがおわると同時《どうじ》に、店《みせ》の外《そと》で喚声《かんせい》がおきた。

大型《おおがた》モニタに、動《うご》きがあったのだ。

「警官《けいかん》たちがさわいでるぞ！」

「制服《せいふく》をうばわれた警官《けいかん》が四人《にん》、掃除用具《そうじようぐ》入《い》れに押《お》しこめられてたんだ！」

「顔《かお》を見《み》たか？　いま、中央展示室《ちゅうおうてんじしつ》にいる警官《けいかん》とおなじ顔《かお》をしてるぞ！」

店《みせ》の外《そと》からきこえてくる声《こえ》に、クイーンが満足《まんぞく》そうにうなずく。

「このあとどうなるか、お師匠様《ししょうさま》にもわかりますね。」

「まぁな……。しかし、あまりに古典的《こてんてき》でおもしろみがないな……。」

不満《ふまん》そうな皇帝《アンプルール》のことば。


警備室《けいびしつ》では、ヴォルフが立《た》ちあがった。

「どこへいくの、ヴォルフちゃん。」

ルイーゼがきく。

「決《き》まってるだろ！　展示室《てんじしつ》にいって、中《なか》にいる偽警官《にせけいかん》をつかまえる！」

「ダメですよ！」

パイカルが、ヴォルフをとめる。

「これは罠《わな》です。ヴォルフさんが展示室《てんじしつ》へいって中《なか》へはいったら、クイーンの思《おも》うつぼです！」

「どういうことだ？」

「クイーンは、展示室《てんじしつ》のドアをあけさせたいんです。混乱《こんらん》をおこし、その隙《すき》に乗《じょう》じてエッグを盗《ぬす》む気《き》なんです。」

「なるほどな……。」

おとなしくなるヴォルフ。また、椅子《いす》にもどった。

「えらいな、パスカル。なかなかの推理力《すいりりょく》だ。探偵卿《たんていきょう》への道《みち》は、近《ちか》いぞ。」

「……パイカルなんですけど。」

小声《こごえ》で主張《しゅちょう》するが、無視《むし》されるパイカル。

モニタを見《み》ていたヴォルフが、また立《た》ちあがる。

「どうしたのよ、ヴォルフちゃん？」

ルイーゼにきかれ、モニタを指《ゆび》さすヴォルフ。

「見《み》ろ！　中央展示室《ちゅうおうてんじしつ》の前《まえ》に、警官《けいかん》たちが押《お》しかけてるぞ。ドアをあけるようにせまってる！　このバカ警官《けいかん》ども、これがクイーンの罠《わな》だと気《き》づいてないんだ！」

「………。」

とても冷《つめ》たい目《め》で、ヴォルフを見《み》るルイーゼとパイカル。

「だいじょうぶよ、ヴォルフちゃん。展示室《てんじしつ》の前《まえ》には、〝パッチワーク〟の異名《いみょう》を持《も》つマンダリンちゃんがいるのよ。ドアをあけるわけがないわ。」

「信用《しんよう》してもいいのか？　マンダリンのやつに、そこまでの推理力《すいりりょく》があるとは、思《おも》えないんだけどな……。」

　このときパイカルは、探偵卿《たんていきょう》は心《こころ》に棚《たな》をつくっておかないといけないんだなと思《おも》った。

　モニタの中《なか》では、たくさんの警官《けいかん》につめよられたマンダリンが、ドアを背《せ》にして首《くび》を横《よこ》にふっている。ぜったいにドアをあけないという意志《いし》が、伝《つた》わってくる。

「フッ、やつも探偵卿《たんていきょう》の端《はし》くれってことか。」

　どっかり椅子《いす》にすわるヴォルフを、ますます冷《つめ》たい目《め》で見《み》るルイーゼとパイカル。

『探偵卿《たんていきょう》は、心《こころ》にたくさんの棚《たな》を持《も》っている。』――パイカルは、心《こころ》のメモ帳《ちょう》に記録《きろく》した。

「おい、どうすんだ？　全然《ぜんぜん》、混乱《こんらん》がおきなかったぞ。」

　店《みせ》の外《そと》の騒《さわ》ぎがおさまり、皇帝《アンプルール》がクイーンにきいた。

　クイーンに、あせりはない。喉《のど》に貼《は》った、声《こえ》を出《だ》さなくても通信《つうしん》できる装置《そうち》でRD《アールディー》に連絡《れんらく》をとる。

「状況《じょうきょう》は？」

【変化《へんか》ありません。】

　RD《アールディー》の三次元立体映像《さんじげんりったいえいぞう》が、レジ脇《わき》においたガラスの箱《はこ》の中《なか》にうかびあがる。これは、タブレットの画面《がめん》の上《うえ》にガラスの箱《はこ》をおくと、箱《はこ》の中《なか》に立体映像《りったいえいぞう》をうつしだすアプリである。

ガラスの箱《はこ》は、台形《だいけい》のガラスを四枚貼《まいは》り合《あ》わせた形《かたち》をしている。ピラミッドを水平《すいへい》に切断《せつだん》し、下《した》の部分《ぶぶん》を逆《さか》さまにした形《かたち》だと思《おも》ってもらえばいい。上面《じょうめん》にはガラスをはめてない。

流通《りゅうつう》しているアプリでは静止映像《せいしえいぞう》しか三次元《さんじげん》立体映像《りったいえいぞう》にできないが、クイーンが使《つか》っているのはRD《アールディー》が開発《かいはつ》したもので、web《ウェブ》カメラで撮《と》った映像《えいぞう》を三次元立体映像化《さんじげんりったいえいぞうか》できる。

ガラスの箱《はこ》の中《なか》で、ゆるキャラモードになっているRD《アールディー》。

「わっ、かわいい〜。」

RD《アールディー》を見《み》て、小《ちい》さな女《おんな》の子《こ》が歓声《かんせい》をあげる。

「ねぇねぇ、さわってもいい？」

「ええ。――でも、立体映像《りったいえいぞう》なのでさわれませんよ。」

クイーンにいわれた女《おんな》の子《こ》が、箱《はこ》の上《うえ》から手《て》を入《い》れる。ゆるキャラRD《アールディー》の頭《あたま》をなでようとするのだが、手《て》は空《くう》をかきまわすだけ。

女《おんな》の子《こ》は、おどろきながら店《みせ》をでていく。

クイーンが通信《つうしん》をつづける。

「ブラッククイーンに、動《うご》きはないのか？」

【ありませんね。だれかに変装《へんそう》してるとは思《おも》いますが、それらしい動《うご》きはありません。】

「…………」

首《くび》をひねるクイーンに、皇帝《アンプルール》がきく。

「どうかしたのか？」

「ブラッククイーンがなにもしないのを、おかしいと思《おも》いませんか？　この騒《さわ》ぎは、ブラッククイーンが予測《よそく》してなかったものです。対応《たいおう》するために、なんらかの動《うご》きがあるはずなのに……なにもしてこない。」

皇帝《アンプルール》が、うなずく。

クイーンが、独《ひと》り言《ごと》のようにつぶやく。

「いったい、ブラッククイーンのねらいは……。」

コンビニの休憩時間《きゅうけいじかん》にはいるたび、準備《じゅんび》を進《すす》めてきたジョーカー。それはまるで、たくさんのドミノをていねいにならべるようなものだと、彼《かれ》は思《おも》ってる。

——最後《さいご》のドミノ札《ふだ》は、おいた。あとは、それを指先《ゆびさき》で突《つ》くだけ。

ジョーカーは、大《おお》きく深呼吸《しんこきゅう》する。

「山田太郎《やまだたろう》、休憩《きゅうけい》はいります。」

ロッカーにいったジョーカーは、コンビニの制服《せいふく》から警官《けいかん》のものに着替《きか》える。

——そろそろ、目覚《めざ》まし時計《どけい》が鳴《な》るころだ。

四人《にん》の警官《けいかん》を気絶《きぜつ》させ、掃除用具《そうじようぐ》を入《い》れる物置《ものおき》にほうりこんだとき、いっしょにセットした目《め》覚《ざ》まし時計《どけい》も入《い》れておいた。

目覚《めざ》ましのベル——。それに気《き》づいた者《もの》が、制服《せいふく》を脱《ぬ》がされ縛《しば》られた四人《にん》の警官《けいかん》を見《み》つける。

「たいへんだ！」

その声《こえ》の数分後《すうふんご》、警官隊《けいかんたい》が中央展示室《ちゅうおうてんじしつ》にむかって走《はし》る。

——ドミノをたおすときだ。

物陰《ものかげ》にかくれていたジョーカーは、警官隊《けいかんたい》が通《とお》りすぎるとき、そのいちばん後《うし》ろにスッと付《つ》く。自然《しぜん》な動作《どうさ》で、まわりの警官《けいかん》には気《き》づかれない。

中央展示室《ちゅうおうてんじしつ》の前《まえ》には、一人《ひとり》の探偵卿《たんていきょう》――マンダリンだ。

くたびれたコートのポケットに両手《りょうて》をつっこみ、背中《せなか》をまるめたマンダリン。探偵卿《たんていきょう》というより、財布《さいふ》を落《お》とした中年男性《ちゅうねんだんせい》のようだ。

警官隊《けいかんたい》の先頭《せんとう》を走《はし》っていた者《もの》が、マンダリンにむかって敬礼《けいれい》する。

「そこをどいてください。中《なか》の警官《けいかん》が、怪盗《かいとう》と入《い》れかわってる可能性《かのうせい》があります。」

「………。」

マンダリンは、こたえない。

だまって首《くび》を横《よこ》にふる。その静《しず》かな動作《どうさ》で、場《ば》の雰囲気《ふんいき》がおちついた。

ジョーカーは、おどろく。興奮《こうふん》してつめかけた警官隊《けいかんたい》を、一瞬《いっしゅん》でおちつかせてしまうマンダリン。

――これが、探偵卿《たんていきょう》の能力《のうりょく》か……。

マンダリンの口《くち》がひらく。

「このドアをあけるわけにはいきません。もし、中《なか》にいる警官《けいかん》が怪盗《かいとう》の変装《へんそう》だったとしても、それがなんだというのです？　エッグを盗《ぬす》んだとしても、にげ道《みち》はありません。」

「………。」

「怪盗《かいとう》のねらいは、ドアをあけさせることです。そして、大量《たいりょう》の人間《にんげん》が展示室《てんじしつ》に流《なが》れこんだとき、その混乱《こんらん》に乗《じょう》じてエッグを盗《ぬす》む。――つまり、いま、押《お》しかけたあなたたちの中《なか》に怪盗《かいとう》がいる可能性《かのうせい》が高《たか》いと思《おも》いませんか？」

「なるほど。」

納得《なっとく》した警官《けいかん》たちが、たがいに顔《かお》を見合《みあ》わせる。

マズイことになったと思《おも》ったジョーカーは、制帽《せいぼう》を深《ふか》くかぶり顔《かお》をかくす。

――探偵卿《たんていきょう》のいうとおりだ。警官隊《けいかんたい》といっしょに展示室《てんじしつ》に雪崩《なだ》れこみ、騒《さわ》ぎに乗《じょう》じてクイーンがガラスケースを切断《せつだん》する。エッグをうばい、中庭《なかにわ》に脱出《だっしゅつ》。トルバドゥールに回収《かいしゅう》してもらう。

こんな計画《けいかく》だったのに……。

ジョーカーは、まわりを見《み》まわす。計画《けいかく》では、警官《けいかん》に変装《へんそう》したクイーンもいるはずだったのに、いない。

――危険《きけん》な空気《くうき》を感《かん》じて、計画《けいかく》を変更《へんこう》したのか……？

耳《みみ》に手《て》をあてるジョーカー。警察官《けいさつかん》は、いつも受令機《じゅれいき》のイヤホンを耳《みみ》に入《い》れている。ジョーカーが入《い》れているのは、クイーンからの連絡《れんらく》をきくためのものだ。

「クイーン、指示《しじ》をください。」

喉《のど》に貼《は》った無線機《むせんき》は、声《こえ》に出《だ》さなくても、ことばを伝《つた》えてくれる。

「危険《きけん》がせまったら暴《あば》れてもいいけど、それまではおとなしく警官《けいかん》のふりをしていてくれるかな。こちらは、ブラッククイーンの動《うご》きがないので、すこしとまどってるところだ。」

クイーンの声《こえ》をきき、安心《あんしん》するジョーカー。

ザワつく警官隊《けいかんたい》にむかって、マンダリンがいう。

「みなさん、おちついてください。とにかく、あと数分《すうふん》でクイーンの予告時間《よこくじかん》です。いまは、下手《へた》にさわぐより、時間《じかん》がくるのを静《しず》かに待《ま》ちましょう。」

夜《よる》なら、電源《でんげん》を落《お》とし、暗闇《くらやみ》に紛《まぎ》れて犯行《はんこう》をおこなうこともできる。しかしいまは、太陽《たいよう》がかがやいている真昼《まひる》の時間《じかん》。

「この状況《じょうきょう》で、ブラッククイーンは、どういう手《て》を使《つか》うんだろうな。」

楽《たの》しそうに皇帝《アンプルール》がいう。

現在《げんざい》、コンビニ店内《てんない》に客《きゃく》はいない。みんな、中庭《なかにわ》にでて、巨大《きょだい》モニタを見《み》つめているのだ。

「中央展示室内《ちゅうおうてんじしつない》には、四人《にん》の警官《けいかん》。ドアの外《そと》には探偵卿《たんていきょう》と警官隊《けいかんたい》。防犯《ぼうはん》カメラを見《み》てるのは、十万人《まんにん》の目《め》。――この状況《じょうきょう》でエッグを盗《ぬす》めたら、ブラッククイーンを弟子《でし》にしてやってもいいな。」

皇帝《アンプルール》のことばに、

「それはよろこぶでしょうね。」

これ以上《いじょう》はないってぐらいの棒読《ぼうよ》みで、クイーンがいった。

そして、RD《アールディー》にきく。

「変化《へんか》は？」

【あいかわらずです。防犯《ぼうはん》カメラも監視《かんし》してるのですが、ブラッククイーンと思《おも》われる動《うご》きはありません。】

三次元立体映像《さんじげんりったいえいぞう》のRD《アールディー》がこたえる。

「ジョーカーくん、そちらは？」

「こちらも変化《へんか》なしです。あいかわらず、マンダリンがドアの前《まえ》に立《た》っています。」

午前《ごぜん》十一時《じ》五十五分《ふん》。犯行予告時刻《はんこうよこくじこく》まで、あと五分《ふん》――。

警備室《けいびしつ》では、カツカツカツカツという音《おと》がひびく。ヴォルフが、長刀《ちょうとう》の鞘《さや》で床《ゆか》をたたいてる音《おと》だ。

「おれは、まだ待機《たいき》してないといけないのか？」

「命令《めいれい》よ、ヴォルフちゃん。」

ルイーゼにいわれ、ググググゥと、喉《のど》の奥《おく》で唸《うな》るヴォルフ。

「意外《いがい》です。ヴォルフさんは、命令《めいれい》なんか無視《むし》して好《す》きなように動《うご》くんじゃないかと思《おも》ってました。」

口《くち》をはさむパイカル。

ヴォルフが、長刀《ちょうとう》でパカンとたたく。

「なにするんですか！」

頭《あたま》をおさえるパイカルに、ヴォルフがいう。

「命令《めいれい》は、絶対《ぜったい》だ。だれも彼《かれ》も好《す》きなように動《うご》いたら、組織《そしき》は潰滅《かいめつ》する。命令《めいれい》はかならず守《まも》れ。」

「そうなのよね……。」

ルイーゼが、頬《ほお》に手《て》をあてる。

「ヴォルフちゃんは、問題児中《もんだいじちゅう》の問題児《もんだいじ》なんだけど、命令《めいれい》は守《まも》るのよね。不思議《ふしぎ》といえば不思議《ふしぎ》ね。」

「だったら、『問題《もんだい》をおこすな。』って命令《めいれい》したらいいんじゃないですか？」

そういうパイカルが、またヴォルフにたたかれる。

ルイーゼが、一つうなずく。

「さすが、スキップのパイカルちゃん。とってもいいアイディアね。でも、自分《じぶん》のおこす行動《こうどう》が問題行動《もんだいこうどう》だと思《おも》ってないから、そんな命令《めいれい》しても効《き》き目《め》がないのよ。」

——自分《じぶん》の行動《こうどう》が、問題行動《もんだいこうどう》かどうかわからないって……それって〝バカ〟なんじゃないか？

心《こころ》の中《なか》でいうパイカル。口《くち》に出《だ》せばたたかれることを学習《がくしゅう》したのだ。

「おい、パスカルくん。おまえの師匠《ししょう》のウァドエバーは、どこでなにやってるんだ？」

「知《し》りませんよ。」

ふて腐《くさ》れたようにこたえるパイカル。

「フン、まったく勝手《かって》なやつばかりだ。」

鼻《はな》を鳴《な》らすヴォルフ。

その様子《ようす》から、パイカルは、

——この人《ひと》は、心《こころ》にいっぱい棚《たな》を持《も》ってるんだな。

と思《おも》った。

「でも、ウァドエバーちゃんは、いい人《ひと》なのよ。マンダリンちゃんに、明日《あす》限定《げんてい》イベントがあるテーマパークのチケットをプレゼントしてたもの。『せっかく日本《にっぽん》へきたんだから、妻《つま》や娘《むすめ》といってこい。』って——。彼《かれ》が、奥《おく》さんたちとうまくいってないのを、自分《じぶん》のことみたいに気《き》にしてるのよね。」

ルイーゼの目《め》が、オバサンモードになる。

「ヴォルフちゃんは、結婚《けっこん》に不安《ふあん》をもつことないのよ。あなたの相手《あいて》は結婚《けっこん》しても、ちゃんとあなたのことを大事《だいじ》にしてくれるから。もちろん、娘《むすめ》さんが生《う》まれても、パパを尊敬《そんけい》してくれるでしょうね。息子《むすこ》なら……ヴォルフちゃんとおなじような性格《せいかく》になるのかしら。それは、すこし心配《しんぱい》ね。」

フフフと笑《わら》うルイーゼ。

「おっ、おれはべつに、そんなこと気《き》にしてないぞ！」

顔《かお》を赤《あか》くしながら、ヴォルフがいう。

追《お》い打《う》ちをかけるルイーゼ。

「仲人《なこうど》をしてほしいのなら、はやめに日《ひ》にちを教《おし》えてね。予定《よてい》をあけておかないといけないから。」

「…………。」

もう、ヴォルフはなにもいわない。ごまかすようにドイツ製《せい》の腕時計《うでどけい》――アインスを見《み》て、真面目《まじめ》な口調《くちょう》でいった。

「あと三分《ぷん》か……。」

それを、ニヤニヤした顔《かお》できいているルイーゼ。


予告時刻《よこくじこく》がせまるにつれ、人々《ひとびと》は静《しず》かになっていった。

だれも声《こえ》を出《だ》さない。

身動《みうご》きして音《おと》を出《だ》すのをおそれてるのか、ジッと動《うご》かなくなる。

さっきまで泣《な》いていた赤《あか》ん坊《ぼう》も、気配《けはい》を察《さっ》したのか泣《な》きやんだ。

エッグや警備《けいび》してる警察官《けいさつかん》をうつしたモニタに、変化《へんか》はない。警察官《けいさつかん》の頬《ほお》を汗《あせ》が流《なが》れるのを見《み》て、それが写真《しゃしん》ではない、リアルタイムの映像《えいぞう》だとわかる。

カチカチカチ……。

じっさいにはきこえない秒針《びょうしん》の音《おと》を、みんなは感《かん》じる。

展示室前《てんじしつまえ》のマンダリンが、左手《ひだりて》をポケットから出《だ》し、腕時計《うでどけい》を見《み》る。

「時間《じかん》だ。」

正午《しょうご》——犯行時刻《はんこうじこく》になった。

秒針《びょうしん》は、とまることなくすぎていく。

みんなが、いっせいに息《いき》を吐《は》いた。いままで、息《いき》をするのも忘《わす》れて画面《がめん》を見《み》つめていたのだ。

だれかがつぶやく。

「おい……けっきょく、クイーンはあらわれなかったじゃないか。」

「犯行時刻《はんこうじこく》がまちがってるのか？」

「けっきょく、ハッタリだったんじゃねぇの。」

期待《きたい》を裏切《うらぎ》られた不満《ふまん》が、さざ波《なみ》のようにひろがっていく。

しかし、それらをいっきに吹《ふ》き飛《と》ばすような大声《おおごえ》。

「おい、見《み》ろ！」

「ガラスケースだ！」

「ケースの中《なか》から、エッグが消《き》えてる！」

モニタを指《ゆび》さし、人々《ひとびと》が口々《くちぐち》にさけぶ。

中央展示室《ちゅうおうてんじしつ》——ガラスケースの中《なか》にあったエッグが消《き》えている。

室内《しつない》にいた四人《にん》の警官《けいかん》も、エッグが消《き》えたことに気《き》づき、ガラスケースに近《ちか》づく。一人《ひとり》の警官《けいかん》が手《て》をのばし、ガラスケースにさわった。

すさまじい警報音《けいほうおん》がひびきわたる。


——なにがおきたんだ？

展示室《てんじしつ》の外《そと》で警報音《けいほうおん》をきいたジョーカー。まわりの警官《けいかん》たちも顔《かお》を見合《みあ》わせ、不安《ふあん》そうだ。

マンダリンが、通信機《つうしんき》を出《だ》す。

「なにがあったんです？」

そのつぎのことばに、展示室《てんじしつ》の外《そと》にいた人間《にんげん》は、全員《ぜんいん》おどろいた。

「エッグが消《き》えた？」

ことばにならない声《こえ》が、ざわざわと廊下《ろうか》を漂《ただよ》う。

ジョーカーは、いまきいたことばを考《かんが》える。

——エッグが消《き》えた？　この探偵卿《たんていきょう》は、たしかにいった。ブラッククイーンがあらわれたのか？　いや、ドアは一度《ど》もひらかれてない。じゃあ、やはり展示室《てんじしつ》の中《なか》にいる警官《けいかん》がブラッククイーンだったのか……？

ジョーカーは、もうわけがわからなかった。

イヤホンからクイーンの声《こえ》がする。

「いったい、なにがどうしたんだい？」

「それは、こちらがききたいです。ほんとうに、エッグは消《き》えたんですか？」

「事実《じじつ》です。モニタにうつっていたエッグが、正午《しょうご》ちょうどに消《き》えました。」

RD《アールディー》の声《こえ》が割《わ》りこんでくる。

「それは、ブラッククイーンがあらわれて盗《ぬす》みだしたってことかい？」

「断定《だんてい》できません。データが足《た》りません。中《なか》にいる四人《にん》の警官《けいかん》も、エッグが消《き》えてあわてふためいています。」

――つまり、エッグが消《き》えてるということ以外《いがい》、なにもわからないということか……。

ジョーカーが考《かんが》えてると、

「了解《りょうかい》しました。いまから中《なか》にはいります。」

ドアの前《まえ》にいるマンダリンが、通信機《つうしんき》にむかっていうのがきこえた。

クイーンもきこえたのだろう。ジョーカーに連絡《れんらく》する。

「気《き》をつけるんだよ、ジョーカーくん。中《なか》にはブラッククイーンがいるかもしれない。危険《きけん》を感《かん》じたら、むりせずにげるんだ。」

「……………」

戦《たたか》わずににげろ――ジョーカーにとっては、屈辱的《くつじょくてき》な指示《しじ》だった。しかし、得体《えたい》の知《し》れない恐《きょう》怖《ふ》を感《かん》じるのも事実《じじつ》。

ジョーカーは、すなおにうなずいていた。

「了解《りょうかい》しました。あなたは、どうするんです?」

「わたしは、コンビニをはなれられないんだ。」

「そちらでもなにかあったんですか?」

おどろくジョーカーに、クイーンがいう。

「休憩時間《きゅうけいじかん》まで、まだ三十分《ぷん》あるんだ。」

「……………」

通信《つうしん》をおえたジョーカーは、警官隊《けいかんたい》といっしょに展示室《てんじしつ》の中《なか》に雪崩《なだ》れこむ。


コンビニの店内《てんない》には、すこしずつ客《きゃく》がもどってきた。

どの顔《かお》も、なんだかモヤモヤした表情《ひょうじょう》。もっと派手《はで》な怪盗劇《かいとうげき》が見《み》られると思《おも》っていたのに、エッグが消《き》えただけ。そして、その消《き》えた方法《ほうほう》もわかってない。――その不完全燃焼《ふかんぜんねんしょう》な気持《きも》ちが、顔《かお》にあらわれている。

「ダメだな……。ブラッククイーンってのは、怪盗失格《かいとうしっかく》だ。」

レジを打《う》ってるクイーンの横《よこ》で、皇帝《アンプルール》がいった。その手《て》には、勝手《かって》に持《も》ちだしたソフトクリームがにぎられてる。

「お金《かね》をはらわずにアイスを食《た》べてるお師匠様《ししょうさま》は、万引《まんび》き犯《はん》です。コソ泥《どろ》とおなじ。そんなあなたから〝怪盗失格《かいとうしっかく》〟といわれても、ブラッククイーンはなんとも思《おも》わないでしょうね。」

「堅《かた》いことをいうな。金《かね》がないから、こうしてはたらいてるんだぞ。」

開《ひら》き直《なお》る皇帝《アンプルール》。

「それより、ジョーカーくんのところへいってやらなくてもいいのか？」

「………。」

クイーンはこたえない。

フフフと笑《わら》う皇帝《アンプルール》。

「まだ休憩時間《きゅうけいじかん》じゃないってのは、言《い》い訳《わけ》だろ。おまえは、ブラッククイーンをおそれてる。」

ビシッといった。

「いったいどうやってエッグを消《け》したのか、わからない。自分《じぶん》にはできない犯行方法《はんこうほうほう》。だから、おまえはブラッククイーンがこわいんだ。」

図星《ずぼし》だった。

なにもいえなかったクイーンが、肩《かた》の力《ちから》をぬく。笑顔《えがお》を皇帝《アンプルール》にむける。

「さすが、お師匠様《ししょうさま》。なんでも、お見通《みとお》しですか……。」

皇帝《アンプルール》もほほえむ。

「なんてったって、おれはおまえの親友《しんゆう》だからな。友《とも》だちの気持《きも》ちぐらい、わかるさ。」

「感服《かんぷく》します、お師匠様。」

「い、い、友だちだっていってるだろ。」

皇帝《アンプルール》のほほえみが、だんだんこわばってきた。

クイーンは、首《くび》を横《よこ》にふる。

「いえ、お師匠様《ししょうさま》はお師匠様《ししょうさま》です。」

「…………」

重《おも》い空気《くうき》が流《なが》れる。

クイーンの笑顔《えがお》はくずれないが、ぜったいに〝友《とも》だち〟ということを認《みと》めないぞ！という強《つよ》い意志《いし》が感《かん》じられる。

「アイス、食《く》うか?」

沈黙《ちんもく》にたえられなくなった皇帝《アンプルール》が、なめかけのアイスをさしだす。

クイーンは、首《くび》を横《よこ》にふり、きいた。

「ちなみに、お師匠様《ししょうさま》なら、どうやってエッグを盗《ぬす》みますか?」

「これを使《つか》う。」

皇帝《アンプルール》が、ポケットからリモコンを出《だ》す。

「おれが、電子工学《でんしこうがく》の天才《てんさい》で、毎年《まいとし》ノーベル賞候補《しょうこうほ》になってることは知《し》ってるか?」

「そんなうそ、初《はじ》めてききました。」

「………。」

皇帝《アンプルール》は、一つため息《いき》をついてから、つづける。

「これは、電磁《でんじ》パルス発生装置《はっせいそうち》のリモコンだ。装置《そうち》は全部《ぜんぶ》で九つつくった。それぞれ青《あお》く塗《ぬ》った気球《ききゅう》に積《つ》んで、上空《じょうくう》にうかべてある。これだけあれば、この博物館一帯《はくぶつかんいったい》はカバーできる。——おまえ、電磁《でんじ》パルスが発生《はっせい》したら、どうなるか知《し》ってるか?」

クイーンのかわりにこたえるのは、ゆるキャラモードのRD《アールディー》だ。

「電子機器《でんしきき》は潰滅《かいめつ》しますね。集積回路《しゅうせきかいろ》が焼《や》けて、コンピュータ、スマホなどは全滅《ぜんめつ》。電子制御《でんしせいぎょ》されてるエンジンなどもこわれます。——もっとも、トルバドゥールは耐電磁《たいでんじ》パルスシールドをほどこしてあるので平気《へいき》ですけどね。」

「さすがに、よく知《し》ってるな。つまり、電磁《でんじ》パルス発生装置《はっせいそうち》は、何気《なにげ》なく使《つか》ってる電子機器《でんしきき》のありがたみがよくわかる装置《そうち》ってわけだ。」

「…………。」

「暗闇《くらやみ》を使《つか》えない真《ま》っ昼間《ぴるま》、これぐらいの混乱《こんらん》をおこさないとおもしろくないだろ。」

皇帝《アンプルール》が、リモコンをポケットにもどす。

クイーンが手《て》をあげた。

「そのような物騒《ぶっそう》で美《うつく》しくない犯行《はんこう》は、怪盗《かいとう》の美学《びがく》に反《はん》すると思《おも》うのですが——。」

「まだまだ、おまえはあまいな。おれの存在《そんざい》そのものが、怪盗《かいとう》の美学《びがく》なんだよ。」

「…………。」

——相手《あいて》をするのは、時間《じかん》のむだだ。

クイーンは、皇帝《アンプルール》を無視《むし》し、エッグが消《き》えた謎《なぞ》を考《かんが》える。

——いったい、どうやってエッグを消《け》したのか？　これは、ブラッククイーンの仕業《しわざ》なのか？

そのブラッククイーンは、どこにいる？　……わからないことだらけだ。

クイーンは、目《め》をとじると朝《あさ》からの映像《えいぞう》を思《おも》いだす。

廃棄《はいき》のおにぎりを盗《ぬす》み食《ぐ》いする皇帝《アンプルール》、レジ打《う》ちを邪魔《じゃま》してくる皇帝《アンプルール》、得意《とくい》げにポケットからリモコンを出《だ》す皇帝《アンプルール》……。

皇帝《アンプルール》の顔《かお》が頭《あたま》の中《なか》をグルグルして、クイーンは気分《きぶん》が悪《わる》くなる。

——ダメだ。お師匠様《ししょうさま》を無視《むし》しないと、考《かんが》えがまとまらない。

クイーンは、皇帝《アンプルール》の映像《えいぞう》にフィルタをかけてシャットダウン。

再《ふたた》び、朝《あさ》からの映像《えいぞう》を思《おも》いだす。

中央展示室《ちゅうおうてんじしつ》にはこびこまれるコンテナ。コンテナの中《なか》からとりだされるガラスケース。布《ぬの》がかぶせられている。展示台《てんじだい》にのせられて布《ぬの》がとり除《のぞ》かれる。あらわれるエッグ。展示台《てんじだい》のスイッチが入《い》れられる。

——このあと、エッグに近《ちか》づく者《もの》はいなかった。

監視《かんし》カメラの映像《えいぞう》がうつったモニタ。分割《ぶんかつ》された映像《えいぞう》には、展示室内《てんじしつない》やドアの外《そと》のマンダリンがうつっている。四人《にん》の警官《けいかん》は、ロボットのように無表情《むひょうじょう》でエッグを監視《かんし》する。マンダリンは、ポケットに両手《りょうて》を入《い》れ、ぼんやり立《た》っている。かけつける警官隊《けいかんたい》。その中《なか》には、ジョーカーもいる。正午《しょうご》をすぎ、中《なか》にはいるマンダリンと警官隊《けいかんたい》。エッグは消《き》えている。

——あれ？

妙《みょう》な引《ひ》っかかりを感《かん》じたクイーンは、映像《えいぞう》を巻《ま》きもどし、もう一度《いちど》最初《さいしょ》から再生《さいせい》。同時《どうじ》に、フィルタをとっぱらった皇帝《アンプルール》の映像《えいぞう》も流《なが》れこんでくる。

[クイーン、だいじょうぶですか?]

突然《とつぜん》、かたまってしまったクイーンを心配《しんぱい》して、ゆるキャラモードのRD《アールディー》がきいた。

その声《こえ》は、クイーンの耳《みみ》にとどいてない。

——なるほど……。そういうことだったのか。

クイーンは、自分《じぶん》の考《かんが》えを整理《せいり》し、もう一度《いちど》最初《さいしょ》から考《かんが》える。

——やはり、わたしの推理《すいり》はまちがってない。

「RD《アールディー》、いまからわたしのいうことを検証《けんしょう》し、準備《じゅんび》を進《すす》めてくれ。」

喉《のど》に貼《は》った通信機《つうしんき》を使《つか》い、RD《アールディー》に指示《しじ》を出《だ》す。そして、RD《アールディー》の立体映像《りったいえいぞう》がうつったレジ脇《わき》のガラスの箱《はこ》を持《も》った。

つぎに、皇帝《アンプルール》を見《み》る。

「お師匠様《ししょうさま》、お願《ねが》いがあります。」

「なんだ？　盗《ぬす》み食《ぐ》いをするなというのなら、おことわりだ。おれは、何者《なにもの》にも縛《しば》られない、雲《くも》のように自由《じゆう》に生《い》きるんだ。」

頭《あたま》の悪《わる》い中二病患者《ちゅうにびょうかんじゃ》のようなことをいう皇帝《アンプルール》。

「そうですよね。お師匠様《ししょうさま》は、自由《じゆう》に生《い》きるのがいちばんです。というわけで、この店内《てんない》にある食品《しょくひん》を、好《す》きなだけ食《た》べてもいいですよ。」

「でも……そんなことをしたら、店《みせ》に迷惑《めいわく》がかかるぞ。あの姉《ねえ》ちゃんにもおこられるし——。」

皇帝《アンプルール》が、ちらりと佐渡山真由《さどやままゆ》を見《み》る。いそがしそうに店内《てんない》を動《うご》きまわってる佐渡山《さどやま》。

「お師匠様《ししょうさま》が迷惑《めいわく》をかけたぶんは、わたしがあとで弁償《べんしょう》します。それよりいまは、お師匠様《ししょうさま》が自《じ》由《ゆう》に盗《ぬす》み食《ぐ》いするほうが重要《じゅうよう》です。」

「でもなぁ……。」

ためらう皇帝《アンプルール》に、

「それが、人類《じんるい》を救《すく》うことにもなるんです！」

クイーンは、拳《こぶし》をにぎりしめていった。

「よし、わかった。人類《じんるい》を救《すく》うためなら、あまり気乗《きの》りしないが盗《ぬす》み食《ぐ》いをしようじゃないか。」

いいおわると同時《どうじ》に、レジ脇《わき》におかれているフランクフルトソーセージを両手《りょうて》に持《も》つ。

「で、おまえは、どうするんだ？」

「きまってるじゃないですか。」

時計《とけい》を確認《かくにん》すると、クイーンはいった。

「山田花子《やまだはなこ》、休憩《きゅうけい》はいります。」

コンビニの制服《せいふく》を脱《ぬ》ぐと、そこにバイト店員《てんいん》の山田花子《やまだはなこ》はいない。

あらわれたのは、ブラッククイーンと戦《たたか》うために出陣《しゅつじん》する怪盗《かいとう》クイーンだった。

Scene《シーン》06
花菱仙太郎《はなびしせんたろう》 is《イズ》 DOUBLE《ダブル》

マンダリンが展示台《てんじだい》のスイッチを切《き》る。

同時《どうじ》に、けたたましく鳴《な》っていた警報音《けいほうおん》も消《き》える。

「…………」

マンダリンと警官隊《けいかんたい》は、なにもはいってないガラスケースを見《み》ることしかできない。

「いったいどういうことなの、マンダリンちゃん？」

ルイーゼとヴォルフ、パイカルが中央展示室《ちゅうおうてんじしつ》にかけこんでくる。すこしおくれて、仙太郎《せんたろう》も
――。

「報告《ほうこく》します。――といっても、見《み》ていただいたとおりなんですが……。」

マンダリンが、ガラスケースを手《て》で示《しめ》す。

「正午《しょうご》に、エッグが消《き》えました。――以上《いじょう》です。」

暗《くら》い声《こえ》のマンダリン。

「ふん……。」

ヴォルフが手《て》をのばし、台座《だいざ》からガラスケースを下《お》ろす。そして長刀《ちょうとう》をぬくと、上段《じょうだん》にかまえた。

「許可《きょか》をくれ。」

ルイーゼをちらりと見《み》る。

しかたないって感《かん》じでため息《いき》をつくルイーゼ。

「やっちゃいなさい。」

つぎの瞬間《しゅんかん》、長刀《ちょうとう》がキラリと光《ひか》った。空気《くうき》までいっしょに切断《せつだん》するような勢《いきお》いで、長刀《ちょうとう》がふり下《お》ろされる。

斬《ざん》！

ガラスケースが真《ま》っ二《ぷた》つに割《わ》れた。

「へぇ〜、みごとなもんだな。」

感心《かんしん》した仙太郎《せんたろう》の声《こえ》。

ヴォルフが、刀《かたな》を納《おさ》めた。

「斬甲術改《ざんこうじゅつかい》——甲《かぶと》をも切断《せつだん》する技《わざ》を、おれなりにアレンジしたものだ。」

「この刀《かたな》、そんなによく斬《き》れるんだ。」

長刀《ちょうとう》をなでる仙太郎《せんたろう》を、ヴォルフが引《ひ》きはがす。

「さわるな！　——たしかに、この長刀《ちょうとう》は斬《き》れる。だが、それだけじゃない。おれの剣術《けんじゅつ》がないと、ガラスケースを切断《せつだん》するのはむりだな。」

それをきいて、ルイーゼが額《ひたい》に手《て》をあてる。

「そこまでえらそうにいうのなら、もっと技《わざ》を磨《みが》きなさい。ほんとうの斬甲術《ざんこうじゅつ》なら、刀《かたな》にたよらなくてもガラスケースを斬《き》れるんでしょ。」

「へいへい。」

肩《かた》をすくめるヴォルフ。

仙太郎《せんたろう》とパイカルは、切断《せつだん》されたガラスケースを調《しら》べる。

「おかしなところはありませんね。」

パイカルのことばに、仙太郎《せんたろう》がうなずく。

「だろうね。でも、十分《じゅうぶん》。」

パイカルは、おどろいた。

——いまの言《い》い方《かた》……。まるで、すべての謎《なぞ》が解《と》けてるような、自信《じしん》にあふれた言《い》い方《かた》だ。

「おい、仙太郎《せんたろう》。頭《あたま》を打《う》ったのか？」

ヴォルフも心配《しんぱい》してきくが、仙太郎《せんたろう》はなにも気《き》にしてない。

みんなを見《み》まわして、胸《むね》を張《は》る。

「さて——。いまから、エッグが消《き》えた謎《なぞ》を説明《せつめい》しましょう。」

「……ほんとうに頭《あたま》を打《う》ったのか？」

ヴォルフが、つぶやく。


「まず最初《さいしょ》にいっておきたいのは、テレビでエッグを盗《ぬす》むといったのは、怪盗《かいとう》クイーンではありません。偽者《にせもの》です。」

「おいおい、なにいってんだ。なんで、あれが偽者《にせもの》だっていえるんだ？」

「本物《ほんもの》の怪盗《かいとう》クイーンは、あのような番組《ばんぐみ》にでません。クイーンがでるのは、ゴールデンタイムの高視聴率番組《こうしちょうりつばんぐみ》だけです。」

仙太郎《せんたろう》が、ヴォルフの疑問《ぎもん》をビシッと封《ふう》じる。その迫力《はくりょく》に、ヴォルフはなにもいえなくなってしまう。

警官隊《けいかんたい》の中《なか》できいていたジョーカーは、うなずく。

――たしかに、自己顕示欲《じこけんじよく》の塊《かたまり》のクイーンは、あんなお昼《ひる》のトーク番組《ばんぐみ》にはでないな。

仙太郎《せんたろう》は、ヴォルフがだまったのを確認《かくにん》してからつづきを話《はな》す。

「この偽者《にせもの》クイーンを、ブラッククイーンとよぶことにしましょう。異論《いろん》ありませんね？」

強引《ごういん》に話《はなし》を進《すす》める仙太郎《せんたろう》。

「さて、ブラッククイーンは国際刑事警察機構《ICPO》が展示《てんじ》するエッグを盗《ぬす》むと宣言《せんげん》しました。このときブラッククイーンは、国際刑事警察機構《ICPO》がエッグを餌《えさ》に自分《じぶん》をつかまえるという意味《いみ》のことをいってます。罠《わな》だとわかっていてもにげることはしない――この点《てん》、本物《ほんもの》の怪盗《かいとう》クイーンに似《に》ているといえます。」

ジョーカーが、うなずく。

――この仙太郎《せんたろう》という探偵卿《たんていきょう》、クイーンの性格《せいかく》を、よくつかんでいる。

「ブラッククイーンは、今日《きょう》の正午《しょうご》にエッグを盗《ぬす》むと宣言《せんげん》しました。現《げん》にいま、エッグは消《き》えてます。」

「…………」

「いったい、エッグはどこへいったのか？　どうやってガラスケースから出《だ》したのか？」

「仙太郎《せんたろう》さんは、それらの謎《なぞ》が解《と》けてるんですか？」

パイカルにきかれ、仙太郎《せんたろう》は大《おお》きくうなずく。

――ぼくにはわからない謎《なぞ》を解《と》く、これが探偵卿《たんていきょう》の能力《のうりょく》……。

仙太郎《せんたろう》が、指《ゆび》を一本《ぽん》のばす。

「思《おも》いだしてください。ガラスケースがおかれた台座《だいざ》には、センサーがついていました。ガラスケースの中《なか》からエッグが出《だ》されてかるくなったら、警報音《けいほうおん》が鳴《な》るセンサーです。でもエッグが消《き》えたとき、このセンサーははたらかなかった。これは、なにを意味《いみ》してるか？」

「センサーが故障《こしょう》してるとか……。」

一人《ひとり》の警官《けいかん》がつぶやく。

仙太郎《せんたろう》は、首《くび》を横《よこ》にふった。

「それはありません。あのあと、ガラスケースを動《うご》かしたら警報音《けいほうおん》が鳴《な》りひびきました。つまり、ガラスケースの重《おも》さはかわってないことをあらわしてるんです。」

「……ということは――。」

「最初《さいしょ》から、ガラスケースの中《なか》にエッグはなかったんです。」

仙太郎《せんたろう》がいうと、みんなはおどろいてことばをなくす。

ヴォルフだけは、バカなやつめというように、肩《かた》をすくめる。

「あんまり頭《あたま》のいいやつだとは思《おも》ってなかったが、目《め》まで悪《わる》かったんだな。エッグがケースにはいってたの、おまえには見《み》えてなかったのか？」

「………」

仙太郎《せんたろう》は、ヴォルフの目《め》の前《まえ》に、てのひらにのせたスマホとガラスの箱《はこ》をつきだす。ガラスの箱《はこ》の中《なか》にはダイヤの指輪《ゆびわ》。

「旦那《だんな》が、婚約指輪《こんやくゆびわ》をさがしてるって、おれは知《し》ってるぜ。どうだい、こういうのは？」

「………」

「手《て》にとってみろよ。」

仙太郎《せんたろう》にいわれ、箱《はこ》の上《うえ》から手《て》を入《い》れるヴォルフ。しかし、なにもさわることができない。箱《はこ》の中《なか》をかきまわすように手《て》を動《うご》かすが、むだ。

「見《み》えてるのに、なぜさわれない！」

「三次元立体映像《さんじげんりったいえいぞう》だからだよ。」

仙太郎《せんたろう》が、スマホのスイッチを切《き》る。同時《どうじ》に、指輪《ゆびわ》が消《き》える。

「エッグも、立体映像《りったいえいぞう》だというんですか？」

パイカルにきかれ、仙太郎《せんたろう》はうなずく。

「よし、わかった！」

ヴォルフが、ポンと手《て》を打《う》つ。

「ブラッククイーンは、事前《じぜん》にエッグを盗《ぬす》んでいたんだ。そして、ガラスケースの中《なか》に立体映像《りったいえいぞう》のエッグをうつし、犯行予告時刻《はんこうよこくじこく》に消《け》す。これだ！」

おれだって探偵卿《たんていきょう》だ。これぐらいの推理《すいり》は、お茶《ちゃ》の子《こ》さいさい（死語《しご》）だぜ！　——そういいたげに、ヴォルフが得意《とくい》げに見《み》まわす。

「それはむりだよ、旦那《だんな》。」

やさしく声《こえ》をかける仙太郎《せんたろう》。

「ガラスケースが博物館《はくぶつかん》にはこばれてからのことを、思《おも》いだしてくれ。ケースが台座《だいざ》におかれてから、ずっとエッグは見張《みは》られていた。エッグを盗《ぬす》み、三次元立体映像《さんじげんりったいえいぞう》にかえることはむりなんだよ。」

「じゃあ……。」

「ケースが台座《だいざ》におかれ、かけてあった布《ぬの》をとる。そのときあらわれたエッグが、すでに三次元《さんじげん》立体映像《りったいえいぞう》だったんだ。」

「…………」

「つまり国際刑事警察機構《ICPO》は、最初《さいしょ》から立体映像《りったいえいぞう》のエッグを用意《ようい》してたんだ。証拠《しょうこ》もある。」

仙太郎《せんたろう》が、マンダリンを見《み》る。

「マンダリンの旦那《だんな》――。」

ビクッとするマンダリン。

仙太郎《せんたろう》がいう。

「おれの知《し》り合《あ》いに、物騒《ぶっそう》なジイさんがいるんだ。そいつが物騒《ぶっそう》な装置《そうち》をつくっててさ、ポケットに入《い》れてるリモコンスイッチを見《み》せてくれたんだ。」

まわりの人間《にんげん》は、どうして仙太郎《せんたろう》がそんな話《はなし》をするのかわからない。

「そういやマンダリンさんは、いつもポケットに手《て》を入《い》れてるよな。なにか理由《りゆう》があるのか？」

「…………」

「こんな重要《じゅうよう》な警護《けいご》の任務中《にんむちゅう》、ポケットに手《て》を入《い》れてるのは不真面目《ふまじめ》に見《み》えたんだ。よければ、ポケットの中《なか》のものを見《み》せてくれないか。」

仙太郎《せんたろう》に見《み》られ、マンダリンはあきらめたように手《て》をポケットから出《だ》す。その手《て》には、小《ちい》さなリモコンがにぎられている。

「さすがですね、花菱《はなびし》さん。あなたの推理《すいり》どおり、これは立体映像《りったいえいぞう》のリモコンスイッチです。」

「…………」

「わたしが、エッグを消《け》しました。」

「おまえがブラッククイーンか！」

長刀《ちょうとう》で斬《き》りかかろうとするヴォルフを、仙太郎《せんたろう》がしがみついてとめる。

「おちつけって、旦那《だんな》！　エッグが最初《さいしょ》から立体映像《りったいえいぞう》だったってことは話《はな》しただろ。その立体映像《りったいえいぞう》は、国際刑事警察機構《ICPO》が用意《ようい》した。マンダリンさんが立体映像《りったいえいぞう》のスイッチを持《も》ってる。ということは、ここにいるマンダリンさんは、国際刑事警察機構《ICPO》側《がわ》の人間《にんげん》だって証明《しょうめい》じゃないか。」

「それに、マンダリンちゃんが変装《へんそう》してないことは確認済《かくにんず》みよ。——それはまえにもいったけど、忘《わす》れたの？」

ルイーゼも口《くち》をはさむ。

「…………」

ヴォルフは、仙太郎《せんたろう》とルイーゼのことばを考《かんが》える。考《かんが》えてるうちに、よくわからなくなったのだろう、

「命《いのち》びろいしたな。」

マンダリンにむかって吐《は》きすて、長刀《ちょうとう》を納《おさ》めるヴォルフ。そして、笑顔《えがお》をうかべる。

「しかし、なんだな。わが国際刑事警察機構《ICPO》も、なかなかやるもんだ。本物《ほんもの》のエッグを出《だ》さず、立体映像《りったいえいぞう》のものにしたら、盗《ぬす》まれる心配《しんぱい》がないからな。そんな計画《けいかく》があったのなら、マンダリンも話《はな》してくれたらいいのによ。」

ヴォルフが、マンダリンの首《くび》に手《て》をまわす。

「いや……M《エム》からの指令《しれい》が『だれにもいわないように。』だったから。」

首《くび》が絞《し》まって苦《くる》しそうな声《こえ》。

――ヴォルフさんにいったら、ぜったいに計画《けいかく》はうまくいかないだろうな。

パイカルは、冷静《れいせい》に考《かんが》える。

仙太郎《せんたろう》が、口《くち》をひらく。

「まだ、話《はなし》はおわってないんだ。」

その顔《かお》が暗《くら》い。

「気《き》になることが二つある。一つは、ほんとうに国際刑事警察機構《ICPO》はエッグを持《も》ってるのかってこと――。」

「あたりまえだろ。持《も》ってないのに持《も》ってるっていったらうそつきじゃねぇか。」

「でも、おれの知《し》り合《あ》いのトレジャー――じゃなく、考古学者《こうこがくしゃ》がいってたんだけど、十番目《ばんめ》のエッグは夢《ゆめ》だそうだ。見《み》つかるはずがないし、見《み》つかったら偽物《にせもの》じゃないかと疑《うたが》えって――。それが、突然発見《とつぜんはっけん》され、国際刑事警察機構《ＩＣＰＯ》が持《も》ってるなんて考《かんが》えられない。」

「…………」

「じゃあ、十番目《ばんめ》のエッグじゃなく、いままでに見《み》つかってる九個《こ》のうちの一個《こ》を持《も》ってるのか？　――それも考《かんが》えにくい。なぜなら、九個《こ》のエッグはすべて皇帝《アンプルール》が盗《ぬす》みだしてるって話《はなし》だ。となると、国際刑事警察機構《ＩＣＰＯ》がエッグを持《も》ってるはずがない。」

仙太郎《せんたろう》が、ルイーゼを見《み》る。

ルイーゼは、首《くび》を横《よこ》にふって口《くち》をひらく。

「わたしは、マンダリンちゃんを展示室《てんじしつ》の前《まえ》に配置《はいち》する指示《しじ》を受《う》けただけ。国際刑事警察機構《ＩＣＰＯ》がエッグを持《も》ってるかどうかは知《し》らないわ。」

ヴォルフは、うでを組《く》んで感心《かんしん》する。

「考古学者《こうこがくしゃ》に知《し》り合《あ》いがいるなんて、結構顔《けっこうかお》が広《ひろ》いんだな。コンビニではたらいてると、いろんなやつと知《し》り合《あ》えるわけか。」

パイカルがきく。

「もう一つの気《き》になることって、なんです？」

「それは、ブラッククイーンの存在《そんざい》だ。どうして、犯行時刻《はんこうじこく》になってもあらわれないんだ？」

「………」

そのつぶやきに、こたえられる者《もの》はいない。

「仙太郎《せんたろう》さんは、どう思《おも》うんです？」

「展示《てんじ》されてるエッグが三次元立体映像《さんじげんりったいえいぞう》の偽物《にせもの》だと知《し》っていたからと、考《かんが》えられる。」

「つまり、国際刑事警察機構《ICPO》の情報《じょうほう》がもれてるってことか。」

ヴォルフがうなずくが、仙太郎《せんたろう》は首《くび》を横《よこ》にふる。

「旦那《だんな》も知《し》らなかった情報《じょうほう》だぜ。もれてると考《かんが》えるより、国際刑事警察機構《ICPO》からエッグは偽物《にせもの》と教《おし》えられてると考《かんが》えるほうが自然《しぜん》だ。」

「じゃあ……国際刑事警察機構《ICPO》とブラッククイーンは、つながってる……？」

「おれは、そう思《おも》う。」

仙太郎《せんたろう》は、またルイーゼを見《み》る。

「ごめんなさい。それについても、わたしは知《し》らされてない。そこまでの情報《じょうほう》を知《し》ってるのは、Mクラス《エム》の上層部《じょうそうぶ》ね。」

ルイーゼが携帯電話《けいたいでんわ》を出《だ》し、ヴォルフにわたす。

「なんだ？」

「わたし、M《エム》と話《はな》したくないの。だから、ヴォルフちゃんがかけて。」

「……子《こ》どもか！」

ブツブツいいながら、ヴォルフが電話《でんわ》をかける。

［ただいま、電話《でんわ》にでられません。ただいま、電話《でんわ》にでられません。ただいま、電話《でんわ》に――。］

「留守《るす》みたいだな。あるいは、電話《でんわ》にでたくないか……。」

ヴォルフが、ルイーゼに携帯電話《けいたいでんわ》を返《かえ》す。

ルイーゼが、仙太郎《せんたろう》を見《み》る。

「仙太郎《せんたろう》ちゃん、あなたが推理《すいり》したことを、すべて話《はな》してちょうだい。」

うなずく仙太郎《せんたろう》。

「国際刑事警察機構《ICPO》は、本物《ほんもの》の怪盗《かいとう》クイーンを罠《わな》にかけようとした。ブラッククイーンに、怪盗《かいとう》クイーンの名前《なまえ》で犯罪《はんざい》をおこなわせ、偽者《にせもの》の存在《そんざい》を意識《いしき》させた。怪盗《かいとう》クイーンが、偽者《にせもの》に腹《はら》を立《た》てると思《おも》ったのでしょう。」

――そう思《おも》った段階《だんかい》で、国際刑事警察機構《ICPO》はまちがってるな。

警官隊《けいかんたい》の中《なか》に紛《まぎ》れたジョーカーは思《おも》う。

——本物《ほんもの》のクイーンは、ブラッククイーンが自分《じぶん》の名前《なまえ》で仕事《しごと》してくれるのを、とてもよろこんでいた。

仙太郎《せんたろう》はつづける。

「何度《なんど》かブラッククイーンの名前《なまえ》を意識付《いしきづ》けしてから、本番《ほんばん》の罠《わな》をしかける。ブラッククイーンがエッグを盗《ぬす》むと宣言《せんげん》すれば、本物《ほんもの》のクイーンがでてくると考《かんが》えた。」

——それは正解《せいかい》だ。

きいていたジョーカーは、うんうんとうなずく。

「そして今日《きょう》——。クイーンが罠《わな》に飛《と》びこんでくるのを待《ま》った。しかし、犯行予告時刻《はんこうよこくじこく》になってもクイーンはあらわれない。」

——クイーンはクイーンで、ブラッククイーンが行動《こうどう》をおこさないのを不思議《ふしぎ》がっていたな。

ジョーカーは思《おも》いだす。

「とうとう、犯行予告時刻《はんこうよこくじこく》になった。クイーンは、あらわれない。だからエッグを消《け》して、ブラッククイーンがエッグを盗《ぬす》んだように演出《えんしゅつ》した。ブラッククイーンに対抗心《たいこうしん》を燃《も》やして、クイーンがあらわれるのを期待《きたい》したわけです。」

「なるほど。」

うなずくパイカル。

「でも、怪盗《かいとう》クイーンがでてこないのなら、この計画《けいかく》は失敗《しっぱい》ですね。」

そのつぶやきに、仙太郎《せんたろう》は苦笑《くしょう》する。そして、まるで背筋《せすじ》を氷《こおり》でなでられたかのようにゾクリとする。

——ちょっと待《ま》て。国際刑事警察機構《ICPO》の計画《けいかく》は、失敗《しっぱい》したのか？　怪盗《かいとう》クイーンを逮捕《たいほ》するための罠《わな》……国際刑事警察機構《ICPO》のねらいは、それだけなのか？

遠《とお》くから狙撃銃《そげきじゅう》のスコープでのぞかれてるような感覚《かんかく》。

——ひょっとすると、国際刑事警察機構《ICPO》の計画《けいかく》は完璧《かんぺき》に成功《せいこう》してるんじゃないのか？

「仙太郎《せんたろう》——。」

ヴォルフに声《こえ》をかけられ、仙太郎《せんたろう》は我《われ》に返《かえ》る。

「探偵卿《たんていきょう》は、国際刑事警察機構《ICPO》を疑《うたが》うのはむずかしい。盲点《もうてん》になってるからな。それをおまえは、冷静《れいせい》に真相《しんそう》を見《み》ぬいた。なかなかみごとな推理《すいり》だ。」

「いやぁ、旦那《だんな》にほめられると、なんかてれるな。」

頭《あたま》をかく仙太郎《せんたろう》。

ヴォルフがいう。

「ただ、一つわからないことがあるんだ。」

「なんだい？　なんでもこたえてやるぜ。」

「推理《すいり》をするとき、おまえの目《め》は銀色《ぎんいろ》にかわるんだったよな。なのにいま、おまえの目《め》はいつものままだ、どうして銀色《ぎんいろ》にかわらない？」

「えーっと……。」

頬《ほお》をかく仙太郎《せんたろう》。必死《ひっし》で言《い》い訳《わけ》を考《かんが》えてる顔《かお》だ。

ヴォルフが、長刀《ちょうとう》をぬく。

仙太郎《せんたろう》が、後《うし》ろをむいて、銀色《ぎんいろ》のカラーコンタクトを両目《りょうめ》に入《い》れる。

「ほら、銀色《ぎんいろ》になっただろ。」

胸《むね》を張《は》る仙太郎《せんたろう》。

「いつから、両目《りょうめ》の色《いろ》がかわるようになったんだ？」

「あっ、片目《かため》だけか！」

また後《うし》ろをむく。でも、すぐにふりむいてヴォルフにきいた。

「どっちの目《め》だっけ？」

「吩《ふん》！」

ヴォルフが、長刀《ちょうとう》をはらった。

とんぼ返《がえ》りで後《うし》ろにとぶ仙太郎《せんたろう》。空中《くうちゅう》で銀色《ぎんいろ》の髪《かみ》がフワリとひろがり、台座《だいざ》の上《うえ》に着地《ちゃくち》する。

「いきなりひどいなぁ、ヴォルフの旦那《だんな》。」

からかうようにいうことば。

顔《かお》の前《まえ》でうでを動《うご》かすと、その下《した》からあらわれたのはクイーンの顔《かお》。

「クイーン！」

中央展示室《ちゅうおうてんじしつ》の警官隊《けいかんたい》がざわめく。

つづいて、中庭《なかにわ》からきこえてくる歓声《かんせい》。十万人《まんにん》の来館者《らいかんしゃ》が、大型《おおがた》モニタを見《み》て歓声《かんせい》をあげたのだ。

長刀《ちょうとう》をかまえたヴォルフが、クイーンにきく。

「本物《ほんもの》の仙太郎《せんたろう》は、どうした？」

「ああ……店長《てんちょう》は、コンビニのほうが非常事態《ひじょうじたい》になってるから、よびだしてもこられないと思《おも》うよ。」

そのことばに、ヴォルフはクイーンから視線《しせん》をはずさず、端末《たんまつ》を出《だ》して仙太郎《せんたろう》に連絡《れんらく》をとる。

「おい、仙太郎《せんたろう》！　いま、どこにいる？」

「なんだよ、旦那《だんな》！　いま、手《て》がはなせないんだ！　あとで、そっちいくから！」

「なにがおきたんだ？」

「わかんねぇよ！　さっきから店《みせ》の中《なか》を風《かぜ》が吹《ふ》き荒《あ》れて、どんどん食料品《しょくりょうひん》が消《き》えてるんだ！」

風《かぜ》の正体《しょうたい》は、皇帝《アンプルール》だ。自由《じゆう》に生《い》きていいといわれた皇帝《アンプルール》は、ほんとうに自由《じゆう》に生《い》きはじめたのだ。

警官隊《けいかんたい》が、スクラムを組《く》む。

「かかれ！」

台座《だいざ》にむかって突進《とっしん》する。

宙《ちゅう》にとぶクイーン。警官隊《けいかんたい》の頭《あたま》の上《うえ》を越《こ》えると、

「ジョーカーくん、そろそろお暇《いとま》するよ！」

警官《けいかん》に変装《へんそう》したジョーカーに声《こえ》をかける。

「にがすか！」

長刀《ちょうとう》をかまえたヴォルフが、クイーンの行《ゆ》く手《て》をふさぐ。

やれやれと肩《かた》をすくめるクイーン。

「懲《こ》りないやつだな。きみでは、わたしに勝《か》てないのが、まだわからないのかい？」

ヴォルフが、ニヤリと笑《わら》う。

「このまえより、ずいぶん強《つよ》くなってるんだぜ。」

斬《き》りかかるヴォルフ。

その攻撃《こうげき》をとめたのはジョーカーだ。

「ここは、ぼくにまかせてください。」

「それはたすかる。——じつは、すこし考《かんが》えたいことがあってね。」

クイーンは、ジョーカーの肩《かた》をポンとたたくと、天井《てんじょう》に吊《つ》られた照明装置《しょうめいそうち》にむけて、手首《てくび》につけた装置《そうち》からワイヤーを発射《はっしゃ》する。

ワイヤーを上《のぼ》り、シャンデリア型《がた》の照明装置《しょうめいそうち》に腰《こし》を下《お》ろす。

「下《お》りてこい、クイーン！」

警官隊《けいかんたい》がさけぶが、下《お》りるはずがない。

「撃《う》て！」

拳銃《けんじゅう》をぬき、クイーンにむけて発砲《はっぽう》する。それを、照明装置《しょうめいそうち》をゆらして、かろやかに避《よ》けるクイーン。

そして、国際刑事警察機構《ICPO》のねらいを考《かんが》える。

――わたしを誘《おび》きよせるためだけなら、こんなにも大《おお》がかりな方法《ほうほう》を使《つか》う必要《ひつよう》はない。怪盗《かいとう》の美学《びがく》を満足《まんぞく》させる獲物《えもの》を用意《ようい》すれば、わたしはどこにでもあらわれる。

もし、これをジョーカーとRD《アールディー》がきいたら「うそだ！」とさけんだだろう。

「だいたい『怪盗《かいとう》の美学《びがく》』というものがあいまいです。」

［きっと、いろいろ難《なん》くせをつけてはたらきませんよ。］

文句《もんく》ばかりいうクイーンに、ジョーカーとRD《アールディー》は『モンスター怪盗《かいとう》』という称号《しょうごう》をあたえる。

そんなことにかまわず、クイーンは考《かんが》えを進《すす》める。

――なぜ、エッグを餌《えさ》にしたのか？　だいたい、国際刑事警察機構《ICPO》はエッグを持《も》っていない。持《も》っていないのに、エッグを持《も》ちだしてきた。その意味《いみ》は……。

クイーンはビクッとする。

――国際刑事警察機構《ICPO》のねらいは、エッグ……？

そのとき、かすかに照明装置《しょうめいそうち》がゆれた。横《よこ》を見《み》ると、皇帝《アンプルール》がすわってる。

「よぉ！」

「お師匠様《ししょうさま》、きてくださったのですか。」

「まぁな。おまえが博物館《はくぶつかん》から脱出《だっしゅつ》するのに苦労《くろう》してたら、たすけてやらなきゃいけねぇからな。」

ほんとうは、コンビニ店内《てんない》で暴《あば》れまくり、仙太郎《せんたろう》や佐渡山真由《さどやままゆ》にたたきだされたため、暇《ひま》になって様子《ようす》を見《み》にきたのだ。

「おまえも食《く》うか？」

背中《せなか》に背負《せお》っていたコンビニ袋《ぶくろ》から唐揚《からあ》げを出《だ》し、クイーンに勧《すす》める。

クイーンは丁重《ていちょう》にことわり、「花菱仙太郎《はなびしせんたろう》に変装《へんそう》するためとはいえ、『シャドウ』にはすごい損《そん》害《がい》をあたえてしまった。あとで被害額《ひがいがく》を弁償《べんしょう》しよう。」と考《かんが》えた。

コンビニおでんを食《た》べながら器用《きよう》に銃弾《じゅうだん》を避《よ》ける皇帝《アンプルール》を見《み》て、クイーンは思《おも》いだす。

――九個《こ》のエッグは、すべてお師匠様《ししょうさま》が盗《ぬす》みだしている。そのために、わたしもたいへんな目《め》にあったんだった。

「お師匠様《ししょうさま》、いまもエッグは手元《てもと》にあるんですか？」

「ああ。漬物石《つけものいし》がわりに使《つか》ってる。なかなか便利《べんり》だぞ。」

――エッグを所有《しょゆう》する皇帝《アンプルール》が、ここにいる。わたしがエッグの件《けん》で動《うご》けば、皇帝《アンプルール》もでてくるのは予測《よそく》できる。つまり、国際刑事警察機構《ＩＣＰＯ》の真《しん》のねらいは皇帝《アンプルール》を誘《おび》きよせること……。

「しまった！」

突然《とつぜん》クイーンがさけんだので、皇帝《アンプルール》はおどろく。

「どうした？　洗濯物《せんたくもの》をとりこむのを忘《わす》れたような顔《かお》してるぜ。」

「国際刑事警察機構《I C P O》のねらいは、お師匠様《ししょうさま》の留守中《るすちゅう》に、エッグをうばうことだったんです！」

「だったら安心《あんしん》だ。おれの屋敷《やしき》は、ブービートラップや最新防犯《さいしんぼうはん》システムの見本市《みほんいち》だぜ。あそこからなにかを盗《ぬす》めるのは、おれかおまえぐらいだ。」

「お忘《わす》れですか？　エッグを使《つか》い、わたしの能力《のうりょく》をコピーした者《もの》がいることを――。」

しばらくして、皇帝《アンプルール》がポンと手《て》を打《う》った。

「そういや、いたな。あいつ、元気《げんき》にやってるかな？」

遠《とお》い目《め》をする皇帝《アンプルール》を無視《むし》し、クイーンは通信機《つうしんき》でジョーカーとRD《アールディー》に連絡《れんらく》する。

「いまから十秒後《びょうご》、中庭《なかにわ》に脱出《だっしゅつ》する。RD《アールディー》、ワイヤーを下《お》ろしてくれ。」

[どうしたんですか？　声《こえ》が、あせってますよ。]

RD《アールディー》の質問《しつもん》にはこたえず、クイーンは指示《しじ》を出《だ》す。

「わたしたちを回収《かいしゅう》したあと、トルバドゥールは全速《ぜんそく》で中国《ちゅうごく》へむかう。――皇帝《アンプルール》の屋敷《やしき》だ。」

Scene《シーン》07
ウァドエバー is《イズ》 WHATEVER《ウァドエバー》

中国《ちゅうごく》の奥地《おくち》――。

猿《さる》も鹿《しか》もすめないような高《たか》い崖《がけ》が、何重《なんじゅう》にも行《ゆ》く手《て》を阻《はば》む。

もとより、里《さと》の人《ひと》は近《ちか》づかない。

「あそこには、鬼《おに》がすんどる。」

いつのころからか、そういう話《はなし》がささやかれるようになった。


その日《ひ》の朝《あさ》も、楊《ヤン》さん（五十八歳《さい》）は日課《にっか》のウォーキングをするために、目《め》をさました。まだ寝《ね》ている家族《かぞく》を起《お》こさないよう、静《しず》かに家《いえ》をでる。

「なんで、早朝《そうちょう》ウォーキングなんかするの？　近所《きんじょ》で、そんなことしてる人《ひと》、だれもいないわよ。」

妻《つま》にいわれるが、楊《ヤン》さんは気《き》にしない。

彼《かれ》がすむ村《むら》は、都会《とかい》から遠《とお》くはなれた山《やま》の中《なか》にある。

村人《むらびと》は、狭《せま》い平地《へいち》に田畑《たはた》をつくり、農業《のうぎょう》で生活《せいかつ》している。

——農作業《のうさぎょう》で体《からだ》を動《うご》かしてるから、ウォーキングの必要《ひつよう》はないと思《おも》ってるのだろう。だが、おれはちがうぞ。健康《けんこう》に気《き》をつけ、百三十歳《さい》まで生《い》きるんだ。

強《つよ》い決意《けつい》を持《も》って早朝《そうちょう》ウォーキングをつづける楊《ヤン》さん。

だれも歩《ある》いてない道《みち》を、手《て》を大《おお》きくふって歩《ある》く。

服装《ふくそう》は、農作業《のうさぎょう》のときに着《き》るものだ。ほんとうは体操服《たいそうふく》でやりたいのだが、村《むら》の人《ひと》たちに見《み》られると恥《は》ずかしいので、作業着《さぎょうぎ》で歩《ある》いている。

楊《ヤン》さんの額《ひたい》にうすく汗《あせ》がうかんできたころ、うす暗《ぐら》い道《みち》のむこうから歩《ある》いてくる男《おとこ》に気《き》づいた。

——めずらしいな、こんなにはやく……。

だれだろうと思《おも》って見《み》てると、村人《むらびと》ではなかった。

——ほんとうにめずらしい。村《むら》の外《そと》から人《ひと》がくるなんて……。

ほとんど訪《おとず》れる者《もの》のない村《むら》。このまえ、人《ひと》がきたのは、日本《にっぽん》のテレビ局《きょく》がヴァラエティ番組《ばんぐみ》を撮影《さつえい》しにきたときだ。

楊《ヤン》さんは、男《おとこ》の様子《ようす》を見《み》る。村《むら》には似合《にあ》わない背広姿《せびろすがた》。

男《おとこ》は楊《ヤン》さんに気《き》づくと、かるく頭《あたま》をさげた。

「おはようございます。」

「……おはよう。」

すこし警戒《けいかい》しながら、楊《ヤン》さんもあいさつを返《かえ》す。

「あんた、村《むら》になんの用《よう》だい？」

警戒《けいかい》する楊《ヤン》さんに、男《おとこ》は笑顔《えがお》をむける。

「ああ、心配《しんぱい》しないでください。すぐに通《とお》りすぎますから。」

「通《とお》りすぎるって……。この先《さき》は、なにもないぞ。いったい、どこへいく気《き》だい？」

楊《ヤン》さんにきかれ、男《おとこ》は村《むら》のむこう――槍《やり》のように尖《とが》った山《やま》を、大雑把《おおざっぱ》に指《ゆび》さす。

「あのへんです。」

「バカなことをいうんじゃない。あそこは、獣《けもの》も近《ちか》づかない、鬼《おに》のすむ山《やま》だぞ！」

「そのようですね。」

「あんた、命《いのち》がおしくないのか？　あの山《やま》に近《ちか》づくのは、やめときな。」

「だいじょうぶですよ。いま、鬼《おに》はおでかけしてますから。」

笑顔《えがお》でこたえる男《おとこ》。

楊《ヤン》さんは、不思議《ふしぎ》でならない。

——なんだ、この男《おとこ》は……。なんで、鬼《おに》がでかけてるって知《し》ってるんだ？　それに、どうして背広《せびろ》を着《き》てる？　そのかっこうで、ここまできたのか？

男《おとこ》の服《ふく》は、かなりくたびれてはいるものの、すこしも汚《よご》れてない。

「なんで、鬼《おに》のすむ山《やま》へいくんだ？」

「ちょっと用事《ようじ》がありましてね。」

ほほえむ男《おとこ》。

楊《ヤン》さんは考《かんが》える。

「用事《ようじ》ってのは、仕事《しごと》か？」

「ええ、まぁ。——じつは、わたしは怪盗《かいとう》なんです。」

すごい秘密《ひみつ》を打《う》ち明《あ》けるように、男《おとこ》がいった。

——カイトウ……？　なんだ、それ？

楊《ヤン》さんには、意味《いみ》がわからない。

子《こ》どものころに読《よ》んだ本《ほん》にでていた『怪盗《かいとう》』だとわかったとき、男《おとこ》が大《おお》きな動作《どうさ》で腕時計《うでどけい》を見《み》た。

「しまった！　はやくしないと、間《ま》に合《あ》わない。それに、あなたの健康作《けんこうづく》りの邪魔《じゃま》をしている。どうもすみません、ウォーキングをつづけてください。」

「どうして、おれが健康作《けんこうづく》りをしてると思《おも》ったんだ？　農作業《のうさぎょう》だと思《おも》わなかったのか？」

楊《ヤン》さんがきいた。

――いま、おれは農作業《のうさぎょう》のときの服《ふく》を着《き》ている。ふつう、ウォーキングだとは思《おも》わないだろ。

すると、男《おとこ》が指《ゆび》を一本《ぽん》のばした。

「まず、農作業《のうさぎょう》をするにしては、時間《じかん》がはやすぎるということです。現《げん》に、ほかに作業《さぎょう》をしてる村《むら》の人《ひと》はいません。」

また、男《おとこ》が指《ゆび》をのばす。

「つぎに、歩《ある》き方《かた》です。あなたは、大《おお》きくうでをふり、すこし早足《はやあし》で歩《ある》いていた。これは、ウォーキングの歩《ある》き方《かた》です。」

「…………」

「農作業《のうさぎょう》で体《からだ》を動《うご》かしていたら、特別《とくべつ》に運動《うんどう》をしようとは思《おも》いません。それがふつうです。なのに、あなたは、こんなはやくからウォーキングをしている。つまり、とても健康《けんこう》に関心《かんしん》がある人《ひと》だという結論《けつろん》がでます。」

「……ああ、百三十歳《さい》まで生《い》きようと思《おも》ってる。」

「それはすごいです。がんばってください。」

感心《かんしん》したようにいう男《おとこ》に、楊《ヤン》さんがきく。

「あんたも、すごいな。怪盗《かいとう》ってのは、見《み》ただけでそこまでわかるのか？」

「いえ、これは探偵卿《たんていきょう》の能力《のうりょく》です。」

——タンテイキョウ……？

また意味《いみ》のわからないことばに、楊《ヤン》さんは首《くび》をひねる。そして、こんどのことばは、どれだけ考《かんが》えてもわからなかった。

楊《ヤン》さんが〝タンテイキョウ〟の意味《いみ》をきこうとしたとき、もう男《おとこ》は鬼《おに》のすむ山《やま》にむかって歩《ある》きだしていた。

男《おとこ》の背中《せなか》が小《ちい》さくなっていく。

——まったくかわったやつだ。

別《わか》れたあと、楊《ヤン》さんは男《おとこ》の様子《ようす》を思《おも》いだそうとした。しかし、背広《せびろ》を着《き》ていた中年男《ちゅうねんおとこ》というイメージぐらいしかのこってないことに気《き》づく。

——ほんとうに、かわった男《おとこ》だったな。

そして、家《いえ》に着《つ》いたときには、男《おとこ》に会《あ》ったことすら記憶《きおく》から消《き》えていた。


「さてと——。」

村《むら》をぬけた男《おとこ》は、けわしい崖《がけ》の前《まえ》に立《た》つ。まるで岩《いわ》でつくった壁《かべ》だ。首《くび》を真上《まうえ》にむけると、崖《がけ》の上《うえ》からのびている木《き》が見《み》える。

もうすこしなだらかな道《みち》もあるのだが、そっちを通《とお》ると時間《じかん》に間《ま》に合《あ》わない。

男《おとこ》は、崖《がけ》から数《すう》メートルはなれる。

そして、いっきに助走《じょそう》すると、崖《がけ》にぶつかる瞬間《しゅんかん》、真上《まうえ》にとんだ。のばした右手《みぎて》が、岩《いわ》の表面《ひょうめん》のかすかな突起《とっき》をつかむ。同時《どうじ》に足《あし》で崖《がけ》を蹴《け》りあげ、うでの力《ちから》も使《つか》い、さらに上《うえ》へジャンプ——。

これをくりかえし、最後《さいご》に、崖《がけ》の上《うえ》に生《は》えてる木《き》の枝《えだ》をつかむ。

「ふぅ……。」

崖《がけ》の上《うえ》に立《た》った男《おとこ》は、かすかに息《いき》を吐《は》く。

そして、背広《せびろ》に汚《よご》れがないのを確認《かくにん》すると、さらに先《さき》をめざして進《すす》みはじめる。

すべての怪盗《かいとう》の頂点《ちょうてん》に立《た》つ者《もの》——皇帝《アンプルール》。

彼《かれ》の屋敷《やしき》が見《み》えたとき、男《おとこ》は腕時計《うでどけい》で時間《じかん》を確認《かくにん》した。

「すこしはやく着《つ》きすぎたかな……。」

独《ひと》り言《ごと》をつぶやき、屋敷《やしき》に近《ちか》づく。

「三年《ねん》まえから、すこしもかわってないな。たしかここに、罠《わな》があるんだ。」

藪《やぶ》をかき分《わ》けて進《すす》む男《おとこ》の足《あし》が、細《ほそ》い糸《いと》に引《ひ》っかかる。

キュン！

空気《くうき》を切《き》り裂《さ》く音《おと》がして、数本《すうほん》の矢《や》が男《おとこ》にむかって発射《はっしゃ》された。

予測《よそく》していた男《おとこ》は、空中《くうちゅう》にとぶ。

——糸《いと》をひっぱると、自動《じどう》で矢《や》がはなたれる。じつに古典的《こてんてき》な罠《わな》だ。しかも、三年《ねん》まえから進《しん》歩《ぽ》してない。

着地《ちゃくち》する男《おとこ》。足下《あしもと》の地面《じめん》が、ぽっかり口《くち》をひらく。

——落《お》とし穴《あな》！

穴《あな》に落《お》ちる瞬間《しゅんかん》、男《おとこ》はズボンのベルトをぬき、頭上《ずじょう》の枝《えだ》にむかってふった。

枝《えだ》にからみつくベルト。ぶらさがった男《おとこ》の体《からだ》が、ゆれる。

足下《あしもと》にあいた穴《あな》を見《み》ると、尖《とが》った竹槍《たけやり》が何本《なんぼん》も刺《さ》してある。

男《おとこ》の足《あし》からズボンが脱《ぬ》げ、竹槍《たけやり》に刺《さ》さった。

「ああ〜。」

高価《こうか》な服《ふく》じゃない。新《あたら》しくもない。しかし、たいせつにしてきたズボンに穴《あな》をあけてしまい、男《おとこ》はがっかりする。

「しかたない。経費《けいひ》で落《お》としてもらおう。」

男《おとこ》は、上着《うわぎ》も脱《ぬ》ぐと穴《あな》の中《なか》にほうりこんだ。背広姿《せびろすがた》の下《した》からあらわれたのは、黒《くろ》いボディスーツ。

つづいて、髪《かみ》に手《て》をやり、グシャグシャとかきまわす。きちんとととのえられていた髪《かみ》の毛《け》が、ファサリとのびる。

「やはり、このスタイルのほうが、動《うご》きやすいな。」

そうつぶやくと、男《おとこ》は皇帝《アンプルール》の屋敷《やしき》にむかって歩《ある》きはじめる。

まるで、公園《こうえん》を散歩《さんぽ》するような足取《あしど》り。どれだけ罠《わな》がしかけられていても、すこしも気《き》にしてない動《うご》きだ。

すべての罠《わな》を突破《とっぱ》した男《おとこ》は、黒塗《くろぬ》りの板塀《いたべい》でかこまれた屋敷《やしき》にはいる。

屋敷《やしき》の中《なか》では、数台《すうだい》のロボットが警備《けいび》にあたっていた。しかしロボットは、男《おとこ》の動《うご》きにくらべて、あまりにおそすぎた。

男《おとこ》が通《とお》りすぎたあとには、無残《むざん》にこわれた警備《けいび》ロボット。

ほかにも武装《ぶそう》した小型《こがた》クワッドローターが数機《すうき》いたが、いずれも男《おとこ》をとめることはできなかった。

それはまるで、プレイヤーを無敵《むてき》モードに設定《せってい》してシューティングゲームをするようなもの。

なにがでてきても、男《おとこ》をたおすことはできない。

めざす台所《だいどころ》に着《つ》く。

室内《しつない》をさがすと、以前《いぜん》とおなじように、部屋《へや》のすみに漬物《つけもの》の樽《たる》が数個《すうこ》おいてある。

――なにもかわってないのか……。

おどろくのと同時《どうじ》に、拍子《ひょうし》ぬけする。

樽《たる》の蓋《ふた》をとる。立《た》ちのぼる漬物《つけもの》のにおいに、男《おとこ》が顔《かお》をしかめる。

漬物樽《つけものだる》の中《なか》には、木《き》の落《お》とし蓋《ぶた》と、上《うえ》にのってる漬物石《つけものいし》がわりのエッグが三個《こ》。

「…………」

となりの樽《たる》にも、おなじように漬物石《つけものいし》がわりにエッグが三個《こ》のっている。そのとなりの樽《たる》にも

──。

全部《ぜんぶ》で、九個《こ》のエッグ。

男《おとこ》は、時計《とけい》を確認《かくにん》する。午前《ごぜん》十一時《じ》五十九分《ふん》三十秒《びょう》──。

「五、四、三、二、一──。」

自分《じぶん》でカウントダウンし、エッグに手《て》をのばす男《おとこ》。その手《て》が、

「何者《なにもの》だ、おまえ？」

不意《ふい》に声《こえ》をかけられ、とまった。

男《おとこ》がふりかえると、台所《だいどころ》の入《い》り口《ぐち》にヤウズが立《た》っている。

首《くび》をひねる男《おとこ》。

「おかしいな。今日《きょう》、この屋敷《やしき》にはだれもいないはずなんだが──。」

「勝手《かって》なことをいってるんじゃねぇ。何者《なにもの》だって、きいてるんだ。」

ヤウズが声《こえ》を荒《あら》らげる。

男《おとこ》は、優雅《ゆうが》な仕草《しぐさ》で礼《れい》をした。

「これは失礼《しつれい》。わたしの名前《なまえ》は、ウァドエバー。もっとも、この間《あいだ》からは〝怪盗《かいとう》クイーン〟と名《な》乗《の》っていたがね。」

男《おとこ》──ウァドエバーが、ヤウズにいった。

「ああ、クイーンの偽者《にせもの》か。ウァドエバーっていうのか。……どうして、おまえの親《おや》は、もっと発音《はつおん》しやすい名前《なまえ》をつけなかったんだ？」

ウァドエバーは、肩《かた》をすくめる。

「あいにく、親《おや》につけられた名前《なまえ》じゃないんだ。あと、本名《ほんみょう》でもない。そういうきみだって、魚《さかな》が死《し》んだような目《め》をしてるじゃないか。」

「これは、生《う》まれつきだ。奇妙《きみょう》な名前《なまえ》といっしょにすんじゃねぇ！」

「失礼《しつれい》した。たしかに、きみのいうとおりだ。えーっと……。」

「ヤウズだ。ちなみに、おれも親《おや》につけてもらった名前《なまえ》じゃない。」

「ああ、ヤウズくんだ。しかし、おかしいな。きみも皇帝《アンプルール》といっしょに日本《にっぽん》へいってるはずだったのに、どうしてここにいるんだい？」

「ジジイといるのが鬱陶《うっとう》しいから、先《さき》に帰《かえ》ってきたんだよ。──そういうおまえこそ、日本《にっぽん》でエッグを盗《ぬす》むんじゃなかったのか?」

するとまたウァドエバーは肩《かた》をすくめた。

「わたしは、エッグを盗《ぬす》むとはいったが、一言《ひとこと》も〝スローターハラトリアム博物館《はくぶつかん》で盗《ぬす》む〟とはいってない。」

「なるほど。」

ウァドエバーのことばを考《かんが》えるヤウズ。

「おまえのほんとうの目的《もくてき》は、ジジイが持《も》ってるエッグを盗《ぬす》むことだったのか。」

「そのとおりだよ、ヤウズくん。察《さっ》しがいいね。」

ウァドエバーがほほえむ。

ヤウズの顔《かお》つきはきびしいままだ。

「こんな山奥《やまおく》まできたのに残念《ざんねん》だったな。だれもいないときならともかく、いまは、おれがいる。あきらめて帰《かえ》りな。」

「そう、そこなんだよ。」

大《おお》きくうなずくウァドエバー。そのあとでうでを組《く》み、すこし考《かんが》えてから、台所《だいどころ》の中央《ちゅうおう》におかれたテーブルに着《つ》く。

「ヤウズくん、きみもすわらないか？」

「………」

警戒《けいかい》しながら、ヤウズはヴァドエバーのむかい側《がわ》にすわる。

ヴァドエバーは、テーブルに肘《ひじ》をつき、重《かさ》ねた手《て》の上《うえ》に顎《あご》をのせた。

「わたしはね、むだなことがきらいなんだ。できるなら、すべての物事《ものごと》を楽《らく》にかたづけたいと思《おも》ってる。」

「………」

ヤウズには、ヴァドエバーがなんの話《はなし》をしたいのかわからない。

そんな空気《くうき》を無視《むし》して、ヴァドエバーがつづける。

「あと、時間《じかん》を守《まも》らないのは、人《ひと》として最低《さいてい》だと思《おも》ってる。時間厳守《じかんげんしゅ》——これは、なによりたいせつな人間社会《にんげんしゃかい》のルールだと思《おも》わないかい？」

——エッグを盗《ぬす》もうとしてる男《おとこ》から、人間社会《にんげんしゃかい》のルールのたいせつさをいわれてもな……。

とまどうヤウズ。

ヴァドエバーが、腕時計《うでどけい》を見《み》る。

「きみのせいで、わたしは時間《じかん》どおりエッグを盗《ぬす》むことができなかった。」

「だから、なんで日本《にっぽん》の博物館《はくぶつかん》でエッグを盗《ぬす》まなかったんだ？」

「きみもさっきいったじゃないか。わたしがほんとうにねらってるのは、皇帝《アンプルール》が持《も》ってるエッグだ。そのため、たくさんの探偵卿《たんていきょう》を日本《にっぽん》に集《あつ》めた。皇帝《アンプルール》やクイーンに、本物《ほんもの》のエッグが見《み》つかったと思《おも》わせるようにね。」

「じゃあ、博物館《はくぶつかん》に展示《てんじ》されてるのは、偽物《にせもの》……？　国際刑事警察機構《ICPO》も、グルになって偽《にせ》の情報《じょうほう》を流《なが》したのか？」

するとウァドエバーがクックックと笑《わら》った。

「とうぜんだ。そんなにかんたんに本物《ほんもの》のエッグが見《み》つかるはずないじゃないか。いや、おそらく十番目《ばんめ》のエッグは、存在《そんざい》しないんだろう。」

「…………」

ヤウズは、さっきから呼吸《こきゅう》が荒《あら》くなってるのを感《かん》じる。

――どうして、こんなに内情《ないじょう》を話《はな》すんだ？　それは、知《し》られてもいいということか。これから死《し》んでいく者《もの》には、なにを話《はな》してもいいってわけか……。

ヤウズの頬《ほお》を、冷《つめ》たい汗《あせ》が流《なが》れる。

ウァドエバーがつづける。

「あと、わたしには、人間《にんげん》として欠《か》けてる部分《ぶぶん》があるようだ。というのも、わたしには良心《りょうしん》というものがないらしい。悪《わる》いことをしてはいけない──人間世界《にんげんせかい》では、こういわれてるのは知《し》っている。だが、理解《りかい》はしていない。人《ひと》を殺《ころ》してはいけない。こういうルールがあるのも知《し》っている。知識《ちしき》としてね。理解《りかい》してるわけじゃない。」

「…………」

ヤウズの頭《あたま》の中《なか》で、ガンガン音《おと》が鳴《な》る。警告音《けいこくおん》だ、危険《きけん》がせまってる。でも、なにかをしようにも、なにをしていいのかわからない。

「ヤウズくん、きみも、わたしとおなじ種類《しゅるい》の人間《にんげん》だろ？　さっき、声《こえ》をかけられるまで、きみの気配《けはい》に気《き》づかなかった。殺気《さっき》を感《かん》じさせず、接近《せっきん》する──暗殺者《あんさつしゃ》の基本《きほん》じゃないか。」

「…………」

ヴァドエバーに見《み》つめられ、ヤウズは目《め》をそらすことができない。蛇《へび》ににらまれたカエル──その気分《きぶん》を味《あじ》わう。

「いま、わたしはすこしおこってるんだよ。きみさえいなかったら、予告時刻《よこくじこく》ちょうどにエッグを盗《ぬす》めたのにね。」

ちらりと腕時計《うでどけい》を見《み》るヴァドエバー。

「さて、すこしおくれたが、きみをたおしてエッグを盗《ぬす》ませてもらおう。」

ウァドエバーからの殺気《さっき》は感《かん》じなかった。

最初《さいしょ》の一撃《いちげき》を避《よ》けられたのは、まったくの幸運《こううん》。皇帝《アンプルール》が床《ゆか》に吐《は》いた杏《あんず》の種《たね》で、ヤウズの足《あし》がすべったのだ。

椅子《いす》ごと、後《うし》ろにたおれこむヤウズ。その足《あし》が、テーブルを蹴《け》りあげる。

ウァドエバーは、テーブルといっしょに壁《かべ》に打《う》ち付《つ》けられた。

床《ゆか》をころがりながら、ヤウズは考《かんが》える。

――にげろ。まずは、にげるんだ。

台所《だいどころ》をでて、庭《にわ》にでる。

朝干《あさほ》した洗濯物《せんたくもの》が、山《やま》に吹《ふ》く風《かぜ》にはためいている。

「ヤウズくん、にげてもむだだよ。」

屋敷《やしき》からでてきたウァドエバーがいう。それは、絶対的《ぜったいてき》な事実《じじつ》――一と一を足《た》せば二になるんだよといってる感《かん》じ。

ヤウズはかまえる。

たしかに、にげてもむだだろう。自分《じぶん》がウァドエバーに勝《か》てないのも、わかってる。でもいま、〝にげる〟という選択《せんたく》は、ヤウズになかった。

大《おお》きく吸《す》った息《いき》を、お腹《なか》の下《した》のほうに集《あつ》める。

ためた力《ちから》を爆発《ばくはつ》させるように、いっきにウァドエバーとの距離《きょり》を縮《ちぢ》める。

「破《は》っ！」

渾身《こんしん》の突《つ》きを、ウァドエバーにむかってはなった。

しかし、手《て》ごたえはなかった。

目《め》の前《まえ》から、ウァドエバーの姿《すがた》が消《き》えている。

相手《あいて》の姿《すがた》をさがす暇《いとま》もなかった。

背中《せなか》に、強《つよ》い衝撃《しょうげき》。背後《はいご》から蹴《け》りを入《い》れられたとわかるのと、地面《じめん》にたたきつけられたのが同《どう》時《じ》だった。

「ぐっ！」

息《いき》がつまるが、かまっていられない。地面《じめん》をころがり体勢《たいせい》を立《た》て直《なお》そうとする。

しかし、

「むだだといったじゃないか。」

ころがっていたヤウズの体《からだ》が、ウァドエバーの足《あし》に当《あ》たってとまった。

つぎの瞬間《しゅんかん》、容赦《ようしゃ》のない突《つ》きがヤウズの体《からだ》にたたきこまれる。

「ぐわ!」

蹴《け》りあげられるヤウズ。数《すう》メートル吹《ふ》き飛《と》んで、地面《じめん》に激突《げきとつ》する。

動《うご》かなくなったヤウズを見《み》て、ウァドエバーは背中《せなか》をむけた。

エッグを盗《ぬす》みに屋敷《やしき》にはいろうとしたとき、

「……どこへいくんだ?」

フラフラのヤウズが立《た》ちあがる。

それを見《み》てウァドエバーはおどろき、首《くび》をひねった。

「わからないな。立《た》ちあがってもむだだとわからないのかい?」

「………」

ヤウズに、ウァドエバーの声《こえ》はとどいてない。

立《た》ったのは、身《み》に染《し》みついた暗殺者《あんさつしゃ》としての本能《ほんのう》。

——まだ、相手《あいて》の息《いき》の根《ね》をとめてない。まだ、たおれることはできない……。

ヤウズはかまえた。

ウァドエバーとの距離《きょり》を測《はか》る。

——この攻撃《こうげき》が最後《さいご》だな……。これをかわされたら……死《し》ぬしかないか。

フッと笑《え》みがこぼれる。

「破《は》っ！」

いっきに距離《きょり》を縮《ちぢ》める。ウァドエバーの手前《てまえ》で急《きゅう》ブレーキ、足《あし》で地面《じめん》の砂《すな》を蹴《け》りあげ、目《め》つぶしをかける。

「うっ！」

ウァドエバーが顔《かお》を手《て》でおおった。

——いまだ！

ヤウズが突《つ》きを出《だ》そうとしたとき、視界《しかい》が真《ま》っ白《しろ》になった。

干《ほ》していたシーツを頭《あたま》からかぶせられたと気《き》づいたとき、首筋《くびすじ》にスタンガンを押《お》しつけられたような衝撃《しょうげき》。

ウァドエバーの手刀《しゅとう》が、ヤウズの首《くび》をたたいたのだ。

地面《じめん》にたおれるヤウズ。うすれる意識《いしき》の中《なか》、ウァドエバーが、自分《じぶん》を見下《みお》ろしてるのがわかる。

「安心《あんしん》したまえ。いちおう、いまは怪盗《かいとう》だからね。怪盗《かいとう》は殺《ころ》しはしないよ。」

そのことばは、ヤウズの耳《みみ》にはとどいていない。
よくかわいたシーツにつつまれ、ヤウズは静《しず》かに目《め》をとじた。

Scene《シーン》08

エッグ is《イズ》 UNKNOWN《アンノウン》

目《め》をあけると、視界一面《しかいいちめん》が白《しろ》い。

——まだシーツをかぶってるのか？

ぼんやり考《かんが》えてたら、それが白《しろ》い天井《てんじょう》だとわかった。

「おっ、やっと起《お》きたか。」

天井《てんじょう》との間《あいだ》に、皇帝《アンプルール》の顔《かお》が出現《しゅつげん》する。

いっきに、ヤウズの意識《いしき》がはっきりした。

「なんだよ、ジジイ……。おどろかすな。」

「おどろいたのは、こっちだ。まったく、いい年《とし》して留守番《るすばん》もできねぇとはな。」

そういわれて、ヤウズは思《おも》いだす。

エッグをねらったウァドエバーの侵入《しんにゅう》。戦《たたか》ったが、ボロボロにやられたってこと……。

——ジジイがいるってことは、生《い》きてるってことか。

ベッドに寝《ね》かされてることや、消毒薬《しょうどくやく》のにおいから、ヤウズは考《かんが》える。

「ここは、病院《びょういん》か？」

「いや、トルバドゥールの中《なか》にある医務室《いむしつ》だ。」

皇帝《アンプルール》がこたえる。

[掃除《そうじ》するのにすこし時間《じかん》がかかりましたが、機能的《きのうてき》には完璧《かんぺき》です。]

RD《アールディー》のアームがのびてきて、点滴《てんてき》をとりかえる。

[クイーンもジョーカーも、治療《ちりょう》ということが必要《ひつよう》ない人種《じんしゅ》ですからね。この部屋《へや》を使《つか》うのもひさしぶりです。]

「ぼくは、この間《あいだ》、絆創膏《ばんそうこう》をもらいにきたよ。クイーンは、ペロペロなめて治《なお》すけどね。」

ジョーカーが口《くち》をはさむ。

「やぁ、先輩《せんぱい》。おひさしぶり……。」

あいさつをするが、首《くび》を固定《こてい》されてるヤウズには、ジョーカーの姿《すがた》は見《み》えない。

「きみは、全治《ぜんち》一か月《げつ》の重傷《じゅうしょう》だ。骨《ほね》を折《お》らなかったのは優秀《ゆうしゅう》だが、いたるところボロボロになってる。いまは、ゆっくり休《やす》むんだな。」

かたづけ作業《さぎょう》にもどるジョーカー。

ヤウズは自分《じぶん》の体《からだ》を意識《いしき》する。かすかに指《ゆび》を動《うご》かすことができるだけ。全身《ぜんしん》が包帯《ほうたい》やギプスで雁字搦《がんじがら》めになってることを知《し》る。

【MRI《エムアールアイ》検査《けんさ》の結果《けっか》、脳《のう》に異常《いじょう》はないと思《おも》うのですが——。】

「記憶《きおく》はだいじょうぶか？」

皇帝《アンプルール》がきいた。

「ああ……たぶん。」

「名前《なまえ》をいってみろ。」

「ヤウズ。」

「おれの名前《なまえ》は？」

「ジジイ。」

「ちがうだろ。『皇帝《アンプルール》』だ。正確《せいかく》によぶのなら、『偉大《いだい》なる皇帝様《アンプルールさま》』といわなければならない。——こんなかんたんな質問《しつもん》をまちがえるってことは、脳《のう》に障害《しょうがい》があるのか？」

「…………」

「つぎの質問《しつもん》。A《エー》さんとB《ビー》さんが、一周《しゅう》八百メートルの池《いけ》を、反対方向《はんたいほうこう》に歩《ある》きだしました。A《エー》さ

んは分速《ふんそく》四十メートル、B《ビー》さんは分速《ふんそく》二十メートルで歩《ある》きます。二人《ふたり》が出会《であ》うのは、何分後《なんぷんご》でしょうか？」

「B《ビー》さんは、A《エー》さんの半分《はんぶん》のスピードで歩《ある》くんだろ。このことから、B《ビー》さんはA《エー》さんに会《あ》いたくないからゆっくり歩《ある》いてるってことがわかる。結果《けっか》、B《ビー》さんは、途中《とちゅう》で家《いえ》に帰《かえ》るから、二人《ふたり》が会《あ》うことはない。」

「ふむ、正解《せいかい》だ。」

すこしだけ、皇帝《アンプルール》の顔《かお》がゆるんだ。

こんどは、ヤウズがきく。

「エッグは？」

「漬物石《つけものいし》なら、盗《ぬす》まれた。」

「……そうか。」

「気《き》にするな。すぐにかわりの石《いし》をおいたから、漬物《つけもの》の味《あじ》はだいじょうぶだと思《おも》う。」

「いや、そうじゃなくて……エッグをとり返《かえ》さなくてもいいのか？」

「そっちはクイーンのやつがいってる。おまえが殺《ころ》されてたら、おれがいったんだけどな……。中途半端《ちゅうとはんぱ》に半殺《はんごろ》しにされるから、めんどうでしかたねぇ。」

「…………」

ヤウズは、なにもいい返《かえ》せない。

[めんどうっていってるわりに、ずっとベッドのそばをはなれませんでしたね。]

RD《アールディー》が口《くち》をはさむ。

「皇帝《アンプルール》も、そろそろ寝《ね》たほうがいいですよ。彼《かれ》が目《め》をさますまで、一睡《いっすい》もせず、そばにいたんですから。」

ジョーカーが時計《とけい》を確認《かくにん》する。

皇帝《アンプルール》は、そっぽをむくが、微妙《びみょう》に頬《ほお》が赤《あか》い。

ヤウズは、涙《なみだ》をこらえる。うれしいんじゃない。哀《かな》しいのだ。

自分《じぶん》は弱《よわ》くなった。同情《どうじょう》されてる。めんどうを見《み》てもらわないと生《い》きていけない弱《よわ》い存在《そんざい》……。それが、情《なさ》けなかった。

「ジジイ……。おれ、弱《よわ》くなったのか？」

「まぁ、強《つよ》くはないな。」

ヤウズのことばを、バッサリ斬《き》りすてる。

「おまえ、強《つよ》くなりたいみたいだが、どこまで強《つよ》くなりたいんだ？　世界一《せかいいち》か？　――むりだな。クイーンがいる。運《うん》よくやつをたおして、宇宙一《うちゅういち》をめざすか？　——それもむりだ。なんせ、おれがいる。そしておれには、どれだけ運《うん》がよくても勝《か》てっこない。」

「………」

「なぁ、小僧《こぞう》。おれ以外《いがい》の人間《にんげん》は、自分《じぶん》より強《つよ》いやつってのが、かならず存在《そんざい》する。なのに、がむしゃらに強《つよ》さを求《もと》めてもしかたないだろ。」

「………」

「だれかと強《つよ》さをくらべるのは、意味《いみ》がない。自分《じぶん》に負《ま》けないだけの強《つよ》さがあったら、それでいいんじゃねぇか？」

「おれは……イヤだ。」

ふりしぼるようにして、ヤウズがいう。

「強《つよ》いってことが、いちばん大事《だいじ》なんだ。ずっと、そう思《おも》って生《い》きてきた。おれには、それ以外《いがい》の価値観《かちかん》はない。弱《よわ》いってことは、死《し》ぬこととおなじなんだ。それじゃあ、ダメなんだよ……。」

「弱《よわ》い自分《じぶん》には、価値《かち》がねぇってか——。じゃあ、さっさと死《し》ぬんだな。」

皇帝《アンプルール》が、ため息《いき》をつく。

「だがな、二日酔《ふつかよ》いの朝《あさ》につくってくれる高菜《たかな》の中華粥《ちゅうかがゆ》、おれは好《す》きだぞ。あと、おまえがつくる豆花飯《トウホアハン》も黒豆花《ヘトウホア》も葡萄井涼糕《プータオジンリャンガオ》も長生面《チャンスンメン》も蒲氏石磨豆花《プーシウシュモトウホア》も——。」

延々《えんえん》と料理《りょうり》の名前《なまえ》をあげる皇帝《アンプルール》。

満漢全席《まんかんぜんせき》十三回分《かいぶん》ほどの料理名《りょうりめい》をあげてから、最後《さいご》にいった。

「死《し》ぬのは勝手《かって》だが、いまいった料理《りょうり》を七十年分《ねんぶん》つくってから死《し》にやがれ。」

「…………」

「それに、おまえが負《ま》けたのもしかたねぇ。エッグを盗《ぬす》んでいった、ウァドエバーっていう探偵《たんてい》卿《きょう》——こいつは、クイーンとおなじくらい強《つよ》い。殺《ころ》されなかっただけ、ラッキーだったぞ。」

「ジジイ、あいつのこと知《し》ってるのか？」

「まぁな。」

しばらく沈黙《ちんもく》が流《なが》れる。

「ウァドエバーとエッグについて、話《はな》してやろうか。」

皇帝《アンプルール》がいった。

ヤウズは、首《くび》を固定《こてい》されてるのでうなずけない。

医務室《いむしつ》のかたづけをしてたジョーカーが、ベッドのかたわらに椅子《いす》を持《も》ってきて腰《こし》を下《お》ろす。

RD《アールディー》は、人工耳《じんこうみみ》をそばだてる。

「ウァドエバーに初《はじ》めて会《あ》ったのは、クイーンが独《ひと》り立《だ》ちしたあとで、おまえがおれの家《いえ》にくるまえのことだ——。」

皇帝《アンプルール》が、口《くち》をひらいた。


三年《ねん》ぐらいまえになるのか……。

ウァドエバーに声《こえ》をかけられたのは、インドだったかインドネシアだったか……いや、オーストリア？　オーストラリア？　ナイジェリアだったようなアルジェリアだったような……。

とにかく、地球《ちきゅう》のどこかで、声《こえ》をかけられたんだ。

あいつは、イヤな目《め》をしてた。

どこでおれのことを知《し》ったのかはわからんが、いきなり、

「わたしを、クイーンのような怪盗《かいとう》にしてくれませんか？」

といいやがった。

おれは、即座《そくざ》にことわったね。

え？　だれでも弟子《でし》にするんじゃないのかって？　——おれは、『くる者《もの》はえらぶ、去《さ》る者《もの》は追《お》わず。』ってのが信条《しんじょう》なんだ。だれでも弟子《でし》にするわけじゃねぇ。

なんで弟子《でし》にしなかったか？

う〜ん……。目《め》がきらいだったのかな。

なんか、世《よ》の中《なか》のイヤなことばかり見《み》てきて、それに押《お》しつぶされちまったような目《め》。こんなやつを弟子《でし》にしても、すこしも楽《たの》しくない。だから、ことわったんだ。

いっておくが、だれでも怪盗《かいとう》になれるわけじゃねぇ。その点《てん》が、泥棒《どろぼう》とのちがいだな。怪盗《かいとう》に必要《ひつよう》なC調《シーちょう》と遊《あそ》び心《ごころ》。それが、ウァドエバーには感《かん》じられなかった。

［クイーンみたいに、C調《シーちょう》と遊《あそ》び心《ごころ》ばかりでもこまる。］って？　それは、まだまだクイーンのやつの修行《しゅぎょう》が足《た》りないってことで、勘弁《かんべん》してやってくれ。

とにかく、おれはことわった。

しかし、ウァドエバーはしつこかった。どこまでもついてくる。

おれは、早々《そうそう》に屋敷《やしき》に帰《かえ》ったよ。屋敷《やしき》のまわりには、いっぱいブービートラップがしかけてあるからな。一般人《いっぱんじん》はあきらめて帰《かえ》ると思《おも》ったんだ。

おどろいたことに、ウァドエバーは、ボロボロになりながらもブービートラップを突破《とっぱ》してきやがった。

当時《とうじ》のやつは、なかなか身体能力《しんたいのうりょく》が高《たか》かった。いまの小僧《こぞう》とおなじぐらいかな。その身体能力《しんたいのうりょく》と、怪盗《かいとう》になりたいという信念《しんねん》があったから、ブービートラップを突破《とっぱ》できたんだろう。

そこまで熱意《ねつい》があるのに、弟子《でし》にしてやらないのはひどいって？　……でもなぁ、いくら「持《も》ってみたい！」といっても、子《こ》どもに銃《じゅう》をさわらせたりしないだろ。ウァドエバーを弟子《でし》にするってのは、それとおなじように思《おも》ったんだ。

しかし、その場《ば》で冷《つめ》たく追《お》い返《かえ》すほど、おれも鬼《おに》じゃない。一週間《しゅうかん》ぐらい屋敷《やしき》にすまわせ、ゆっくり説得《せっとく》しようと考《かんが》えたんだ。

もちろん、その間《あいだ》の掃除洗濯家事炊事《そうじせんたくかじすいじ》は、すべてウァドエバーにやらせたさ。無料《むりょう》ですまわせてやるんだ、とうぜんだろ。小僧《こぞう》、ボソッと「鬼《おに》だな。」といったな！　けがが治《なお》ったら、おぼえとけよ！

ウァドエバーは、よくはたらいたな。

だが、飯《めし》をつくるのは下手《へた》だった。食《く》えればいいって感《かん》じで、ろくに味付《あじつ》けがしてない料理《りょうり》は、のこさず食《た》べるのに苦労《くろう》したもんだ。

そしてやつは、漬物石《つけものいし》として使《つか》っていたエッグを見《み》つけちまった。

エッグについて、話《はな》しておこうか。

といっても、おれもくわしくわかってるわけじゃねぇ。フィニス・パクトゥンをおこす起爆剤《きばくざい》って解釈《かいしゃく》は正《ただ》しいだろう。中《なか》にいろんなものがつまってる圧縮袋《あっしゅくぶくろ》っていうようなものな——。

最終兵器《さいしゅうへいき》のように、武器《ぶき》としてあつかうのはむずかしいだろうな。それは、マニュアルなしで最新《さいしん》の軍事兵器《ぐんじへいき》を操作《そうさ》するようなもんだ。だから、エッグを自分《じぶん》のものにしたからといって、強大《きょうだい》な力《ちから》を手《て》に入《い》れたことにはならない。その点《てん》で、国際刑事警察機構《ICPO》は、まちがってる。

おれの研究《けんきゅう》でわかったのは、エッグには時間《じかん》を修正《しゅうせい》する機能《きのう》があるってことだ。

……わかりにくそうな顔《かお》をしているな。

たとえば、小僧《こぞう》の例《れい》で考《かんが》えてみるか。

生《う》まれてから、いまの小僧《こぞう》になるまでの時間《じかん》——その間《かん》、いろんな分岐点《ぶんきてん》があった。収容所《しゅうようじょ》で殺人技術《さつじんぎじゅつ》を教《おし》えてもらわなかったら、いまの小僧《こぞう》はどうなっていたか？　収容所《しゅうようじょ》を脱走《だっそう》しなかったら——。クイーンに会《あ》わなかったら——。偉大《いだい》なるおれ様《さま》に会《あ》わなかったら——。

細《こま》かいのまで考《かんが》えたら、分岐点《ぶんきてん》は無限《むげん》に存在《そんざい》する。

生《う》まれてからの時間《じかん》、どの分岐点《ぶんきてん》をえらぶかで、現在《げんざい》の小僧《こぞう》の状況《じょうきょう》はかわってくる。IT《アイティー》企業《きぎょう》を立《た》ちあげた若《わか》き青年実業家《せいねんじつぎょうか》という現在《げんざい》もあるだろうし、暗殺《あんさつ》に失敗《しっぱい》して死《し》んでる現在《げんざい》もある。

さっき、エッグは時間《じかん》を修正《しゅうせい》するっていっただろ。望《のぞ》む現在像《げんざいぞう》を設定《せってい》して起動《きどう》させれば、分岐点《ぶんきてん》でえらび直《なお》しをして、現在《げんざい》の状況《じょうきょう》を書《か》きかえてくれるんだ。

フィニス・パクトゥンでは、領民《りょうみん》が虐《しいた》げられている状況《じょうきょう》を、エッグは書《か》きかえた。城《しろ》が必要《ひつよう》なら、城《しろ》が建《た》っているように分岐点《ぶんきてん》でのえらび直《なお》しをした。

あと、エッグにはコピー機能《きのう》みたいなものがあるんだ。フィニス・パクトゥンで、超能力者《ちょうのうりょくしゃ》みたいな連中《れんちゅう》があらわれただろ。あれは、エッグに入《い》れられていた能力《のうりょく》を、人間《にんげん》にコピーしたんだ。うそじゃないぞ。現《げん》に、おれやクイーンの能力《のうりょく》をエッグに入《い》れてみた。猿《さる》に、クイーンの能《のう》力《りょく》をコピーするのにも成功《せいこう》した。……猿酒《さるざけ》飲《の》んでダラダラする猿《さる》ができただけだったけどな。

……小僧《こぞう》もジョーカーくんも、信《しん》じられねぇって顔《かお》だな。

でもな、設定《せってい》や起動《きどう》のしかたはわからんが、これがエッグの機能《きのう》だ。

エッグを使《つか》いたいか？

やめといたほうがいいな。

失敗《しっぱい》がゆるされない世界《せかい》もこわいが、手軽《てがる》にやり直《なお》しがきくってのも、問題《もんだい》があると思《おも》うぜ。

現《げん》に、フィニス・パクトゥンで救《すく》われた街《まち》のほとんどが、うまくいってねぇ。

現在《げんざい》の状況《じょうきょう》ってのは、それまですごしてきた時間《じかん》の結果《けっか》だ。その重《おも》みを忘《わす》れて、気楽《きらく》にやり直《なお》してうまくいくほど、世《よ》の中《なか》はあまくない。

もうすこし人間《にんげん》が賢《かしこ》くなるまで、エッグは漬物石《つけものいし》にしとくのがいいと思《おも》うんだ。

だが、ウァドエバーがエッグを見《み》つけちまった。

どうやって設定《せってい》し起動《きどう》させたのかはわからないが、やつはクイーンの能力《のうりょく》を手《て》に入《い》れちまった。

すぐにウァドエバーの動《うご》きを封《ふう》じようと思《おも》ったが、それを察《さっ》してやつはにげた。そのあと、姿《すがた》をあらわしたらすぐに封《ふう》じるつもりでいたんだが、表舞台《おもてぶたい》にでてこない。

まさか、探偵卿《たんていきょう》になってたとはな……。

なんのために、探偵卿《たんていきょう》になったのか？　そもそも、ウァドエバーは、どうして探偵卿《たんていきょう》になりたかったんだ？

エッグを盗《ぬす》んだ目的《もくてき》もわからねぇ。

やつは、なにをしたいのか……？

はっきりしてるのは、ウァドエバーにエッグを持《も》たせていてはいけないってことだ。

まぁ、クイーンのやつがとり返《かえ》しにいってるが……どうなることか。最近《さいきん》、あいつ、サボってるからな……。

なに？　ジジイも応援《おうえん》にいけって？

いきたいよ、おれも！　おれがいけば、一瞬《いっしゅん》でかたづく話《はなし》なんだ。クイーンのやつがうまくやるか、気《き》にする必要《ひつよう》もないんだよ！

だったら、はやくいけって？

心配《しんぱい》するな。あと三日《みっか》したら、クイーンを追《お》う。

なんで三日《みっか》かってか？　――三日《みっか》もあれば、おまえも治《なお》るだろ。それを見《み》とどけたら、すぐに出発《しゅっぱつ》する。

ほら、秘蔵《ひぞう》のけが薬《ぐすり》を持《も》ってきた。これを飲《の》めば、どんなけがもすぐに治《なお》る――運《うん》がよければだけどな。

運《うん》が悪《わる》かったら？　う〜ん……そのときは、そのときで考《かんが》えようぜ。

Scene《シーン》09

寿司《すし》 is《イズ》 MERRY《メリー》-GO《ゴー》-ROUND《ラウンド》

スローターハラトリアム博物館《はくぶつかん》での騒動《そうどう》の翌日《よくじつ》。

ヴォルフたち探偵卿《たんていきょう》は、回転寿司店《かいてんずしてん》に集《あつ》まった。

目《め》をキラキラさせてるのは、パイカル。

「日本《にっぽん》の寿司《すし》は知《し》ってましたが、メリーゴーラウンドみたいにまわってくるとはおどろきです。」

「おちつけ、パスカル。おれの国《くに》では、飲食店《いんしょくてん》でガキがさわぐのは最大《さいだい》のマナー違反《いはん》だ。日本《にっぽん》は、その点《てん》がゆるいようだが、あまえるんじゃない。——もっとも、この店《みせ》に、おまえより年下《としした》のガキはいないがな。」

店内《てんない》を見《み》まわし、ヴォルフがいった。

「若者《わかもの》の好奇心《こうきしん》に文句《もんく》つけてると、さらに老《ふ》けるぜ。」

口《くち》をはさんだ仙太郎《せんたろう》が、ヴォルフに首《くび》を絞《し》められる。

「もう忘《わす》れたのか？　おれは、まだ二十代《だい》だ。」

「ギブ！　ギブ！　――旦那《だんな》、真剣《しんけん》に絞《し》めてる！」

さわぐ二人《ふたり》を無視《むし》し、ルイーゼがパイカルにいう。

「バカはほうっておいて、好《す》きなだけ食《た》べなさいね。今日《きょう》は、ヴォルフちゃんが奢《おご》ってくれるから。」

「なんで、おれの奢《おご》りなんだ？」

ヴォルフが、ルイーゼをにらむ。

「クイーンが、仙太郎《せんたろう》ちゃんに変装《へんそう》してるのに気《き》づかなかった。そのペナルティ。」

「だまされたのは、おれだけじゃない！　マンダリンもパスカルも、気《き》づかなかっただろ！」

ヴォルフの弁解《べんかい》は、

「ありがとうございます、ヴォルフさん。」

マンダリンから無視《むし》される。

テーブル席《せき》に着《つ》いている五人《にん》。

寿司《すし》のレーンに近《ちか》い側《がわ》にすわってるのは、仙太郎《せんたろう》とパイカル。仙太郎《せんたろう》のとなりには、ヴォルフ。パイカルのとなりが、マンダリンとルイーゼ。

仙太郎《せんたろう》が、皿《さら》や湯飲《ゆの》みを用意《ようい》しながらパイカルにいう。

「おまえ、回転寿司初《かいてんずしはじ》めてってことは、鉄《てつ》のルールを知《し》らないんだな？」

「なんですか、鉄《てつ》のルールって？」

「回転寿司《かいてんずし》には、ぜったいに守《まも》らないといけないルールがある。もしやぶったら、おそろしい罰《ばつ》が待《ま》っている。」

想像《そうぞう》したパイカルが、ガクガクふるえる。

ヴォルフが、仙太郎《せんたろう》の頭《あたま》をゴツンと殴《なぐ》る。

「でたらめいって、子《こ》どもをこわがらせるんじゃねぇ！」

「ほんとうだって！　ドイツ人《じん》の旦那《だんな》は知《し》らないだろうけどな。」

「バカにするな。以前《いぜん》、捜査《そうさ》で日本《にっぽん》にきたとき、回転寿司《かいてんずし》のルールは徹底的《てっていてき》に仕込《しこ》まれた。捜査《そうさ》関係者《かんけいしゃ》から〝回転寿司《かいてんずし》マスター〟という称号《しょうごう》をあたえられたぐらいだぜ。」

得意《とくい》げにいうヴォルフ。

「それなら、旦那《だんな》がいちばん守《まも》らなければいけないと思《おも》うルールは、なんだ？」

「ずばり、『一度《いちど》とった皿《さら》をレーンにもどさない。』――これだ！」

その答《こた》えを、仙太郎《せんたろう》はフッと笑《わら》う。

「あきれたな。その程度《ていど》で、〝回転寿司《かいてんずし》マスター〟とよばれるとはな……。」

肩《かた》をすくめる仙太郎《せんたろう》。

「じゃあ、おまえはなんだっていうんだ？」

「『レーンにむかって話《はな》したり、クシャミをしたりしない。』――これにつきる。」

「ふざけんなよ！　そんなの、ルール以前《いぜん》に常識《じょうしき》じゃねぇか！」

「その常識《じょうしき》も守《まも》れねぇ客《きゃく》がふえたから、鉄《てつ》のルールができたんだよ！」

いい合《あ》う仙太郎《せんたろう》とヴォルフ。二人《ふたり》の唾《つば》がレーンに飛《と》ぶのを、マンダリンがメニュー表《ひょう》を使《つか》ってブロックする。

パイカルが、お茶用《ちゃよう》のお湯《ゆ》がでる給湯装置《きゅうとうそうち》に手《て》をのばす。

マンダリンが、その手《て》をおさえた。

「パイカルくん、なにをする気《き》です？」

「……食事《しょくじ》のまえに、手《て》を洗《あら》おうと思《おも》って。」

ほほえみながら首《くび》を横《よこ》にふるマンダリン。

「残念《ざんねん》ながら、その給湯装置《きゅうとうそうち》は手《て》を洗《あら》うためのものじゃありません。『グラスフィラー』という、お茶用《ちゃよう》のお湯《ゆ》を出《だ》すものですよ。」

手慣《てな》れた動作《どうさ》で湯飲《ゆの》みを持《も》ち、お茶《ちゃ》を入《い》れるマンダリン。

「へえ〜、よく知《し》ってるな。フランスにも回転寿司《かいてんずし》ってあるのかい？」

感心《かんしん》する仙太郎《せんたろう》に、

「ありますよ。日本《にっぽん》のお店《みせ》とは、ずいぶん雰囲気《ふんいき》がちがいますが、繁盛《はんじょう》しています。」

マンダリンがこたえる。

「いっとくが、ドイツにも回転寿司《かいてんずし》はある。だから、おまえが『外国人《がいこくじん》はワサビを三倍《ばい》つけないと食中毒《しょくちゅうどく》する。』っていっても、信《しん》じないからな。」

ヴォルフが、口《くち》をはさんだ。

仙太郎《せんたろう》は、「そんな悪《わる》いこと、このぼくが考《かんが》えるわけないじゃないですか。」という笑顔《えがお》を、ヴォルフにむけた。

まったく信用《しんよう》してないヴォルフは、フンと鼻《はな》を鳴《な》らしてから、

「で、この集《あつ》まりはなんだ？　まさか、おれに回転寿司《かいてんずし》を奢《おご》らせるためだけに集《あつ》めたのか？　だったら、おれは仙太郎《せんたろう》を斬《き》らないといけない。」

長刀《ちょうとう》の切《き》っ先《さき》を仙太郎《せんたろう》にむけた。

「ちょっと待《ま》て！　だいたい、集合《しゅうごう》をかけたのは、おれじゃない。……で、だれだっけ？」

仙太郎《せんたろう》がみんなを見《み》まわす。

首《くび》を横《よこ》にふるルイーゼ、マンダリン、ヴォルフ。おそるおそる手《て》をあげたのは、パイカルだ。

「そうか、そんなに寿司《すし》を食《た》べたかったのか。よし、どんどん食《く》おう！」

仙太郎《せんたろう》が、大《おお》ネタの皿《さら》を、つぎつぎとパイカルの前《まえ》におく。

ヴォルフは、かみつきそうな目《め》でパイカルを見《み》る。

「助手《じょしゅ》のおまえは知《し》らないかもしれんが、探偵卿《たんていきょう》ってのは、給料《きゅうりょう》がすくないんだ。あんまり食《く》うなよ！」

「あ〜ら、失礼《しつれい》ね。ちゃんとはらってるじゃない。そろそろ結婚資金《けっこんしきん》も貯《た》まったころでしょ。」

ルイーゼが冷《ひ》やかす。

「それはめでたい！　そういや、クイーンがいってたな。旦那《だんな》、婚約指輪《こんやくゆびわ》さがしてるんだって？　知《し》り合《あ》いの彫金師《ちょうきんし》に、たのんでやろうか？」

仙太郎《せんたろう》も便乗《びんじょう》する。

静《しず》かにいうのはマンダリン。

「『結婚《けっこん》したほうがいいのか、それともしないほうがいいのかと問《と》われるならば、わたしはどちらにしても後悔《こうかい》するだろうとこたえる。』――ソクラテスのことばです。」

「ダメだなぁ〜、マンダリンさん。せっかく、結婚話《けっこんばなし》で盛《も》りあがってるんだからさ。そんな、後《うし》ろむきのことばをいわないでよ。」

「いや、結婚《けっこん》にあまり幻想《げんそう》を抱《いだ》くのは不幸《ふこう》のもとだと思《おも》って……。」

「だいじょうぶだって！　いくら人格《じんかく》に問題《もんだい》があっても、半年《はんとし》ぐらいは離婚《りこん》しないさ。」

勝手《かって》なことをいい合《あ》うマンダリンと仙太郎《せんたろう》を、ヴォルフが絞《し》めようとする。

数名《すうめい》の店員《てんいん》さんが、「お客様《きゃくさま》、店内《てんない》ではお静《しず》かに。」「暴《あば》れないでください。」「警察《けいさつ》をよべ！」とさわぎはじめる。

その騒動《そうどう》を無視《むし》して、みんなを集《あつ》めたの？」

「どうして、みんなを集めたの？」

「ウァドエバーさんをよびだすためです。」

うつむき、ボソリとこたえるパイカル。

「よびだすって……あなたがいっても、ウァドエバーちゃんがでてくるとは思《おも》えないわ。」

「はい、ぼくもそう思《おも》います。だから、ぼくがほかの探偵卿《たんていきょう》からいじめられているという舞台《ぶたい》を用意《ようい》しろといわれました。」

「いわれた？　——だれに？」

「ぼくに、ウァドエバーをよびだすようにいった人《ひと》です。端末《たんまつ》に連絡《れんらく》がありました。」

「知《し》らない人《ひと》なの？」

おどろくルイーゼ。

「あきれたわね。パイカルちゃんは、知《し》らない人《ひと》のたのみで、探偵卿《たんていきょう》を集《あつ》めたの？」

「はい。その……ぼくも、ウァドエバーさんに会《あ》いたかったし……。」

パイカルの答《こた》えに、ルイーゼはため息《いき》をつく。

そのため息《いき》がステレオになる。

パイカルが顔《かお》をあげると、テーブルの横《よこ》にウァドエバーが立《た》っている。

「わたしも知《し》りたいな。いったい、わたしをよびだしたいのは、だれなんだ？」

パイカルたちのいるテーブルに、強引《ごういん》にすわりこむウァドエバー。

「いくつか、腹立《はらだ》たしいことがある。まず、わたしをよびだしたということだ。助手《じょしゅ》であるきみに、そんな権限《けんげん》はない。」

「………。」

「つぎに、きみがいじめられているという情報《じょうほう》で、わたしがあらわれると思《おも》われてることだ。たしかにきみは、ほかの助手《じょしゅ》とちがって長持《ながも》ちしている。しかしそれを、わたしがきみをたいせつにしていると思《おも》ってもらうと、大《おお》きなまちがいだ。助手《じょしゅ》がどうなろうと、わたしには関係《かんけい》ない。」

「そういうけど、現《げん》に、こうして顔《かお》を出《だ》してるじゃないか。」

ヴォルフのツッコミを、無視《むし》する。

「そして、わたしの助手《じょしゅ》でありながら、だれにたのまれたのかも推理《すいり》できない愚《おろ》かさに腹《はら》が立《た》つ。」

これらのことばを、パイカルはだまってきいている。

「だが、きみも〝スキップのパイカル〟とよばれる頭脳《ずのう》を持《も》っている。すこしぐらい、予測《よそく》がついてるんじゃないのかね？」

「はい……たぶん、クイーンか皇帝《アンプルール》ではないかと。」

パイカルのことばに、ほかの探偵卿《たんていきょう》がおどろく。

ウァドエバーが、つづけてきいた。

「根拠《こんきょ》は？」

「そのまえに、はっきりさせておきたいのですが、テレビ番組《ばんぐみ》でエッグを盗《ぬす》むといっていたのは、ウァドエバーさんですね？」

「そのとおりだ。」

「じゃあ、よびだしたのはクイーンか皇帝《アンプルール》でまちがいありません。これは、予測《よそく》ではなく、推理《すいり》により導《みちび》きだされる事実《じじつ》です。」

自信《じしん》あふれるパイカルのことば。それは、探偵卿助手《たんていきょうじょしゅ》ではなく、ベテラン探偵卿《たんていきょう》が話《はな》してるようだ。

「きいてやる、話《はな》せ。」

「ヴァドエバーさんは、クイーン逮捕《たいほ》の命令《めいれい》を受《う》けていました。しかし、三次元立体映像《さんじげんりったいえいぞう》のエッグを使《つか》い、クイーンと皇帝《アンプルール》を誘《おび》きだしたのに、あなたはスローターハラトリアム博物館《はくぶつかん》にはいませんでした。それはなぜか？　もう一つの任務《にんむ》——皇帝《アンプルール》のところからエッグを盗《ぬす》みだせという命令《めいれい》を受《う》けていたからです。」

「……………」

「なぜ、国際刑事警察機構《ICPO》は、本物《ほんもの》のエッグを使《つか》わず三次元立体映像《さんじげんりったいえいぞう》でごまかしたのか？　貴重《きちょう》なエッグを、盗《ぬす》まれるかもしれない場所《ばしょ》に出《だ》せない。最初《さいしょ》は、こう思《おも》いました。しかし、十番目《ばんめ》のエッグは、夢物語《ゆめものがたり》のような存在《そんざい》だと知《し》り、元《もと》からエッグはなかったとわかりました。ここで引《ひ》っかかったのが、なぜ、エッグを持《も》ちだしてきたかということです。ひょっとして、国際刑事警察機構《ICPO》は、エッグを必要《ひつよう》としてるのではないか……？　それで、あなたのほんとうの任務《にんむ》——エッグを盗《ぬす》みだすことがわかったのです。」

「…………」

「九個《こ》のエッグは、すべて皇帝《アンプルール》が盗《ぬす》んだといわれてます。あなたは、皇帝《アンプルール》が留守《るす》の間《あいだ》に、エッグを盗《ぬす》みだした。皇帝《アンプルール》やクイーンは、あなたからエッグをとり返《かえ》そうにも、どこへいったのかわからない。だから、ぼくがいじめられているという情報《じょうほう》を流《なが》して、あなたを誘《おび》きだしたんです。——つまり、こんどは、ウァドエバーさんが誘《おび》きだされたというわけです。」

話《はなし》を締《し》めくくるパイカルに、ウァドエバーがフンと鼻《はな》を鳴《な》らす。

「ことばは、正確《せいかく》に使《つか》いたまえ。わたしは、誘《おび》きだされたわけではない。すべてがわかっていて、ここへきたわけだ。」

ビクッと首《くび》をすくめるパイカル。

ウァドエバーはつづける。

「あと、〝クイーンか皇帝《アンプルール》〟のどちらか、きみはわかってないようだが、よびだしたのはクイーンだ。エッグを盗《ぬす》むとき、わたしは皇帝《アンプルール》の身内《みうち》に重傷《じゅうしょう》を負《お》わせた。いまごろ、皇帝《アンプルール》は看《かん》病《びょう》のために付《つ》きそってるはずだ。」

「…………」

うつむくパイカル。

だから、ウァドエバーがやさしい目《め》になったのに気《き》づかなかった。

「しかし、未熟者《みじゅくもの》の助手《じょしゅ》が、よくそこまで推理《すいり》した。」

おどろいて、パイカルは顔《かお》をあげる。いままで、ウァドエバーからほめてもらったことがないからだ。しかし、彼《かれ》がよろこんだのもつかの間《ま》、すぐにウァドエバーの目《め》が鷹《たか》のようになった。

「だが、なぜ、もう一歩先《いっぽさき》まで推理《すいり》しない。もうすこし考《かんが》えたら、この場《ば》にクイーンがきていることまでわかったろうにな。」

ウァドエバーのことばに、ヴォルフたちの動《うご》きがとまる。

——この場《ば》にクイーンがいる。

ヴォルフが長刀《ちょうとう》をぬき、仙太郎《せんたろう》につきつけた。

「ちょ、待《ま》てよ！　おれはクイーンじゃないって！」

「いや、おまえがクイーンだ。現《げん》に、昨日《きのう》もクイーンはおまえに変装《へんそう》していた。きっと、今日《きょう》もおまえに化《ば》けてるはずだ。」

それをきいていて、ルイーゼがため息《いき》をつく。

「とても探偵卿《たんていきょう》とは思《おも》えない台詞《せりふ》ね。上司《じょうし》としては、論理的《ろんりてき》な会話《かいわ》をききたいわ。」

ウァドエバーも、大《おお》きくうなずく。

「きみたちも、もうすこし考《かんが》えたほうがいい。そうすれば、だれがクイーンかは、すぐにわかる。」

彼《かれ》のことばに、みんながたがいに顔《かお》を見合《みあ》わせる。

手錠《てじょう》を出《だ》すウァドエバー。

「これが、答《こた》えだ。」

ウァドエバーが、すばやい動作《どうさ》でマンダリンの両手首《りょうてくび》に手錠《てじょう》をかけた。

「えっ？」

マンダリンは、なにがおきたのかわからず、自分《じぶん》の両手首《りょうてくび》を見《み》る。

「ウァドエバーさん……これはなんのまねですか？」

「きみには、今日限定《きょうげんてい》イベントがおこなわれるテーマパークのチケットをプレゼントした。どうして、ここにいるのかな？」

「チケットは、ありがとうございました。でも、探偵卿《たんていきょう》としてよびだされてるのに、テーマパークへいくわけにはいかないでしょ。」

反論《はんろん》するマンダリンに、ウァドエバーはスマホを見《み》せる。

「一時間《じかん》ほどまえに、彼《かれ》からとどいたメールだ。」

画面《がめん》には、妻《つま》と娘《むすめ》といっしょにうつった笑顔《えがお》のマンダリン。

ウァドエバーが、メールを読《よ》む。

「『いただいたチケットのおかげで、妻《つま》と娘《むすめ》から、ものすごく感謝《かんしゃ》されています。こんな楽《たの》しい時間《じかん》を送《おく》れるのも、ウァドエバーさんのおかげです。ありがとうございました。』——家族《かぞく》は、仲《なか》がいいのがいちばんだと思《おも》わないかい？」

「いやぁ、彼《かれ》が、お礼《れい》メールを書《か》くような性格《せいかく》だとは知《し》らなかった。」

マンダリン——いや、クイーンは肩《かた》をすくめ、

「パイカルくん、山《やま》かけまぐろの皿《さら》をとってくれないか。」

マンダリンの声《こえ》で注文《ちゅうもん》した。

「退治《たいじ》する！」

ヴォルフが、ウァドエバーの前《まえ》にでて、刀《かたな》をふりかぶる。その目《め》にむかって、割《わ》り箸《ばし》でトロ

口をはじくクイーン。

「ぐわっ！」

目《め》をおさえ、通路《つうろ》をころがるヴォルフ。ほかのお客《きゃく》たちは、かかわりたくないのか、できるだけヴォルフのほうを見《み》ないようにしている。

「まったく……ヴォルフちゃんは、おちつきがないわね。仙太郎《せんたろう》ちゃん、彼《かれ》のめんどうを見《み》てあげて。」

ため息《いき》をつき、仙太郎《せんたろう》におしぼりをわたすルイーゼ。

「こんな場所《ばしょ》で大捕物《おおとりもの》するほど、探偵卿《たんていきょう》は無粋《ぶすい》じゃありません。」

そして、クイーンにむかっていう。

「ご無沙汰《ぶさた》しております。わたしのことは、おぼえておいでかしら？」

「もちろんです、ルイーゼさん。おひさしぶりです。」

クイーンが、マンダリンの変装《へんそう》を解《と》き、立《た》ちあがる。手品《てじな》のように、手首《てくび》から手錠《てじょう》がはずれる。

優雅《ゆうが》な仕草《しぐさ》で礼《れい》をするクイーン。

「ウァドエバーに話《はなし》があって参上《さんじょう》しました。彼《かれ》をお借《か》りします。暴《あば》れるのは本意《ほんい》ではありませんが、邪魔《じゃま》をすると多《おお》くの被害《ひがい》がでるでしょう。逮捕《たいほ》などは考《かんが》えないほうが賢明《けんめい》です。」

するとルイーゼは口《くち》に手《て》の甲《こう》をあててほほえむ。

「クイーンさん、わたしの異名《いみょう》をお忘《わす》れかしら？」

「おぼえてますとも、伏兵《ヒンターハルト》のルイーゼさん。」

「意味《いみ》は、ご存《ぞん》じね？」

伏兵《ヒンターハルト》――奇襲《きしゅう》を目的《もくてき》に、密《ひそ》かにかくれている軍勢《ぐんぜい》のことをいう。

ルイーゼの目《め》がするどい。

「いま、この店《みせ》にいる従業員《じゅうぎょういん》も客《きゃく》も、すべて国際刑事警察機構《ICPO》の人間《にんげん》です。そして、店舗《てんぽ》は改造《かいぞう》してあります。扉《とびら》はもちろん、壁《かべ》の中《なか》にも特殊合金《とくしゅごうきん》がはいった特別製《とくべつせい》です。つまり、すでにあなたは逮捕《たいほ》されてるような状況《じょうきょう》といえます。」

「…………」

クイーンがフッとほほえみ、肩《かた》をすくめる。

「まさかこの程度《ていど》で、わたしを逮捕《たいほ》したというのですか？　――RD《アールディー》、こういうのを日本《にっぽん》では『臍《へそ》で、お茶《ちゃ》を点《た》てる。』というんだったかな？　さすが、茶《ちゃ》の湯《ゆ》の国《くに》だね。」

クイーンがRD《アールディー》と通信《つうしん》する。

[まちがいを正《ただ》してあげてもいいのですが、いまは、それどころじゃないような気《き》がしますよ。]

RD《アールディー》の声《こえ》が、寿司《すし》を注文《ちゅうもん》するときに使《つか》うタッチパネルから流《なが》れる。

ルイーゼを見《み》るクイーン。

「わかっていただけましたか？　現在《げんざい》、RD《アールディー》の操《あやつ》るトルバドゥールは高空《こうくう》で待機《たいき》しています。トルバドゥールを使《つか》って、わたしは店舗《てんぽ》ごと盗《ぬす》むこともできるんですよ。」

「…………。」

「これでも、わたしを逮捕《たいほ》したと？」

ルイーゼが、肩《かた》の力《ちから》をぬく。

「わかりました。ここで争《あらそ》えば、おたがいに被害《ひがい》がでます。わたしは、クイーンさんがウァドエバーちゃんと話《はなし》をするのを邪魔《じゃま》しません。ただし、わたしたちも同席《どうせき》し、この場《ば》で話《はな》すことという条件《じょうけん》で――。」

クイーンは、しばらくルイーゼのことばを考《かんが》えて、うなずいた。

「わかりました。交渉成立《こうしょうせいりつ》です。」

世界中《せかいじゅう》に進出《しんしゅつ》する日本《にっぽん》の回転寿司《かいてんずし》。それは、イギリス、フランス、オーストリア、アメリカ

——。そしていまも、ひろがりつつある。

さまざまな国《くに》の人《ひと》が、セレブも庶民《しょみん》も関係《かんけい》なく、〝皿《さら》にのった寿司《すし》が、レーンではこばれてくる〟不思議《ふしぎ》な空間《くうかん》を楽《たの》しむことができる。

これまで、有名《ゆうめい》な映画《えいが》スターやマフィアのボス、政財界《せいざいかい》の黒幕《くろまく》——いろんな人《ひと》がテーブルに着《つ》いてきただろう。

しかし、これほど奇妙《きみょう》な組《く》み合《あ》わせの客《きゃく》がすわったテーブルはなかったはずだ。

怪盗《かいとう》と探偵卿《たんていきょう》。そしてタッチパネルに潜《ひそ》み、シャリをにぎる寿司《すし》ロボットをコントロールしてるのは、世界最高《せかいさいこう》の人工知能《じんこうちのう》——RD《アールディー》だ。

「やはり、回転寿司《かいてんずし》は、お一人様《ひとりさま》より大勢《おおぜい》で食《た》べるほうが楽《たの》しいね。大食《おおぐ》い競争《きょうそう》する人《ひと》は、だれかな？」

いちばんテンションが高《たか》いのは、クイーンだ。もちろん、クイーンの提案《ていあん》に賛成《さんせい》する者《もの》は、いない。

だが、クイーンは負《ま》けていない。いいことを考《かんが》えたというように、ポンと手《て》を打《う》った。

「食《た》べる量《りょう》のいちばんすくなかったものが、お勘定《かんじょう》を持《も》つというのはどうかな？」

「…………」

やはり、無視《むし》されるクイーンのアイディア。

「どうして、ぼくまでよびだされたんですか？」

クイーンのとなりにすわるジョーカーが、とてもふきげんな声《こえ》でいった。

指《ゆび》をチッチッチとふるクイーン。

「よく考《かんが》えたら、きみを回転寿司《かいてんずし》につれていってなかったことに気《き》づいてね。日本《にっぽん》では、『七五三十五』の行事《ぎょうじ》のときに、子《こ》どもを回転寿司《かいてんずし》につれていくんだよ。」

「なんでしたっけ、『七五三十五』って？」

「子《こ》どもが健康《けんこう》に育《そだ》つためにやるお祭《まつ》りだよ。七歳《さい》と五歳《さい》と三十五歳《さい》のとき、神社《じんじゃ》にいって、帰《かえ》りに回転寿司《かいてんずし》にいくのが、正式《せいしき》なやり方《かた》だよ。」

「七歳《さい》と五歳《さい》はわかりますが、三十五歳《さい》って子《こ》どもといっていいんですか？」

「日本人《にほんじん》は、いつまでも幼《おさな》いんだよ。」

「……東洋《とうよう》の神秘《しんぴ》ですね。」

二人《ふたり》のやりとりを、日本人《にほんじん》である仙太郎《せんたろう》はだまってきいている。訂正《ていせい》する気《き》にもなれないのだろう。

その横《よこ》では、おしぼりで目《め》を拭《ふ》いているヴォルフ。

「気《き》になることがあるんだが、だれか教《おし》えてくれ。これからのはらいも、おれが出《だ》さないといけないのか？」

「…………」

だれも顔《かお》をあげず、湯飲《ゆの》みの茶《ちゃ》をすすっている。

「ああ、パイカルくん――。」

クイーンが、パイカルを見《み》る。

「わたしのたのみをきいて、よくウァドエバーをよびだしてくれたね。感謝《かんしゃ》するよ。」

「いえ、そんな……。」

クイーンに礼《れい》をいわれて、てれるパイカル。

「犯罪者《はんざいしゃ》に礼《れい》をいわれて、よろこんでるんじゃない！」

ヴォルフに頭《あたま》をたたかれる。

「ヴォルフちゃん、頭《あたま》をたたくのはやめなさい。パイカルちゃんは、あなたとちがって頭脳派《ずのうは》の探偵卿《たんていきょう》になるんだから。」

ルイーゼが、パイカルの頭《あたま》をなでる。

「…………」

複雑《ふくざつ》な顔《かお》をするヴォルフ。仙太郎《せんたろう》が、その肩《かた》をポンとたたいた。

ウァドエバーは、さっきから寿司《すし》の皿《さら》をとると、みんなの前《まえ》にならべている。

「さぁさぁ、どんどん食《た》べてください。ヴォルフさんの奢《おご》りですから。」

ますます複雑《ふくざつ》な顔《かお》をするヴォルフ。自棄《やけ》になって、つぎからつぎへと寿司《すし》を頰張《ほおば》る。

「皇帝《アンプルール》は、こないのか？」

ウァドエバーが、ジョーカーにきく。

「ええ。あなたがボロボロにしたヤウズくんに付《つ》きそってます。」

[皇帝《アンプルール》一人《ひとり》でも、だいじょうぶです。わたしのシステムを医療関係《いりょうかんけい》に半分《はんぶん》おいてきてますから。]

タッチパネルから、RD《アールディー》がいった。

[あと、マガという人工知能《じんこうちのう》にもきてもらってます。ナースモードで、とても楽《たの》しそうです。]

「皇帝《アンプルール》は、わたしに復讐《ふくしゅう》しようと思《おも》ってないのかい？」

ウァドエバーが、質問《しつもん》をつづける。

「そのようですね。べつに自分《じぶん》が動《うご》かなくても、かわりにやってくれる者《もの》がいると考《かんが》えてるようです。」

「かわりの者《もの》？」

横《よこ》にすわっているクイーンを、ちらりと見《み》るジョーカー。

クイーンは、ナプキンで口元《くちもと》をおさえる。そして、ウァドエバーにいう。

「ヤウズくんの敵討《かたきう》ちは、いつでもできる。しかし、それは、きみからエッグの場所《ばしょ》をききだしてからだ。」

「なんだ、そんなことを知《し》りたかったのか。」

拍子《ひょうし》ぬけしたように、ウァドエバーがいった。

「教《おし》えてくれるかい？」

「教《おし》えると思《おも》うのかい？」

会話《かいわ》がとぎれる。にらみ合《あ》うクイーンとウァドエバー。

重《おも》い空気《くうき》を察《さっ》したパイカルが、気《き》を遣《つか》って、

「ウァドエバーさん、なにかとりましょうか？」

笑顔《えがお》をむけたが返事《へんじ》はない。

二人《ふたり》はにらみ合《あ》ったままだ。

「話《はな》さないのなら、力《ちから》ずくでもききだすが——。」

クイーンがいった。

「力《ちから》ずくという意味《いみ》がわかってるのかい？　できないことはいわないほうが、かっこいいと思《おも》うがね。」

「これはおどろいた。このクイーンに、かっこよさを教《おし》えようとするとはね。」

「なんなら、もっとくわしく教《おし》えてあげようか。」

ウァドエバーが、背広《せびろ》の内《うち》ポケットから小《ち》さな手帳《てちょう》のようなものを出《だ》す。

「なんだい、それは？」

「わたしがつくった、かっこよさについて書《か》かれた本《ほん》――『What《ワット》 is《イズ》 かっこよさ』だ。」

ウァドエバーがこたえる。

クイーンは、肩《かた》をすくめる。

「その題名《タイトル》自体《じたい》が、とてつもなくかっこ悪《わる》いと思《おも》わないか？」

ジョーカーとRD《アールディー》は二人《ふたり》の会話《かいわ》をきいて、ウァドエバーはまちがいなくクイーンの能力《のうりょく》をコピーしたのだと確信《かくしん》した。

「話《はなし》をもどそう。わたしは、早急《さっきゅう》にエッグをとりもどしたい。いまから五分以内《ふんいない》に話《はな》したら、これをあげよう。」

クイーンが、ツブ貝《がい》の皿《さら》をウァドエバーにむかって出《だ》す。

それを口《くち》にほうりこむウァドエバー。

「では、三分以内《ぷんいない》にあきらめて帰《かえ》るのなら、これをあげよう。」

ウァドエバーが、イカの皿《さら》をクイーンに出《だ》す。

クイーンは、ウァドエバーの手《て》を、やんわりどけるといった。

「どうやら、戦《たたか》うのがいちばん手《て》っとりばやいようだな。」

小馬鹿《こばか》にしたように、フッと息《いき》を吐《は》くウァドエバー。

「まぁ、わたしに勝《か》てないと思《おも》って助《すけ》っ人《と》をよんだのは賢明《けんめい》だな。評価《ひょうか》してやろう。」

クイーンのとなりにいるジョーカーを見《み》て、ウァドエバーがいった。

「彼《かれ》は、助《すけ》っ人《と》ではない。友人《ゆうじん》のジョーカーくんだ。」

「ぼくは、助《すけ》っ人《と》でも友人《ゆうじん》でもありません。一介《いっかい》のパートナーにすぎません。」

[ちなみに、わたしは一介《いっかい》の人工知能《じんこうちのう》です。]

ジョーカーとRD《アールディー》が、名乗《なの》りをあげた。

店内《てんない》にいる客《きゃく》や従業員《じゅうぎょういん》に扮《ふん》した国際刑事警察機構《ICPO》の人間《にんげん》に、ザワリと動揺《どうよう》が走《はし》る。その雰囲気《ふんいき》を癒《い》やしたのはルイーゼだ。

「パイカルちゃん、サーモンの皿《さら》をとってちょうだい。」

受《う》けとったサーモンを、皿《さら》の上《うえ》で横《よこ》にする。

シャリが右《みぎ》、サーモンが左側《ひだりがわ》になった寿司《すし》を、右手《みぎて》の指《ゆび》三本《ぼん》でつかむルイーゼ。そして、サーモンを下《した》にして醬油《しょうゆ》の皿《さら》にチョイチョイとつける。

一口《ひとくち》で食《た》べおえて、お茶《ちゃ》の湯飲《ゆの》みを持《も》つ。

その流《なが》れるような動作《どうさ》は、とても美《うつく》しく、国際刑事警察機構《ICPO》の人間《にんげん》から「カブキ……。」というわけのわからないつぶやきがもれた。

「クイーンさん、すこしおちついてください。わたしもいっしょに、ウァドエバーちゃんから話《はなし》をきくという約束《やくそく》でしたよ。」

ルイーゼは、クイーンの前《まえ》に湯気《ゆげ》の立《た》つ湯飲《ゆの》みをおく。そしてウァドエバーに視線《しせん》をうつすと、やさしい口調《くちょう》できいた。

「いくつか確認《かくにん》させてちょうだい。あなたがエッグを盗《ぬす》みだしたのは、国際刑事警察機構《ICPO》の命令《めいれい》なの?」

「そうです。」

ウァドエバーが、無表情《むひょうじょう》でこたえる。

「あなたにわたした指令書《しれいしょ》には、クイーン逮捕《たいほ》のことが書《か》かれてたように思《おも》うけど——。」

「そのあと、追加《ついか》で命令《めいれい》があったんです。」

「だれから？」

「M《エム》です。」

ウァドエバーがこたえると同時《どうじ》にルイーゼは携帯電話《けいたいでんわ》を出《だ》し、『ぜったいに自分《じぶん》からかけたくないけど、そうもいってられなくなったときの電話帳《でんわちょう》』から、M《エム》へ電話《でんわ》をかける。

［きみから電話《でんわ》をもらえるとは、〝探偵卿《たんていきょう》の中《なか》の探偵卿《たんていきょう》〟といわれたわたしにも、予測《よそく》できなかったよ。］

スピーカーモードにした携帯《けいたい》から、M《エム》の声《こえ》がこぼれる。

親指《おやゆび》と人差《ひとさ》し指《ゆび》でつまんだ携帯《けいたい》にむかって、ルイーゼがいう。

「あなた、ウァドエバーちゃんに、エッグを盗《ぬす》む命令《めいれい》を出《だ》した？」

［この間《あいだ》、『Sublimotion《サブリモーション》』という、おもしろいレストランを見《み》つけたんだ。予約《よやく》したいんだけど、きみは何日《なんにち》ならあいてるかな？］

まったく話《はなし》をきいてないM《エム》。

ルイーゼは、すさまじい精神力《せいしんりょく》で質問《しつもん》をつづける。

「もう一度《いちど》だけきくわ。エッグを盗《ぬす》む命令《めいれい》を出《だ》した？」

[我々《われわれ》には守秘義務《しゅひぎむ》というものがあるんだよ、ルイーゼ。]

M《エム》の声《こえ》は、とても真剣《しんけん》なものにかわっていた。

「ありがとう。ききたかったのは、それだけよ。」

[来週《らいしゅう》の土曜日《どようび》はどうかな？　それとも――。]

ルイーゼの指《ゆび》が、光《ひかり》の速《はや》さで通話終了《つうわしゅうりょう》ボタンを押《お》す。そして、テーブルのみんなを見《み》まわし、いった。

「いまのでわかったわ。国際刑事警察機構《ICPO》は、エッグをほしがっている。そして、エッグを手《て》に入《い》れるためなら、法《ほう》に触《ふ》れることをしてもいいと考《かんが》えている。」

「なんで、そんなにエッグをほしがるんだ？」

頭《あたま》の後《うし》ろで手《て》を組《く》み、仙太郎《せんたろう》がきいた。

「正義《せいぎ》を守《まも》るために絶対的《ぜったいてき》な力《ちから》を手《て》に入《い》れたい――こう推理《すいり》できるわ。でも、それだけじゃないような気《き》がするの。長年《ながねん》、探偵卿《たんていきょう》をやってきた勘《かん》ね。」

ルイーゼが真剣《しんけん》な顔《かお》でいった。

「なるほど……。考《かんが》えてみたら、おれが生《う》まれるまえからルイーゼは探偵卿《たんていきょう》をやってるんだもんな。超《ちょう》ベテランの勘《かん》は、侮《あなど》れない。」

つぶやいたヴォルフが、長刀《ちょうとう》をぬく暇《いとま》もなく、ルイーゼにハンドバッグで殴《なぐ》られる。

「女性《じょせい》の年齢《ねんれい》がわかるような台詞《せりふ》は、マナー違反《いはん》よ。」

笑顔《えがお》でいうルイーゼ。しかし、彼女《かのじょ》のことばは、気《き》を失《うしな》ったヴォルフにはとどかない。

「ヴァドエバーちゃん、あなた、国際刑事警察機構《ICPO》のねらいを知《し》ってるの？」

ルイーゼの質問《しつもん》に、ヴァドエバーは肩《かた》をすくめる。

「さぁ……？　わたしには、わかりかねますね。わたしは、エッグを盗《ぬす》むように命令《めいれい》され、実行《じっこう》した。それだけの人間《にんげん》ですから。」

「わかりました。」

ルイーゼがうなずく。

「国際刑事警察機構《ICPO》の上層部《じょうそうぶ》がなにを考《かんが》えてるかわかるまで、わたしがエッグを預《あず》かることにするわ。――さぁ、エッグをわたしてちょうだい。」

ルイーゼが、両手《りょうて》を出《だ》す。

「………」

その手《て》をしばらく見《み》たあと、ヴァドエバーがニヤリと笑《わら》った。

「おことわりします。」

ルイーゼは、すこしもおどろかない。

「そういうと思《おも》ったわ。よければ、あなたがエッグを必要《ひつよう》としてる理由《りゆう》を教《おし》えてくれないかしら？」

「かんたんな話《はなし》です。国際刑事警察機構《ICPO》を巨大《きょだい》な悪《あく》にしたくないからです。」

静《しず》かにこたえるウァドエバー。

「国際刑事警察機構《ICPO》がエッグをほしがってる理由《りゆう》を、わたしは知《し》りません。しかし、偽《にせ》のエッグを使《つか》ってまで、手《て》に入《い》れようとしてるのです。まともな理由《りゆう》であるはずがありません。」

「……考《かんが》えすぎだろ。正義《せいぎ》を執行《しっこう》するためには、力《ちから》がいる。国際刑事警察機構《ICPO》は、エッグを使《つか》って、その力《ちから》を手《て》に入《い》れようとしてる――おれには、そう思《おも》える。」

ルイーゼの一撃《いちげき》から回復《かいふく》したヴォルフが、いった。

バカにしたように、ウァドエバーが笑《わら》う。

「正義《せいぎ》をふりかざす人間《にんげん》が、かならずしも正義《せいぎ》とはいえない。むしろ、逆《ぎゃく》の場合《ばあい》が多《おお》い。――それぐらいのこと、いくら武闘派《ぶとうは》のきみでも知《し》ってるだろ？」

「…………」

ヴォルフは、なにもいわない。しかし、その手《て》が長刀《ちょうとう》をぬこうとしてるのを見《み》て、仙太郎《せんたろう》があわてておさえる。

ウァドエバーが、ルイーゼを見《み》る。

「さっきもいいましたが、わたしは国際刑事警察機構《ICPO》がエッグをほしがる理由《りゆう》を知《し》りません。しかし、国際刑事警察機構《ICPO》のような組織《そしき》がエッグを手《て》に入《い》れたら、どうなるか？——世界《せかい》で最《もっと》も強《つよ》い悪《あく》の組織《そしき》ができあがるのは、目《め》に見《み》えてます。」

「なるほど。あんたは、それをとめようとしてるわけだな。うん、それならよくわかる。」

仙太郎《せんたろう》が、うなずく。

また、ウァドエバーがバカにしたように笑《わら》う。

「逆《ぎゃく》だよ、仙太郎《せんたろう》くん。わたしはね、自分以外《じぶんいがい》の悪《あく》がゆるせないんだ。この世《よ》に存在《そんざい》していい悪《あく》は、わたし一人《ひとり》だけ。わたしが、究極《きゅうきょく》の悪《あく》になるんだ。」

「おまえ……気《き》はたしかか？」

ヴォルフが長刀《ちょうとう》をぬく。こんどは、仙太郎《せんたろう》もとめない。

「正気《しょうき》なら、探偵卿《たんていきょう》として見《み》すごせねぇ。この場《ば》で叩《たた》っ斬《き》る！」

「できないことは、いわないほうがいい。」

肩《かた》をすくめるウァドエバー。

ヴォルフは、刀《かたな》を持《も》った手《て》を、顔《かお》の右側《みぎがわ》にかまえる。刃先《はさき》を上《うえ》にし、ウァドエバーがどのようににげても、確実《かくじつ》につきさすかまえだ。

「自首《じしゅ》するのなら、命《いのち》だけはたすけてやる。——どうする？」

「だから、さっきからできないことはいわないほうがいいといってるだろ。だいたい、切《き》っ先《さき》がふるえてるぞ。」

ウァドエバーのことばどおり、かまえた刀《かたな》の先《さき》がブルブルふるえてる。見《み》ると、ヴォルフの額《ひたい》に脂汗《あぶらあせ》がうかんでいる。苦《くる》しそうな表情《ひょうじょう》。刀《かたな》を持《も》っているのが、精《せい》いっぱいという感《かん》じだ。

仙太郎《せんたろう》にルイーゼ、パイカルも苦《くる》しがっている。

「てめぇ……なにをしやがった？」

「きみたちに、寿司《すし》の皿《さら》をとってあげただけだ。あと、ちょっとしたかくし味《あじ》もつけてあげた。いや、無味無臭《むみむしゅう》の毒《どく》だから、かくし味《あじ》になってなかったか。ただ——。」

ウァドエバーが、平然《へいぜん》としているクイーンとジョーカーを見《み》る。

「なぜ、きみたちは平気《へいき》なんだ？」

「わたしは、ムラサメブラザーズに毒《どく》が効《き》かない体《からだ》にしてもらったからね。」

クイーンが、のこってる寿司《すし》を口《くち》に入《い》れる。

ジョーカーも、目《め》の前《まえ》の寿司《すし》をかたづけていく。

「ぼくは、クイーンのイタズラで慣《な》らされてますから――。」

――いや、イタズラですむような毒《どく》じゃないのだが……。

ウァドエバーが、ジョーカーを〝不憫《ふびん》な子《こ》〟という目《め》で見《み》る。

ルイーゼが、苦《くる》しそうな声《こえ》でいう。

「わたしたちに毒《どく》を盛《も》っても、あなたはにげられないわ。」

ふるえる手《て》をふり下《お》ろすと、店内《てんない》にいた国際刑事警察機構《ICPO》の人間《にんげん》が、ウァドエバーをとりかこむ。

「いや、にげられますよ。」

ウァドエバーが、ポケットからリモコンのスイッチを出《だ》す。

「この店《みせ》の近《ちか》くに、爆弾《ばくだん》をしかけました。包囲網《ほういもう》を解《と》かないと、スイッチを押《お》します。かなりの人間《にんげん》が死《し》ぬでしょうね。」

「……………」

「わたしが無事《ぶじ》ににげられたら、爆弾《ばくだん》は解除《かいじょ》し、救急車《きゅうきゅうしゃ》もよんであげましょう。——いかがです？」

ウァドエバーの提案《ていあん》。

「……どこへ爆弾《ばくだん》をしかけたんだ？」

仙太郎《せんたろう》がきくと、ウァドエバーは肩《かた》をすくめる。

「場所《ばしょ》はおぼえてるんだけどね……。わたしは、日本《にっぽん》の地理《ちり》にくわしくないんだ、地名《ちめい》までは、わからないな。」

［解除《かいじょ》、終了《しゅうりょう》しました。］

タッチパネルから、RD《アールディー》の声《こえ》がする。

［爆弾《ばくだん》をしかけたときいて、すぐに半径《はんけい》五キロ圏内《けんない》を爆発物《ばくはつぶつ》サーチしました。警察《けいさつ》の爆発物処理《ばくはつぶつしょり》班《はん》に連絡《れんらく》したら、あっという間《ま》に処理《しょり》してくれました。］

それをきいたルイーゼが、ふるえるうでをふり下《お》ろす。

「身柄確保《みがらかくほ》せよ……。」

いっせいに、国際刑事警察機構《ICPO》の人間《にんげん》がウァドエバーに飛《と》びかかる。それより一瞬《いっしゅん》はやく、リモコンを床《ゆか》にたたきつけるウァドエバー。

ヴォン！

こわれたリモコンから、派手《はで》に煙《けむり》が吹《ふ》きだす。

白《しろ》い煙《けむり》につつまれ、視界《しかい》がうばわれる。目《め》をおさえ、せきこむ国際刑事警察機構《こくさいけいじけいさつきこう》の人間《にんげん》。

「すこし予定《よてい》がかわったが、わたしは失礼《しつれい》するよ。」

煙《けむり》の中《なか》から、ウァドエバーの声《こえ》がする。

「どうも、わたしは探偵卿《たんていきょう》にむいてないようだ。エッグも手《て》にはいったし、国際刑事警察機構《ICPO》に用《よう》はない。というわけで、わたしは辞職《じしょく》する。後任《こうにん》の探偵卿《たんていきょう》には、パイカルくんを推薦《すいせん》する。」

そこでしばらくことばが切《き》れた。

「……そうか、このまま死《し》んでしまうと、探偵卿《たんていきょう》になれないわけか。しかたない、救急車《きゅうきゅうしゃ》をよんであげよう。救急病院《きゅうきゅうびょういん》のほうには、解毒剤《げどくざい》の処方《しょほう》も伝《つた》えておくから、心配《しんぱい》しなくていい。」

パイカルは、礼《れい》をいうべきかどうか迷《まよ》う。

クイーンの指示《しじ》する声《こえ》がきこえる。

「RD《アールディー》、店内《てんない》の急速換気《きゅうそくかんき》。あと、プレミアムお持《も》ち帰《かえ》りセットを五人前《にんまえ》――いや、十人前用意《にんまえようい》してくれないか。手《て》ぶらで帰《かえ》ると、お師匠様《ししょうさま》がおこるからね。」

「了解《りょうかい》です。」

「さて、国際刑事警察機構《ICPO》の諸君《しょくん》——。」

その声《こえ》は店内《てんない》で反響《はんきょう》し、クイーンの位置《いち》がわからない。

「エッグは、わたしがウァドエバーからうばい返《かえ》す。きみたちがエッグをほしいのなら、お師匠《ししょう》様《さま》のところへ盗《と》りにいきたまえ。もっとも、大量《たいりょう》の死傷者《ししょうしゃ》がでるだろうけどね。」

「クイーンさん……。うばい返《かえ》したエッグを、国際刑事警察機構《ICPO》ではなく、わたしに預《あず》けてくれませんか？　かならず、正義《せいぎ》のために使《つか》いますから。」

「かんちがいしてませんか？」

ルイーゼの声《こえ》に、クイーンが静《しず》かにこたえる。

「わたしは、怪盗《かいとう》クイーン。怪盗《かいとう》は、ねらった獲物《えもの》はかならず手《て》に入《い》れる。正義《せいぎ》も悪《あく》も関係《かんけい》ない。それが、怪盗《かいとう》の美学《びがく》です。」

「…………」

「あなたたちには、何百年《なんびゃくねん》たってもわからないかもしれませんがね。——オ・ルボワール。」

クイーンの声《こえ》が遠《とお》ざかるにつれ、店内《てんない》の煙《けむり》もうすくなる。

そして、クイーンとジョーカー、ウァドエバーのいなくなった店内《てんない》に、救急車《きゅうきゅうしゃ》の音《おと》がきこえてくる。

Scene《シーン》10　十番目《ばんめ》のエッグ　isn't《イズンッ》 NECESSARY《ネセサリー》

「それで、手《て》ぶらで帰《かえ》ってきたわけか……。まったく、使《つか》えないやつだな。」

トルバドゥールの医務室《いむしつ》。

ヤウズのベッドサイドにすわった皇帝《アンプルール》が、もどってきたクイーンたちに説教《せっきょう》をしている。

「手《て》ぶらではありません、お師匠様《ししょうさま》。プレミアムお持《も》ち帰《かえ》りセットを、お土産《みやげ》として持《も》ってきました。」

恭《うやうや》しい態度《たいど》で、プレミアムお持《も》ち帰《かえ》りセットの大皿《おおざら》をさしだすクイーン。

「フン！」

鼻《はな》を鳴《な》らした皇帝《アンプルール》は、うばいとるように大皿《おおざら》を持《も》ち、寿司《すし》をつまみはじめる。

「だいたい、こんなかんたんなお使《つか》いもできないとは——この軍艦巻《ぐんかんま》き、うまいな。かんたんに、ウァドエバーをにがしやがって——ふむ、この玉子《たまご》も、なかなかいい仕事《しごと》してる。よくそれで、〝怪盗《かいとう》〟を名乗《なの》れるものだ。恥《はじ》を知《し》れ！　――イカも、ちゃんと包丁《ほうちょう》がはいってるじゃねぇか。」

みるみるうちに、大皿《おおざら》の寿司《すし》が皇帝《アンプルール》の口《くち》に消《き》えていく。

「あの……お説教《せっきょう》するか、寿司《すし》を味《あじ》わうか、どちらかにしていただけませんか。」

おそるおそる、クイーンがいった。

「口答《くちごた》えするな！」

一喝《いっかつ》する皇帝《アンプルール》。

「おれからも、たのむ。ベッドの脇《わき》で、寿司食《すしく》いながら大声《おおごえ》出《だ》すな。ご飯粒《はんつぶ》が飛《と》び散《ち》るだろうが。」

「うるさい！」

ヤウズの顔《かお》に飛《と》び散《ち》るご飯粒《はんつぶ》。RD《アールディー》のマニピュレーターがのび、顔《かお》を拭《ふ》く。

皇帝《アンプルール》は、空《から》になった大皿《おおざら》を重《かさ》ねていく。

「まぁ、にがしちまったものは、しかたない。――おまえたちも、食《く》え。」

クイーンにむけて、大皿《おおざら》をつきだす。

「食《く》えといわれても、ガリしかのこってませんが。」

「寿司《すし》は、ガリに始《はじ》まりガリにおわる。——怪盗《かいとう》のくせに、知《し》らねぇのか？」

「知《し》りませんでした。」

首《くび》を横《よこ》にふるクイーン。

「おまえは、もっと日本《にっぽん》の食文化《しょくぶんか》を学《まな》んだほうがいいな。ほかにも、ガリを制《せい》する者《もの》は世界《せかい》を制《せい》すということばもある。ありがたがって、ガリを食《く》え。」

皇帝《アンプルール》にいわれ、納得《なっとく》してない顔《かお》でガリをつまむクイーン。

「東洋《とうよう》の神秘《しんぴ》ですね。」

ジョーカーは手帳《てちょう》を出《だ》し、皇帝《アンプルール》のことばをメモする。

そのとき、RD《アールディー》の声《こえ》が部屋《へや》のスピーカーからこぼれる。

[パシフィストさんから、無線《むせん》がはいりました。どうします、居留守《いるす》を使《つか》いますか？]

以前《いぜん》、ピンクの気球《ききゅう》で襲撃《しゅうげき》されたことがあるので、RD《アールディー》はパシフィストに怯《おび》えてる。

皇帝《アンプルール》がつぶやく。

「スマホじゃねぇのか？　無線《むせん》とは、ずいぶん古典的《こてんてき》な通信手段《つうしんしゅだん》を使《つか》う姉《ねえ》ちゃんだな。」

「彼女《かのじょ》は、考古学者《こうこがくしゃ》ですからね。」

説明《せつめい》になってない説明《せつめい》をするクイーン。RD《アールディー》に指示《しじ》を出《だ》す。

「回線《かいせん》をひらいてくれないか。」
［ほんとうにいいんですか……？　居留守《いるす》を使《つか》ってもいいんですよ。なんなら、『留守番無線《るすばんむせん》』モードにしますけど。］
クイーンは、『留守番無線《るすばんむせん》』モードというのが気《き》になったが、回線《かいせん》をあけさせた。
［は～い、クイーン！］
パシフィストの元気《げんき》な声《こえ》。
［わたし、十番目《ばんめ》のエッグが見《み》つかったという島《しま》——多家良島《たからじま》にいってきたの。ききたい？］
「ぜひ、教《おし》えてほしいね。」
クイーンのことばに、いちばんホッとしたのはRD《アールディー》だ。
［——もしききたくないとこたえたら、気《き》を悪《わる》くしたパシフィストさんがなにをしてくるかわからない……。］
RD《アールディー》の『冷《ひ》や汗《あせ》フォルダ』にあるガクブルファイルが、オペレーションシステム全体《ぜんたい》を冷《ひ》やす。
そんなことに気《き》づかないパシフィストの元気《げんき》な声《こえ》。
［結論《けつろん》を先《さき》にいうと、島《しま》でエッグが見《み》つかったというのは、完全《かんぜん》な捏造《ねつぞう》。かつて、フィニス・パ

クトゥンがおきたという歴史《れきし》はないわ。」

うなずくクイーン。

「でもね、お寺《てら》にのこってる古《ふる》い記録《きろく》を見《み》せてもらったんだけど、フィニス・パクトゥンがおきてもおかしくない時代《じだい》があったの。――RD《アールディー》、モニタを出《だ》して、島《しま》と周辺《しゅうへん》の古地図《こちず》を出《だ》してちょうだい。」

パシフィストが、RD《アールディー》に命令《めいれい》した。

すかさず壁《かべ》にモニタを用意《ようい》するRD《アールディー》。クイーンとジョーカーは、RD《アールディー》がこんなにすばやく仕事《しごと》するのを初《はじ》めて見《み》た。

「まず、島《しま》の位置《いち》なんだけど、二つの半島《はんとう》から等距離《とうきょり》の位置《いち》にあるでしょ。」

みんながモニタを見《み》る。

地図《ちず》の北《きた》から南《みなみ》にむかって、二つの半島《はんとう》がのびている。まるで、クワガタムシのハサミのようだ。

島《しま》は、半島《はんとう》の先端《せんたん》を結《むす》んだ線《せん》の、ちょうど真《ま》ん中《なか》あたりにポツンと描《えが》かれている。

「大昔《おおむかし》から、どちらの半島《はんとう》が治《おさ》めるかで、ずいぶん戦《たたか》いがあったわ。その結果《けっか》、長《なが》い間《あいだ》、西《にし》の半《はん》島《とう》が治《おさ》めてたの。でも、それが、ひどいやり方《かた》でね……。」

パシフィストが、井戸端会議《いどばたかいぎ》をするオバサン口調《くちょう》になる。
[島《しま》にきた役人《やくにん》が、やりたい放題《ほうだい》。島民《とうみん》が捕《と》った魚《さかな》も、いいのはみんなとりあげたり、細《こま》かい規《き》則《そく》をつくって島民《とうみん》の生活《せいかつ》を縛《しば》ったり——。そんな時代《じだい》が長《なが》くつづいたあと、こんなひどいことをゆるしておけないと立《た》ちあがったわけ。]
「島民《とうみん》が反乱《はんらん》をおこしたのかい？」
クイーンがいった。
[ちがうわ。東《ひがし》の半島《はんとう》の者《もの》が攻《せ》めこんで、役人《やくにん》を追《お》いだしたの。その戦《たたか》いで、また島《しま》の人《ひと》はたくさん死《し》んだわ。]
「だけど……多《おお》くの人《ひと》が亡《な》くなったのは気《き》の毒《どく》だが、ひどい役人《やくにん》が追《お》いだされたのなら、島《しま》の人《ひと》たちにはよかったんじゃないかな？」
「あまいわね、クイーン！」
無線《むせん》を通《とお》しても、パシフィストがビシッと指《ゆび》さしたのがわかる。
[そのあと、東《ひがし》の半島《はんとう》から役人《やくにん》が送《おく》りこまれた。で、この役人《やくにん》たちがやったことも、けっきょくはおなじ。島《しま》の人《ひと》たちを苦《くる》しめただけだった。]
「………」

「そんな状態《じょうたい》が、ずっとつづいたの。それがある日《ひ》、一人《ひとり》の子《こ》どもが役人《やくにん》にきいたの。『どうして、自分《じぶん》たちで捕《と》った魚《さかな》を、自分《じぶん》たちで食《た》べちゃダメなの。』って。その子《こ》と家族《かぞく》は、反抗《はんこう》したからって理由《りゆう》で牢屋《ろうや》に入《い》れられた。でも、それがきっかけで、みんな考《かんが》えるようになった。」

「…………」

「島《しま》の人《ひと》たちは、強《つよ》い力《ちから》では反抗《はんこう》しなかった。すこしずつすこしずつ、役人《やくにん》と話《はなし》をする機会《きかい》をつくっていったの。それは一日《にち》や二日《ふつか》じゃなく、五年《ねん》も十年《ねん》もかけて、すこしずつゆっくりと──。島《しま》にいる役人《やくにん》たちが代《だい》がわりしても、あきらめず島《しま》の人《ひと》たちはがんばった。──これが、世界《せかい》でフィニス・パクトゥンがおきたころの話《はなし》。」

パシフィストが、ことばを切《き》った。

「ここからは、お寺《てら》で見《み》つけた古文書《こもんじょ》に書《か》いてあった話《はなし》。──ききたい?」

クイーンには、パシフィストが宝物《たからもの》を見《み》せる女《おんな》の子《こ》の顔《かお》になってるのが想像《そうぞう》できる。

「その話《はなし》をきかずに死《し》んだら、わたしは化《ば》けてでるほど後悔《こうかい》するよ。」

クイーンのことばに、

「さすがクイーンね。」

上《じょう》きげんのパシフィストの声《こえ》が返《かえ》ってきた。

「ある日——。浜《はま》に大《おお》きな釜《かま》のようなものが打《う》ちあげられ、中《なか》に男《おとこ》の人《ひと》がはいっているのを、島《しま》の人《ひと》が見《み》つけたの。最初《さいしょ》、島《しま》の人《ひと》たちは、島流《しまなが》しにあった罪人《ざいにん》だと思《おも》ったようね。だって、乗《の》ってたのがふつうの船《ふね》じゃなく、大《おお》きな釜《かま》でしょ。どこへでも流《なが》れていけって感《かん》じがするじゃない。」

きいていたクイーンたちがうなずく。

「男《おとこ》の人《ひと》は、日本語《にほんご》が話《はな》せなかったの。海鳥《うみどり》みたいに甲高《かんだか》いことばを使《つか》うので、異国《いこく》の人《ひと》だと思《おも》ったようね。男《おとこ》の人《ひと》は、みんなにわからないことばを早口《はやくち》で話《はな》し、島《しま》の中《なか》をウロチョロし、最《さい》後《ご》に島《しま》の長老《ちょうろう》になにかいったの。」

「なにかいっても、ことばがわからなかったんだろ？」

「うん。そうなんだけど、なぜか古文書《こもんじょ》には、『長老《ちょうろう》は『島《しま》の生活《せいかつ》は苦《くる》しくないか？』ときかれた。』って書《か》いてあったわ。それに対《たい》して、長老《ちょうろう》は『いまは苦《くる》しいけど、子《こ》どもたち——そのまた子《こ》どもたちが幸《しあわ》せに生活《せいかつ》できるようがんばってる。』ってこたえたんだって。」

「通《つう》じたのかな？」

「わからない。そのあと、『男《おとこ》の人《ひと》は大《おお》きな釜《かま》にはいって海《うみ》のむこうに消《き》えていった。』と書《か》いてあったけど。」

「ふーん……。」

[ねっ。もし、この男《おとこ》の人《ひと》がフィニス・パクトゥンをおこしてたのなら、島《しま》でもフィニス・パクトゥンがおきてもおかしくなかったでしょ?]

「……」

クイーンは、考《かんが》える。

——島《しま》で、フィニス・パクトゥンはおきなかった。なぜか? それは、長老《ちょうろう》が、自分《じぶん》たちでがんばってるとこたえたから。男《おとこ》が手《て》を出《だ》さなくても、島《しま》はだいじょうぶだと思《おも》ったから……。

「お嬢《じょう》さん、おれの声《こえ》がきこえるか?」

皇帝《アンプルール》が、口《くち》をはさむ。いつの間《ま》にか、若作《わかづく》りモードになっている。

[無線《むせん》だから相手《あいて》には見《み》えてないことに、皇帝《アンプルール》は気《き》づいてないんでしょうか?]

RD《アールディー》が、クイーンとジョーカーにだけきこえるよう、小型無線機《こがたむせんき》でいった。

「お師匠様《ししょうさま》にとっては、そういう問題《もんだい》じゃないんだろうね。」

自分《じぶん》のことばに、うんうんとうなずくクイーン。理解《りかい》できないジョーカーは、首《くび》をひねる。

「おれは、皇帝《アンプルール》。すべての怪盗《かいとう》の頂点《ちょうてん》に立《た》つ者《もの》だ。」

ポーズをとって、自己紹介《じこしょうかい》する皇帝《アンプルール》。「見《み》えてないのに……。」と、クイーンとジョーカーは心《こころ》の中《なか》でつぶやく。

パシフィストは、皇帝《アンプルール》の名前《なまえ》をきいておどろいた。

[皇帝《アンプルール》って……九個《こ》のエッグを持《も》ってる皇帝《アンプルール》ですか?]

「そのとおり。もっとも、いまはウァドエバーってやつにわたしてあるが、すぐにもどってくる予定《よてい》だ。」

クイーンにむけてウィンクする皇帝《アンプルール》。クイーンは、華麗《かれい》な動作《どうさ》でウィンクを避《よ》ける。

[あの、お願《ねが》いがあるんですけど——。]

あまえた声《こえ》を出《だ》すパシフィスト。

[エッグがもどってきたら、調《しら》べさせていただけないかしら?]

皇帝《アンプルール》は、この申《もう》し出《で》をことわる——クイーンたちは、そう思《おも》った。しかし、

「ああ、かまわないよ。」

あっさりと引《ひ》き受《う》けた。そのあと、うでを組《く》む。

「しかし、まいったな。エッグは、おれが死《し》ぬまで門外不出《もんがいふしゅつ》と決《き》めてるんだ。……よし、こうしよう。」

ポンと手《て》を打《う》つ。

「おれが死《し》んだら、お嬢《じょう》さんにエッグをプレゼントしよう。なに、おれは若《わか》く見《み》えるが、かなりの高齢《こうれい》だ。そう長《なが》くない。」

白々《しらじら》しくせきこむ皇帝《アンプルール》。

「いますぐ、遺言書《ゆいごんしょ》を書《か》くとしよう。『皇帝《アンプルール》の死後《しご》、九個《こ》のエッグはパシフィスト嬢《じょう》に譲《ゆず》る。』

——こんな感《かん》じで、いかがかな？」

[よろしいんですの？]

「ああ。じゃあ、一度《いちど》直接《ちょくせつ》会《あ》って、細《こま》かい打《う》ち合《あ》わせをしようじゃないか。明日《あした》、夜景《やけい》のすてきなレストランを予約《よやく》しておこう。ドレスアップはしてこなくていい。きみがかがやきすぎると、せっかくの夜景《やけい》が霞《かす》んでしまうからね。」

[お上手《じょうず》ですね、皇帝《アンプルール》。]

うれしそうなパシフィストの声《こえ》。

通信《つうしん》が切《き》れた。

「お師匠様《ししょうさま》、これは詐欺《さぎ》ではないですか？」

クイーンが質問《しつもん》する。

「おいおい、おれがデートの約束《やくそく》をとり付《つ》けたからって、やっかむんじゃないぞ。」

「やっかんでなんかいません。お師匠様《ししょうさま》が死《し》んだらエッグをプレゼントするのが、詐欺《さぎ》じゃないかっていってるんです。」

「どこが詐欺《さぎ》だ？」

「賭《か》けますか？　ぜったいに、お師匠様はパシフィストより長生《ながい》きしますよ。」

「そうかなぁ……。最近《さいきん》、どうも弱《よわ》ってきてるような気《き》がするんだけどな……。」

また、わざとらしくせきをする。

「この調子《ちょうし》だと、あと百年《ねん》ぐらいしか生《い》きられねぇな。」

皇帝《アンプルール》以外《いがい》の者《もの》が、いっせいにため息《いき》をついた。

「いいかげん、人間《にんげん》として死《し》んだらどうですか？」

クイーンがいうと、

「おまえにだけは、いわれたくねぇな。」

皇帝《アンプルール》が、そっぽをむいた。

そして、気弱《きよわ》な老人《ろうじん》を装《よそお》っていう。

「老《お》い先短《さきみじか》い老人《ろうじん》が、エッグを使《つか》って若《わか》い娘《むすめ》とコミュニケーションをとろうってしてるんだ。見《み》のがしても、罰《ばち》は当《あ》たらないと思《おも》うぞ。」

【エッグの悪用《あくよう》ですね。】

RD《アールディー》が、皇帝《アンプルール》のことばをバッサリ斬《き》りすてた。

クイーンが、つぶやく。

「デートのかけひきに使《つか》うお師匠様《ししょうさま》は論外《ろんがい》として、ウァドエバーは、エッグをどのように使《つか》うつもりなのでしょう？　本人《ほんにん》は、自分以外《じぶんいがい》の悪《あく》をゆるしたくないからといってましたが……。だいたい、エッグの使《つか》い方《かた》とかわかってるのでしょうか？」

「おまえのような古《ふる》い取説世代《とりせつせだい》には、なかなか理解《りかい》できないだろうな。」

上《うえ》から目線《めせん》で、クイーンにいう皇帝《アンプルール》。

クイーンが手《て》をあげる。

「なんですか、トリセツって？」

「取扱説明書《とりあつかいせつめいしょ》のことだよ。」

やれやれという感《かん》じで、皇帝《アンプルール》が肩《かた》をすくめる。

「おれやヤウズのような若者《わかもの》は、スマホやタブレットを買《か》っても、取説《とりせつ》なんか見《み》ないんだよ。感《かん》覚《かく》で、なんとなく使《つか》い方《かた》がわかるのさ。」

「国語《こくご》のテストなら、『いまの文章《ぶんしょう》で、まちがってるところに線《せん》を引《ひ》き、正《ただ》しく直《なお》しなさい。』という問題《もんだい》ができそうですね。」

口《くち》をはさんだクイーンが、皇帝《アンプルール》に頭《あたま》をたたかれる。

ジョーカーは、心《こころ》の中《なか》で「おれやヤウズのような若者《わかもの》は」に線《せん》を引《ひ》き、「ヤウズのような若《わか》者《もの》」と書《か》きかえる。こっそりあらわれたクイーンが、花丸《はなまる》をつけてくれた。

そんなことに気《き》づかない皇帝《アンプルール》は、話《はなし》をつづける。

「エッグにしても、いじってるうちに、ある程度《ていど》わかったからな。現《げん》に、おれやおまえの能力《のうりょく》を、エッグに入《い》れることができた。ウァドエバーのやつは、おれよりエッグについてくわしそうだからな。フィニス・パクトゥンをおこすこともできるんじゃねぇかな。」

——フィニス・パクトゥンをおこせる……。

きいていたものたちの頰《ほお》を、冷《つめ》たい汗《あせ》が流《なが》れる。

皇帝《アンプルール》が、真面目《まじめ》な顔《かお》になった。

「なぁ、クイーン。おまえ、パシフィスト嬢《じょう》の話《はなし》をきいて、どう思《おも》う?」

「……どう思《おも》うと、きかれましても。」

答《こた》えにつまるクイーン。

また、皇帝《アンプルール》は肩《かた》をすくめる。

「島《しま》にきた男《おとこ》が、島民《とうみん》をたすけずに帰《かえ》っていった。それで、人《ひと》だすけについて考《かんが》えてみたんだ。人《ひと》だすけってのは、いいことだといわれてるが……果《は》たしてそうかな？」

「おっしゃる意味《いみ》が、よくわかりません。」

首《くび》をひねるクイーンに、どう説明《せつめい》すればいいか考《かんが》える皇帝《アンプルール》。

「たとえば、フィニス・パクトゥンだ。虐《しいた》げられていた領民《りょうみん》をたすけたのは、いいことなんだろう。しかし、そのタイミングというかやり方《かた》というか……。」

「…………」

「領民《りょうみん》の中《なか》から、なんとかしなければという意識《いしき》が生《う》まれ、それがもとになって領主《りょうしゅ》をたおせたのならよかった。だが、フィニス・パクトゥンはちがう。なんだかわけのわからない力《ちから》で、領主《りょうしゅ》がたおされた。領内《りょうない》は平和《へいわ》になった。——そこに、領民《りょうみん》の覚悟《かくご》はない。」

「…………」

「現《げん》に、フィニス・パクトゥンがおきた街《まち》は、どうなってる？」

クイーンは、RD《アールディー》が集《あつ》めた『フィニス・パクトゥン』の資料《しりょう》にあった話《はなし》を思《おも》いだす。

「領民《りょうみん》がはなれたり、ゴミすて場《ば》になったり——。現代《げんだい》も幸《しあわ》せにのこってる街《まち》は、一つだけです。」

「おれは思《おも》うんだけどな——。人間《にんげん》には、生《い》きたいという強《つよ》い意志《いし》と覚悟《かくご》が必要《ひつよう》なんだと思《おも》う。それがなく、なにからなにまでめんどう見《み》てもらったら、それは生《い》きてるといえないだろ。生《い》かされてるんだ。」

皇帝《アンプルール》のことばに、クイーンはうなずいた。

ジョーカーは、思《おも》いだす。クイーンと初《はじ》めて会《あ》ったときのことを。

——あのとき、ぼくは死《し》んでもいいと思《おも》っていた。というか、もう死《し》んでるような状態《じょうたい》だった。そんなぼくに、クイーンは「生《い》きろ。」といった。クイーンのおかげで、ぼくは生《い》きようとする意志《いし》と覚悟《かくご》を持《も》てた。もしぼくが生《い》きようとしなかったら……。

ジョーカーが、クイーンを見《み》る。なぜ見《み》られたのかわからないクイーンは、「ん？」と首《くび》をかしげる。

——クイーンは、たすけなかっただろうな。

皇帝《アンプルール》が、心配《しんぱい》そうにつぶやく。

「ウァドエバーのやつ、それがわかってんのかな……。」

そして、ため息《いき》。

「もっとも、やつがどこにいったのかわからねぇから、心配《しんぱい》してもしかたねぇな。」

［ヴァドエバーの動《うご》きがとまりました。現在位置《げんざいいち》、特定《とくてい》できます。］

RD《アールディー》からの報告《ほうこく》が、医務室《いむしつ》にひびく。

クイーンが、おどろいてる皇帝《アンプルール》にいう。

「使《つか》えないやつでも、やるべきことはやってるんですよ。」

そして、ウインク。

つづいて、ジョーカーにむかっていう。

「すぐに予告状《よこくじょう》を書《か》いてくれたまえ。早朝《そうちょう》、九個《こ》のエッグを頂戴《ちょうだい》しに参上《さんじょう》しますと。宛名《あてな》は、ヴァドエバー――。」

「わかりました。」

こたえるジョーカーは、クイーンが仕事《しごと》をする気《き》になった喜《よろこ》びで、満《み》ちあふれていた。

Scene《シーン》11

昔話《むかしばなし》 is《イズ》 "long《ロング》, long《ロング》 ago《アゴー》――"

朝靄《あさもや》につつまれた山《やま》――。

まわりは、原生林《げんせいりん》。まだ、人《ひと》の手《て》がはいったことがない場所《ばしょ》。

林《はやし》の中《なか》に、ぽっかりできた空《あ》き地《ち》。その真《ま》ん中《なか》に、背広姿《せびろすがた》のウァドエバーは立《た》っている。

周囲《しゅうい》の木《き》からのびた枝《えだ》が、上空《じょうくう》から空《あ》き地《ち》をかくしている。

ときおり、鳥《とり》や鹿《しか》の鳴《な》き声《ごえ》がひびく。

ザザザと、木《き》の枝《えだ》をゆらすのは猿《さる》だろうか。

耳《みみ》を澄《す》ますと、かすかな風《かぜ》の音《おと》や水《みず》の流《なが》れる音《おと》がきこえる。


「…………」


ウァドエバーは、グルリとまわりを見《み》てから、木《き》の枝《えだ》をひろった。

地面《じめん》に枝《えだ》で円《えん》を描《か》く。円《えん》の中心《ちゅうしん》から、太陽《たいよう》が光《ひかり》をはなつように九本《ほん》の線《せん》を延《の》ばし、九分割《ぶんかつ》する。

そして、背中《せなか》に背負《せお》っていた袋《ふくろ》から九個《こ》のエッグを出《だ》し、延《の》ばした線《せん》の先《さき》においた。

ウァドエバーは、円《えん》の中心《ちゅうしん》にもどると、どっかりすわった。

背広《せびろ》の内《うち》ポケットから手帳《てちょう》を出《だ》す。中《なか》には、見慣《みな》れぬ文字《もじ》のようなものと、奇妙《きみょう》な植物《しょくぶつ》の絵《え》などが、描《か》きうつされている。

絵《え》の中《なか》の一つ——円《えん》のまわりに九つの星《ほし》が描《か》かれたものを見《み》る。絵《え》は、三枚連続《まいれんぞく》で描《か》かれていて、つづけて見《み》ると星《ほし》が回転《かいてん》してるようだ。

ウァドエバーが配置《はいち》したエッグと、手帳《てちょう》の図《ず》を見《み》くらべる。

手帳《てちょう》を内《うち》ポケットにしまうと、

「フィニス・パクトゥン。」

とつぶやいた。

つぎの瞬間《しゅんかん》——。

山《やま》から音《おと》が消《き》えた。風《かぜ》の音《おと》や水《みず》の流《なが》れる音《おと》、獣《けもの》の鳴《な》き声《ごえ》——あらゆる音《おと》が消《き》えた。

うすれていた朝靄《あさもや》が、また濃《こ》くなってくる。いや、それは朝靄《あさもや》ではない。九個《こ》のエッグからでている湯気《ゆげ》のようなものが、渦《うず》を巻《ま》き、あたりにひろがっている。

ウァドエバーは、満足《まんぞく》そうにほほえむ。

湯気《ゆげ》のようなものが、周囲《しゅうい》をおおいつくそうとしたとき、

「むっすめさん、よっくきぃ〜けぇよ！　山男《やまおとこ》にゃ、ほぉおれぇるなよぉ〜！」

歌声《うたごえ》がきこえてきた。

突然《とつぜん》、山《やま》に音《おと》がもどる。

うすれていく湯気《ゆげ》のようなもののむこうから、一人《ひとり》の人間《にんげん》が歩《ある》いてくる。

「朝《あさ》の山《やま》は、気持《きも》ちいいね。心《こころ》が洗《あら》われるようだ。」

あらわれたのはクイーンだ。

大《おお》きく深呼吸《しんこきゅう》すると、「やっほぉ〜！」とさけぶ。いくつか、こだまが返《かえ》ってくる。

好《す》き勝手《かって》な行動《こうどう》をするクイーンに、ウァドエバーはあわてる。

「目立《めだ》つことをするんじゃない！」

「えっ、なんだって？」

悪意《あくい》があるのかないのか……首《くび》をかしげるクイーンは、木《き》の枝《えだ》をチョロチョロするリスにそっくりだ。

クイーンが予告状《よこくじょう》を出《だ》し、ウァドエバーにむかって投《な》げる。

二本《ほん》の指《ゆび》でキャッチするウァドエバー。

「なんだ、これは？」

「予告状《よこくじょう》だよ。」

クイーンにいわれ、ウァドエバーは予告状《よこくじょう》を読《よ》む。あきれた声《こえ》で、読《よ》んだ感想《かんそう》をいう。

「きみは、予告状《よこくじょう》の意味《いみ》を知《し》ってるのかい？　犯行《はんこう》のまえに出《だ》すから、予告状《よこくじょう》なんだ。予告状《よこくじょう》をとどけてそのまま犯行《はんこう》に及《およ》ぶってのは、怪盗《かいとう》の美学《びがく》に反《はん》するんじゃないのかね？」

クイーンは、肩《かた》をすくめる。

「しかたないじゃないか。こんな山奥《やまおく》、予告状《よこくじょう》をとどける手段《しゅだん》がないからね。予告状《よこくじょう》をとどけて、また出直《でなお》すのも二度手間《にどでま》になる。——勘弁《かんべん》してくれないか。」

ペロリと舌《した》を出《だ》すクイーン。

ウァドエバーは、ため息《いき》をついてからきく。

「なぜ、この場所《ばしょ》がわかった？」

その質問《しつもん》にこたえず、クイーンはちがうことをきく。

「きみは、日本《にっぽん》の昔話《むかしばなし》『舌切《したき》り雀《すずめ》』を知《し》ってるかい？」

「……なんだ、それは？」

首《くび》をひねるヴァドエバーに、またクイーンは肩《かた》をすくめる。

「やれやれ。わたしの能力《のうりょく》をコピーしたのなら、日本《にっぽん》の風土文化《ふうどぶんか》にくわしくなってるはずなんだけどね。エッグのコピー機能《きのう》も、たいしたことないじゃないか。」

ヴァドエバーのこめかみに、すこしだけ青筋《あおすじ》がうかんだ。人《ひと》をからかう能力《のうりょく》や、からかい返《かえ》す能力《のうりょく》は、コピーされてないようだ。

クイーンが、『舌切《したき》り雀《すずめ》』の説明《せつめい》にはいる。

「どの国《くに》の親《おや》も、子《こ》どもにはうそをつかない正直《しょうじき》な人間《にんげん》になってほしいと願《ねが》っている。これは、そんな気持《きも》ちから生《う》まれた話《はなし》なんだろう。親《おや》は、子《こ》どもがうそをついたときに、『舌切《したき》り雀《すずめ》がくるよ。』というんだ。舌切《したき》り雀《すずめ》——それは、うそをついた子《こ》どもの舌《した》を切《き》りにくる雀《すずめ》。ハヤブサよりも速《はや》く飛《と》び、鷹《たか》よりもするどい爪《つめ》を持《も》ち、フクロウよりも知恵《ちえ》がある。クチバシは、鋭利《えいり》な刃物《はもの》になっていて、かるく子《こ》どもの舌《した》を切《き》りとってしまう。どこにかくれても、舌切《したき》り雀《すずめ》は飛《と》んでくる。鳥《とり》だから、夜《よる》は飛《と》べないだろう——そう思《おも》うかもしれないが、舌切《したき》り雀《すずめ》は真夜中《まよなか》でもやってくる。一度《いちど》でも、うそをついたらおわり。舌切《したき》り雀《すずめ》は、やってくる……。」

ヴァドエバーが、ゴクリと唾《つば》を飲《の》む。

体《からだ》をブルッとふるわせるクイーン。

「わたしは、この話《はなし》をきいたとき、二度《にど》とうそはつかないと誓《ちか》ったよ。」

さっそく、うそをつく。

しかし、ウァドエバーには、『舌切《したき》り雀《すずめ》』の教訓《きょうくん》が伝《つた》わったようだ。

「東洋《とうよう》の神秘《しんぴ》だな……。」

ウァドエバーの頬《ほお》を、冷《つめ》たい汗《あせ》が流《なが》れた。

「で、そのホラー話《ばなし》が、この場所《ばしょ》をつきとめたことと、どうかかわってくるんだ？」

「『舌切《したき》り雀《すずめ》』の中《なか》には、ご飯粒《はんつぶ》をつぶしてつくった糊《のり》を食《た》べてしまった小坊主《こぼうず》のエピソードがある。小坊主《こぼうず》は、和尚様《おしょうさま》から『この糊《のり》は、子《こ》どもには毒《どく》だから食《た》べてはいけない。』といわれていたんだ。」

「だから、それがなんの関係《かんけい》がある？」

すこし苛立《いらだ》ったウァドエバーの声《こえ》。

クイーンが、余裕《よゆう》のないやつめという感《かん》じでウァドエバーを見《み》る。

「背広《せびろ》の後《うし》ろをさわってみたまえ。ご飯粒《はんつぶ》で、超小型発信器《ちょうこがたはっしんき》を貼《は》り付《つ》けてあるから。」

ウァドエバーが、手《て》を背中《せなか》にまわす。指先《ゆびさき》に、つぶしたご飯粒《はんつぶ》でつけた超小型発信器《ちょうこがたはっしんき》がひっつく。

「手軽《てがる》につくれる糊《のり》だけど、なかなかのものだろ。日本《にっぽん》では、瞬間接着剤《しゅんかんせっちゃくざい》のかわりに使《つか》ったりもするんだ。」

舌切り雀《したきりすずめ》の大群《たいぐん》が飛《と》んできそうなうそをつくクイーン。

ウァドエバーが、発信器《はっしんき》を指先《ゆびさき》でつぶす。

「まぁ、いい。発信器《はっしんき》はこわしたし、あとはきみを始末《しまつ》すれば、この場所《ばしょ》を知《し》る者《もの》はいなくなる。」

背広《せびろ》の上着《うわぎ》をとり、自分《じぶん》の姿《すがた》をかくすようにふるウァドエバー。フワリと、黒髪《くろかみ》がひろがる。

ウァドエバー――いや、ブラッククイーンが立《た》っている。

服装《ふくそう》と髪《かみ》の色《いろ》がちがうが、まるで鏡《かがみ》にうつしたかのように似《に》ているクイーンとブラッククイーン。

「さて――。」

先《さき》に動《うご》いたのは、ブラッククイーンだ。木《こ》の葉《は》が風《かぜ》に飛《と》ばされるように、スッと距離《きょり》をつめる。

「ちょっと待《ま》った！」

クイーンが手《て》をのばし、ブラッククイーンを制《せい》した。

「なんだい、命乞《いのちご》いかな？」

ブラッククイーンの質問《しつもん》に、クイーンは指《ゆび》をチッチッチとふる。

「いや、きみをたおしてしまえば、ききたいこともきけなくなる。だから、いまのうちに話《はな》してもらおうと思《おも》ってね。」

「話《はなし》って……なにをだ？」

「いや、どうしてきみがエッグをほしがってるのかと思《おも》ってね。よければ、その理由《りゆう》を教《おし》えてほしいんだ。」

クイーンが、腰《こし》のバックルからキャンディを出《だ》す。

「アメちゃん、食《た》べる？」

ルイーゼの声《こえ》でいった。

「…………」

ブラッククイーンは、クイーンがさしだすキャンディを見《み》てから、一つつまんだ。

ほほえむクイーン。

ブラッククイーンが、キャンディを口《くち》にほうりこむ。

「きいても、楽《たの》しくない話《はなし》だぞ。」

「かまわない。ただし、うそはいわないほうがいい。舌切り雀《したきりすずめ》が飛《と》んでくるからね。」

クイーンのことばに、ビクッとするブラッククイーン。周囲《しゅうい》を警戒《けいかい》しながら、たおれた木《き》の上《うえ》にすわる。その横《よこ》に、クイーンもすわった。

ブラッククイーンが、口《くち》をひらく。


わたしが生《う》まれたのは、六番目《ばんめ》のフィニス・パクトゥンがおきた街《まち》だ。もっとも、それを知《し》ったのは、街《まち》をでてからのことだけどね……。

おぼえてるのは、ゴミの山《やま》。いくつもの、ゴミの山《やま》。

大《おお》きな山《やま》のむこうから太陽《たいよう》が昇《のぼ》り、小《ちい》さな山《やま》のむこうにしずむ。そのくりかえしの毎日《まいにち》。

ふった雨《あめ》は、ゴミの山《やま》のせいで地面《じめん》にまでとどかない。

わたしたちの街《まち》は、ゴミの山《やま》におおいつくされていた。

「この下《した》には、みんなのご先祖様《せんぞさま》がすんでいた家《いえ》がある。そして、領主様《りょうしゅさま》がすんでいた城《しろ》がある。」

大人《おとな》たちは、そういってゴミの山《やま》をウロウロしてた。

なかには、ゴミの山《やま》をどけて、家《いえ》や城《しろ》を掘《ほ》りおこそうとした人《ひと》もいたそうだ。でも、すぐにあきらめた。どれだけどけても、すぐにゴミは持《も》ちこまれたからだ。

「どうして、おれたちの街《まち》に、ゴミをすてるんだ？」

だれかがきいたが、答《こた》えはいつも決《き》まっていた。

「ここが、ゴミをすてるのにいちばん似合《にあ》ってるからだ。」

ゴミをすてるのに、似合《にあ》う場所《ばしょ》——かつてフィニス・パクトゥンがおきた街《まち》は、そうよばれていた。

大人《おとな》たちは、おこらなかった。

フィニス・パクトゥンがおきた街《まち》というのは、大人《おとな》たちにとって、誇《ほこ》れることじゃなかったようだ。

大人《おとな》たちは二種類《しゅるい》いた。

ご先祖様《せんぞさま》のことを、〝自分《じぶん》たちではなにもせず、わけのわからない力《ちから》にたすけてもらった連《れん》中《ちゅう》〟——そう思《おも》っていた大人《おとな》は、はやくから街《まち》をでていった。

特《とく》になんとも思《おも》わない大人《おとな》は、死《し》ぬまで街《まち》にいた。生《い》きてるのではなく、生《い》かされてる大人《おとな》だと、わたしには思《おも》えた。そして、そんな大人《おとな》が大半《たいはん》だった。

わたし？

わたしは、ご先祖様《せんぞさま》のことを、〝自分《じぶん》たちの力《ちから》で生《い》きることをやめた連中《れんちゅう》。フィニス・パクトゥンで生《い》かされた連中《れんちゅう》〟、そんなふうに思《おも》ってる。

どれだけご先祖様《せんぞさま》が苦《くる》しんだかを、わたしは体験《たいけん》していない。だから、そんなふうに感《かん》じてしまうのも、しかたないことだろう。

さっきもいったが、自分《じぶん》で生《い》きることをえらんだ連中《れんちゅう》は、街《まち》をでていった。生《い》かされることをえらんだ者《もの》がのこった。

そんな街《まち》は、ゴミすて場《ば》にふさわしいと思《おも》われてもしかたないのかもしれない……。

最初《さいしょ》の記憶《きおく》は、まぶしいということだった。

ゴミの山《やま》のむこうから太陽《たいよう》が顔《かお》を出《だ》し、地面《じめん》に寝《ね》かされたわたしを照《て》らしていた。

わたしは泣《な》いていた。暑《あつ》いし、お腹《なか》がすいていたし……。たすけてほしくて、ずっと泣《な》いていた。

でも、だれもたすけてくれない。泣《な》いてもたすけてくれない。それを、おぼえた。

つぎにおぼえてるのは、ゴミの山《やま》を歩《ある》いてること。

ボロ布《ぬの》を巻《ま》いた足《あし》が、ゴミをふむ。ときどき、足《あし》でゴミをかき分《わ》け、そしてなにかありそうだったら、手《て》でゴミを掘《ほ》る。——そのくりかえしだ。

小《ちい》さいときは、とにかく食《く》えるものをさがしていた。できるだけ腐《くさ》っていないもの。味《あじ》なんか、どうでもいい。においなんか気《き》にしない。とにかく、食《く》えるものをさがした。

腐《くさ》ってるものは、できるだけ食《く》わないように気《き》をつけた。食《く》えば、苦《くる》しむのがわかっていたし、下手《へた》すれば死《し》ぬ。

大《おお》きくなるにつれ、食《く》い物以外《ものいがい》に、金《かね》になるものをさがすようになった。

二日《ふつか》に一度《ど》くらい、それは見《み》つかった。

ゴミをはこんでくる連中《れんちゅう》にそれを見《み》せると、いくらかの金《かね》をくれた。金《かね》のかわりに食料《しょくりょう》をわたしてくることもあったが、それはことわった。

食《く》い物《もの》は、腐《くさ》りかけてても、ゴミの中《なか》にある。しかし、ゴミの中《なか》に金《かね》はない。あたりまえのことかもしれないが、真実《しんじつ》だ。

そして金《かね》があれば、このゴミの街《まち》からぬけだせることを、わたしは知《し》っていた。

金《かね》を貯《た》めて、街《まち》をでる。それがわたしの生《い》き甲斐《がい》になった。

家族《かぞく》は……いた。

あまりおぼえてないけど、父親《ちちおや》と母親《ははおや》、そして姉《あね》と、弟《おとうと》が二人《ふたり》。

わたしの背《せ》が母《はは》とおなじになるころ、父《ちち》が死《し》んだ。

だからといって、生活《せいかつ》がかわるわけじゃない。父《ちち》から分《わ》けてもらう食料《しょくりょう》が、なくなった。それぐらいの変化《へんか》だ。

葬儀《そうぎ》などしない。墓《はか》もつくらない。

死《し》んだら、ゴミの山《やま》の外《はず》れに埋《う》める——それだけだ。その上《うえ》に、ゴミがすてられるが、気《き》にしない。

人《ひと》は、死《し》ねばゴミのようなものだ。

ゴミの上《うえ》にゴミがすてられて、新《あたら》しいゴミの山《やま》が生《う》まれる——それだけの話《はなし》だ。

姉《あね》は、いつの間《ま》にかいなくなっていた。死《し》んだのではなく、街《まち》をすてたんだと思《おも》う。それからは、どうなったかいまも知《し》らない。もちろん、死《し》んでるかもしれないし、運《うん》よく生《い》きてるかもしれない。

上《うえ》の弟《おとうと》も、いつの間《ま》にかいなくなった。でも、こちらは死《し》んだのがはっきりしている。死体《したい》を、この目《め》で見《み》たからね。

母《はは》は、弟《おとうと》が死《し》んでから、すぐに死《し》んだ。

「やっと楽《らく》になれる。」

それが母《はは》の最期《さいご》のことばだった。

死《し》んだら楽《らく》になる――そう思《おも》ってるのなら、なぜはやく死《し》ななかったのか？　ゴミの山《やま》で生活《せいかつ》する――そんな人生《じんせい》を、どうしてはやくすてなかったのか？

答《こた》えを教《おし》えてくれる者《もの》はいなかった。

わたしと、下《した》の弟《おとうと》だけがのこされた。

しかし、下《した》の弟《おとうと》も、母《はは》が死《し》んだつぎの年《ねん》に死《し》んだ。いや……殺《ころ》された。

彼《かれ》を殺《ころ》したのは、わたしだ。

弟《おとうと》は、病気《びょうき》だった。

わたしは、傷《いた》んでない食《た》べ物《もの》は弟《おとうと》にまわすようにしていた。しかし、それだけでは病気《びょうき》は治《なお》らない。

弟《おとうと》は、どんどん弱《よわ》っていった。

病院《びょういん》につれていかなければ死《し》んでしまう状態《じょうたい》になって、わたしは迷《まよ》った。

金《かね》はある。小《ちい》さいときから、一度《いちど》も使《つか》うことなく貯《た》めた金《かね》だ。しかし、それを使《つか》えば、わたしがゴミの街《まち》からでることができなくなる。

迷《まよ》ってしまったんだ……。

わたしは、哀《かな》しかった。

弟《おとうと》のことじゃない。人《ひと》が病気《びょうき》になり死《し》ぬのは、自然《しぜん》なことだ。しかたがない。

哀《かな》しかったのは、病院《びょういん》へつれていくのを迷《まよ》う自分《じぶん》の心《こころ》。弟《おとうと》のために、金《かね》を使《つか》うことができない自分《じぶん》……。弟《おとうと》の命《いのち》より、自分《じぶん》がゴミの街《まち》からにげることを大事《だいじ》にしてること……。それが、哀《かな》しかった。

「悪《あく》」とは、なんだと思《おも》う？

わたしにとって「悪《あく》」とは、自分《じぶん》のことしか考《かんが》えないことだ。

自分《じぶん》だけよければ、それでいい。

自分《じぶん》のためなら、まわりの者《もの》がどんな目《め》にあってもかまわない。

わたしにとって、それが「悪《あく》」だ。

けっきょく、わたしは弟《おとうと》を病院《びょういん》につれていかなかった。

……おそかったんだ。わたしが迷《まよ》ってるうちに、弟《おとうと》は死《し》んでしまった。

このとき、わたしの中《なか》になにかが生《う》まれた。

そのなにかは、わたしにいった。

「もう、なにも迷《まよ》うことはない。おまえは、自分《じぶん》のやりたいことをやりたいようにやればいいんだ。」

わたしは、そのことばといっしょに、ゴミの街《まち》をでた。


街《まち》をでて、たくさんの悪《あく》があふれてることを、わたしは知《し》った。

ゴミのこともそうだ。

自分《じぶん》たちのゴミなのに自分《じぶん》たちで処理《しょり》せず、わたしたちの街《まち》にすてた。

わたしたちの街《まち》にゴミの山《やま》ができるのは、かまわない。自分《じぶん》たちの街《まち》がきれいになりさえすれば。――この考《かんが》え方《かた》は、悪《あく》だ。

自分《じぶん》たちの正義《せいぎ》のためにエッグをほしがる国際刑事警察機構《ICPO》も、わたしにとっては悪《あく》だ。

そして、たくさんの悪《あく》と悪《あく》が、衝突《しょうとつ》して戦《たたか》いがおこる。

不快《ふかい》なのは、それぞれが「正義《せいぎ》」を名乗《なの》ってることだ。まったく、美《うつく》しくない。さらに美《うつく》しくないのは、自分《じぶん》たちの「正義《せいぎ》」を疑《うたが》わないこと……。

……最悪《さいあく》だよ。

自分《じぶん》のために弟《おとうと》を見殺《みごろ》しにしたわたしは、悪《あく》だ。それをごまかす気《き》はない。

そして、わたしは、わたし以外《いがい》の悪《あく》がゆるせない。

この世界《せかい》に、悪《あく》は一つ——このわたしだけでいい。


これから九個《こ》のエッグを使《つか》い、フィニス・パクトゥンをおこす。

時間軸《じかんじく》の修正《しゅうせい》をし、わたしだけが悪《あく》という世界《せかい》を実現《じつげん》する。エッグ一個《こ》ではむりかもしれないが、九個《こ》もあれば可能《かのう》だろう。

エッグをどう配置《はいち》するかは迷《まよ》った。ふと思《おも》いついたのが、ヴォイニッチ文書《ぶんしょ》だ。

あれに載《の》っている円《えん》の図《ず》を手帳《てちょう》に書《か》きうつしてきた。それを参考《さんこう》に、ならべてみた。

エッグを起動《きどう》させるのはかんたんだ。「フィニス・パクトゥン」——このことばで、起動《きどう》する。細《こま》かい設定《せってい》をすることばもあるかもしれないが、わたしは知《し》らない。

九個《こ》のエッグは起動《きどう》し、時間軸《じかんじく》の修正《しゅうせい》が始《はじ》まった。

それを邪魔《じゃま》したのが、きみの歌声《うたごえ》だ……。

Scene《シーン》12

決戦《けっせん》 is《イズ》 QUEEN《クイーン》 vs.《ヴァーサス》 BLACKQUEEN《ブラッククイーン》

「知《し》らないのかい？　山《やま》に登《のぼ》るときは、あれを歌《うた》わないとダメなんだよ。それが、日本《にっぽん》の決《き》まりなんだ。」

得意《とくい》げに語《かた》るクイーン。

「これからは気《き》をつけるようにしよう。」

真剣《しんけん》な顔《かお》でうなずくブラッククイーン。

クイーンが、大《おお》きく伸《の》びをして空《そら》を見上《みあ》げる。

「ずいぶん長《なが》い話《はなし》だったが、うそはいってないようだね。舌切《したき》り雀《すずめ》が、飛《と》んできてない。」

ブラッククイーンも、ビクッとして空《そら》を見《み》た。

木《き》の枝《えだ》の間《あいだ》から、青空《あおぞら》が見《み》える。

「今日《きょう》もいい天気《てんき》になりそうだね。」

のんびりした声《こえ》のクイーン。

「しかし、あまりのんびりしてるわけにもいかない。きみは、フィニス・パクトゥンをおこしたいんだろ？　わたしも、はやくエッグを持《も》ち帰《かえ》らないといけないんだ。お師匠様《ししょうさま》が、グチグチとうるさくてね。」

「皇帝《アンプルール》も、フィニス・パクトゥンをおこす気《き》なのか？」

この質問《しつもん》に、クイーンは首《くび》を横《よこ》にふる。

「漬物《つけもの》の漬《つ》かりが悪《わる》くなるのを心配《しんぱい》してるんだ。」

「………………」

なんともいえない顔《かお》をするブラッククイーン。

立《た》ちあがり、二人《ふたり》はたがいに背《せ》をむけた。

距離《きょり》をとり、むかい合《あ》う。うでをのばし、肩《かた》をまわす二人《ふたり》。その場《ば》でかるくとび、体《からだ》をほぐす。

クイーンの背後《はいご》を見《み》て、ブラッククイーンがきく。

「きみ一人《ひとり》しかきてないようだが、皇帝《アンプルール》はきてないのかい？　――ああ、重傷《じゅうしょう》のヤウズくんに付《つ》きそっているわけか。」

「……まぁ、そんなところかな。」

ごまかすクイーン。

――ブラッククイーンは、二つかんちがいしている。皇帝《アンプルール》がこないのは、ヤウズくんの看病《かんびょう》ではなく、デートの準備《じゅんび》でいそがしいからだ。あと、ヤウズくんは、ほぼ回復《かいふく》している。でも、こんなことをいわなくてもいいか。

つづけて、ブラッククイーンが質問《しつもん》する。

「きみには、ジョーカーくんとRD《アールディー》という友《とも》だちがいたと思《おも》うのだが、彼《かれ》らは助太刀《すけだち》にこないのかい？」

ブラッククイーンの質問《しつもん》に、回線《かいせん》をひらきっぱなしの通信機《つうしんき》できいていたジョーカーとRD《アールディー》が、

「ぼくは、友《とも》だちではなく、一介《いっかい》のパートナーです！」

【わたしも、一介《いっかい》の人工知能《じんこうちのう》ですからね！】

「この点《てん》を、しっかりブラッククイーンに伝《つた》えておいてください！」

【誤解《ごかい》を撒《ま》き散《ち》らすようなまねは、慎《つつし》んでください！】

すかさず注文《ちゅうもん》をつけた。

クイーンは、耳《みみ》をおさえてから、通信機《つうしんき》の回線《かいせん》をとじる。

そして、笑顔《えがお》をつくると、

「彼《かれ》らも、ここへきたがったんだ。友だちとして、わたしのことが心配《しんぱい》でしかたないようだね。

しかし、彼《かれ》らにはほかの仕事《しごと》がある。いま、それをやってもらってるところだよ。」

「どうしたんだい？　なんだか泣《な》きそうな顔《かお》をしてるが……。」

――泣《な》いてなんかないやい！

心《こころ》の中《なか》でさけび、クイーンは目《め》をぬぐった。

こんどはクイーンがきく。

「きみは、自分《じぶん》は悪《あく》だといったが、それはまちがってないか？」

「なぜだ？」

「『悪《あく》』を自分《じぶん》のことしか考《かんが》えてない者《もの》と定義《ていぎ》したが、きみは、それに当《あ》てはまらない。」

「フッ……。バカなことを――。」

クイーンのことばを鼻《はな》で笑《わら》うブラッククイーン。

しかし、クイーンはやめない。

「さっきの話《はなし》、きみは弟《おとうと》をたすけるかどうか迷《まよ》っていた。もし自分《じぶん》のことしか考《かんが》えない人間《にんげん》だったら、迷《まよ》う必要《ひつよう》ない。あっさり見殺《みごろ》しにしていただろう。」

「…………」

「探偵卿《たんていきょう》たちに毒《どく》を盛《も》ったときも、おなじだ。きみは、助手《じょしゅ》のパイカルくんが探偵卿《たんていきょう》になりたがってるからという理由《りゆう》で、彼《かれ》らの命《いのち》をたすけた。——これも、パイカルくんのことを気遣《きづか》ったからだ。」

「…………」

「きみは、悪《あく》になりきれてない。」

クイーンが、ビシッとブラッククイーンを指《ゆび》さす。

つぎの瞬間《しゅんかん》、拳《こぶし》をかためたブラッククイーンは動《うご》いていた。

クイーンのことばにおこったんじゃない。「自分《じぶん》は悪《あく》」——そう思《おも》っていたのを否定《ひてい》され、とまどったのだ。

あとは、煩《わずら》わしさ。自分《じぶん》のことを「悪《あく》」ではないと決《き》めつけるクイーンが、煩《わずら》わしかった。

——クイーンをたおせば、とまどいも煩《わずら》わしさも消《き》える。

距離《きょり》をつめ、突《つ》きと蹴《け》りの連打《れんだ》をはなつ。

クイーンは、それらすべての攻撃《こうげき》を、かるく受《う》け流《なが》す。

「動揺《どうよう》してるのかな？　動《うご》きがガチガチだよ。それじゃあ、何百年《なんびゃくねん》たっても、わたしに傷《きず》を負《お》わせることはできないね。」

「うるさい！　戦《たたか》いに集中《しゅうちゅう》しろ！」

ブラッククイーンがさけんだ。そして、全力《ぜんりょく》の右《みぎ》の突《つ》きをはなつ。

クイーンは、羽毛《うもう》のようにうかぶと、ブラッククイーンの拳《こぶし》の上《うえ》に立《た》つ。そこから、頭上《ずじょう》の枝《えだ》にむかってとんだ。

枝《えだ》に腰《こし》を下《お》ろしたクイーンは、ブラッククイーンにいう。

「じゃあ、最後《さいご》に一つだけ――。きみは、わたしに勝《か》てない。」

「…………。」

「いくら、わたしの能力《のうりょく》を完璧《かんぺき》にコピーしたといっても、所詮《しょせん》はコピー。わたし《オリジナル》には、勝《か》てないよ。」

地面《じめん》に下《お》りるクイーン。

「おとなしくエッグをわたせば、むだな時間《じかん》をすごさなくてすむ。――どうするね？」

「…………。」

クイーンは、考《かんが》える時間《じかん》をあたえる。

しばらくして、ブラッククイーンは楽《たの》しそうにいった。

「ホッとするよ。ようやく、不快《ふかい》なおしゃべりがおわった。」

おちついた声《こえ》。ブラッククイーンが、大《おお》きく伸《の》びをする。

「ここからは、本気《ほんき》でいかせてもらおう。」

つぎの瞬間《しゅんかん》、ブラッククイーンの姿《すがた》が消《き》えた。

クイーンは、自分《じぶん》の目《め》が信《しん》じられなかった。

ブラッククイーンが瞬間的《しゅんかんてき》に移動《いどう》したことは、わかった。それが、目《め》にもとまらないスピードだということもわかった。

ただ、信《しん》じられなかったんだ。

——このスピード……。まるで、お師匠様《ししょうさま》のようだ。

そのとき、クイーンは気《き》づいた。

——ブラッククイーンが、お師匠様《ししょうさま》の能力《のうりょく》もコピーしてたら……。

反射的《はんしゃてき》に、クイーンはとんだ。

鎌鼬《かまいたち》のような旋風《せんぷう》が、クイーンがいた空間《くうかん》をなぎはらう。

もし避《よ》けなかったら、体《からだ》が真《ま》っ二《ぷた》つになるような疾風《はやて》だ。危険《きけん》を感《かん》じてからでは、間《ま》に合《あ》わなかった。

クイーンは、頭上《ずじょう》にのびている枝《えだ》にぶらさがり、考《かんが》える。

——これは、お師匠様《ししょうさま》の『風《ヴァン》』の攻撃《こうげき》とおなじ。まちがいない、ブラッククイーンは、お師匠《ししょう》様《さま》の能力《のうりょく》も持《も》っている。

「いま、わたしが皇帝《アンプルール》の能力《のうりょく》もコピーしてるって考《かんが》えてるんじゃないかい?」

足下《あしもと》で声《こえ》がした。

ブラッククイーンが、クイーンを見上《みあ》げている。

「だったら、答《こた》えはイエス。いまのわたしには、きみと皇帝《アンプルール》の能力《のうりょく》が同居《どうきょ》している。」

スッと右手《みぎて》をふるブラッククイーン。

斬《ざん》!

クイーンがにぎっている枝《えだ》が、切断《せつだん》される。

空中《くうちゅう》で一回転《かいてん》して、クイーンが地面《じめん》に下《お》りた。

「もう一つ、きみが考《かんが》えてることを当《あ》ててみせよう。」

ブラッククイーンが、クイーンを指《ゆび》さす。

「きみは、おそれている。クイーンと皇帝《アンプルール》の能力《のうりょく》を持《も》ってる者《もの》を相手《あいて》にできない。この戦《たたか》い、勝《か》てない。——そうだろ？」

「…………」

「にげる？　それも、むりだ。いまから、きみは死《し》ぬ。これは、もう確定《かくてい》してるんだよ。」

うつむいてきいていたクイーンの肩《かた》がふるえる。

フッと笑《わら》うブラッククイーン。

「こわいのかい？　安心《あんしん》したまえ、すぐに恐怖《きょうふ》も痛《いた》みも感《かん》じなくなる。」

クイーンが顔《かお》をあげた。その表情《ひょうじょう》に恐怖《きょうふ》はない。いや、恐怖《きょうふ》どころか、楽《たの》しそうな笑《え》みがうかんでいる。

肩《かた》のふるえが大《おお》きくなる。そのまま大爆笑《だいばくしょう》。

目《め》にうかんだ涙《なみだ》をぬぐいながら、ブラッククイーンにいった。

「きみが皇帝《アンプルール》の能力《のうりょく》を持《も》ってるから、おそれてる？　このわたしが？　——いや、これほど楽《たの》しい話《はなし》をきいたのは、ひさしぶりだ。」

「…………」

「わたしは、うれしいんだよ。いままで、いろんな敵《てき》を相手《あいて》にしてきたけど、どこか遠慮《えんりょ》があった。でも、敵《てき》がお師匠様《ししょうさま》なら話《はなし》は別《べつ》。」

その瞬間《しゅんかん》、爆発《ばくはつ》するような殺気《さっき》がクイーンをつつんだ。

ブラッククイーンは、にげることもできず考《かんが》える。

——ひょっとして、わたしは逆鱗《げきりん》に触《ふ》れてしまったのだろうか……。

クイーンのくちびるが、楽《たの》しそうにゆがむ。

「地球《ちきゅう》の果《は》てまで、ぶっ飛《と》ばせる！」

クイーンが動《うご》いた——そう気《き》づいたときに、もうブラッククイーンは地面《じめん》にたおれていた。

なにがおきたのかもわからない。体《からだ》を動《うご》かそうにも、ピクリともしない。まるで、瞬間冷凍《しゅんかんれいとう》されたようだ。

速《はや》くて重《おも》い攻撃《こうげき》を受《う》けたのだと気《き》づいたが、それだけ。なにもできない。

たおれてる自分《じぶん》をのぞきこむクイーンの顔《かお》。

「はやく起《お》きあがりたまえ。無抵抗《むていこう》のお師匠様《ししょうさま》を攻撃《こうげき》しても、楽《たの》しくない。」

ブラッククイーンには、それが悪魔《あくま》の顔《かお》のように見《み》えた。

ヨロヨロと立《た》ちあがるブラッククイーン。

息《いき》をととのえ、クイーンにいう。

「わたしは、皇帝《アンプルール》の能力《のうりょく》をコピーしただけだ。皇帝《アンプルール》ではない。——それは、わかってるのか？」

　クイーンは、大《おお》きくうなずく。

「頭《あたま》では、よくわかってるよ。しかし、感情《かんじょう》は別《べつ》だ。きみのことを〝お師匠様《ししょうさま》のコピー〟と思《おも》ってしまった以上《いじょう》、なかなか手加減《てかげん》することはできない。」

　大《おお》きく息《いき》を吸《す》い、クイーンがかまえる。

「宇宙《うちゅう》の果《は》てまで、ぶっ飛《と》ばす！」

　クイーンの激《はげ》しい右《みぎ》アッパーが、ブラッククイーンの体《からだ》を吹《ふ》き飛《と》ばした。


　戦《たたか》いともいえない、一方的《いっぽうてき》な戦闘《せんとう》がおわった。

　ボロ布《ぬの》のようにころがるブラッククイーン。

「そんなに心配《しんぱい》することはない。わたしの能力《のうりょく》をコピーしてるのなら、すぐに回復《かいふく》するから。」

　ブラッククイーンを見下《みお》ろし、クイーンがいう。

「わからないな……。」

　地面《じめん》にたおれたブラッククイーンが、苦《くる》しい声《こえ》でいう。

「なぜ、フィニス・パクトゥンが成功《せいこう》してから――わたし以外《いがい》の悪《あく》が滅《ほろ》びてから、わたしをたおさなかったんだ？　そうすれば、世界《せかい》から悪《あく》がなくなるのに……。」

「かんたんな話《はなし》だ。」

クイーンがこたえる。

「そうやって手《て》に入《い》れた『正義《せいぎ》』も『平和《へいわ》』も偽物《にせもの》だからだよ。そんなものをあたえられたら、世界《せかい》が滅《ほろ》びてしまう。わたしは、もっとジョーカーくんやRD《アールディー》と遊《あそ》んでいたいんだ。」

「……………。」

「偽物《にせもの》の平和《へいわ》は、長《なが》つづきしない。それは、偽物《ブラッククイーン》が本物《クイーン》に勝《か》てなかったことからも、わかるだろ？」

「……………。」

ブラッククイーンが、たおれたまま大《おお》きく両手《りょうて》をあげる。

「なんのまねだい？」

「お手《て》あげ……降参《こうさん》だ。まだ、わたしは悪《あく》になりきれないようだ。」

満足《まんぞく》そうにほほえむブラッククイーン。いつしか、その姿《すがた》はウァドエバーにもどっている。

そのとき、RD《アールディー》からの通信《つうしん》がはいる。

[国際刑事警察機構《ICPO》への連絡《れんらく》、ならびに関係書類《かんけいしょるい》の改竄《かいざん》、すべて終了《しゅうりょう》しました。いまから二十六

分《ぷん》四十二秒後《びょうご》、捜査員《そうさいん》を乗《の》せたヘリ六機《き》が、そこに到着《とうちゃく》します。」

「ごくろうさま、RD《アールディー》。」

通信機《つうしんき》で礼《れい》をいうクイーン。

ウァドエバーに、国際刑事警察機構《ICPO》のヘリがくることをつげる。

「なにをしにくるんだ？」

「クイーンと戦《たたか》っているブラッククイーン——じゃなく、ウァドエバーの救援《きゅうえん》。そして、エッグの回収《かいしゅう》。まぁ、不可能《ふかのう》だけどね。」

クイーンの説明《せつめい》に、ウァドエバーは不思議《ふしぎ》そうに首《くび》をひねる。

「国際刑事警察機構《ICPO》も、わたしの背広《せびろ》に発信器《はっしんき》をつけてたのかな？」

「この場所《ばしょ》を教《おし》えたのは、わたしだよ。」

クイーンが説明《せつめい》する。

「国際刑事警察機構《ICPO》には、ウァドエバーはエッグをおとりにクイーンをつかまえるため山《やま》にはいってると連絡《れんらく》してある。」

「しかし……わたしはルイーゼに探偵卿《たんていきょう》を辞《や》めると……。」

「RD《アールディー》が国際刑事警察機構《ICPO》のネットワークに侵入《しんにゅう》し調《しら》べたんだけど、きみはまだ探偵卿《たんていきょう》のままだ。どうやら、きみの上司《じょうし》はきみを辞《や》めさせる気持《きも》ちがないようだね。」

「わたしは、命令違反《めいれいいはん》もしている。うばったエッグを提出《ていしゅつ》せず、自分《じぶん》で使《つか》おうとした。」

「その点《てん》も心配《しんぱい》ない。報告書《ほうこくしょ》は『エッグをすぐに提出《ていしゅつ》しなかったのは、クイーン逮捕《たいほ》のための行《こう》動《どう》である。』と書《か》き直《なお》してある。それに、命令《めいれい》を守《まも》ろうとする探偵卿《たんていきょう》は、あのドイツ人《じん》ぐらいじゃないのかい?」

「いくら書類《しょるい》を書《か》き直《なお》しても、人間《にんげん》の記憶《きおく》は——。」

納得《なっとく》しないウァドエバーにむかって、クイーンは指《ゆび》をチッチッチとふった。

「国際刑事警察機構《ICPO》の事務総長《じむそうちょう》——スキューイーズのところに、差出人不明《さしだしにんふめい》のメールがとどいてるはずだ。『すべてをうまく処理《しょり》しないと、国際刑事警察機構《ICPO》の企《たくら》みを世界中《せかいじゅう》に発表《はっぴょう》する。』というメールがね。」

「国際刑事警察機構《ICPO》の企《たくら》み……? いったい、国際刑事警察機構《ICPO》は、なにを企《たくら》んでるんだ? 知《し》ってるのか?」

ウァドエバーにきかれ、クイーンは肩《かた》をすくめる。

「さぁ?」

あっけにとられるウァドエバー。

やがて、楽《たの》しそうに笑《わら》いだす。

「まったく……完敗《かんぱい》だよ。怪盗《かいとう》というのはみんな、きみのように世界《せかい》をてのひらの上《うえ》でころがして遊《あそ》んでるのかい？」

「わたしの能力《のうりょく》をコピーしてるのなら、わかるだろ。人生《じんせい》に必要《ひつよう》なのは、C調《シーちょう》と遊《あそ》び心《ごころ》だよ。」

「理解《りかい》した。それで、なにが望《のぞ》みなんだ？」

ウァドエバーが、クイーンの目《め》を見《み》る。

「わたしの命《いのち》をうばわない。探偵卿《たんていきょう》にももどれるようにしてくれた。——いったい、なにを企《たくら》んでる？」

すると、クイーンは、お小遣《こづか》い値上《ねあ》げをねだる子《こ》どもの顔《かお》になった。

「きみがブラッククイーンとして活動《かつどう》するとき、髪《かみ》を銀色《ぎんいろ》に染《そ》めてくれないかな。そうすれば、ジョーカーくんもRD《アールディー》も、ブラッククイーンだと気《き》づかないから。」

すこし考《かんが》えてから、ウァドエバーがこたえる。

「考《かんが》えておこう。」

それをきいて、クイーンはほほえんだ。

ＥＮＤＩＮＧ《エンディング》　助手《じょしゅ》のパイカルとヴァドエバー探偵卿《たんていきょう》

「おれは、おまえのことを誤解《ごかい》してたよ。すまなかったな。」

ヴォルフが、ヴァドエバーの背中《せなか》をバンバンたたく。

「まさか、すべてがクイーンを逮捕《たいほ》するための芝居《しばい》だったとはな。まったく、おそれいったぜ。」

そしてまた、ヴァドエバーの背中《せなか》をたたいた。ようやく退院《たいいん》できたのに、また入院《にゅういん》しなければいけないような威力《いりょく》だ。

「おまえが退院《たいいん》して、パスカル坊《ぼう》やもうれしいだろ？」

ヴォルフが、ぼくの顔《かお》を見《み》る。

ぼくは笑顔《えがお》でヴォルフにこたえる。

「はい、うれしいです。——あと、ぼくの名前《なまえ》はパイカルです。」

「だけどよ、これからは、ヤバそうなときは声《こえ》をかけるんだぜ。おれがいっしょにいたら、クイーンにやられることもねぇんだから。」

ヴォルフは、ぼくが訂正《ていせい》した部分《ぶぶん》をきいてない。

ウァドエバーは、むりに笑顔《えがお》をつくるとヴォルフにいう。

「ありがとう、ヴォルフ。こんどいっしょに、ビールでも飲《の》もう。」

「おお、楽《たの》しみにしてるぜ。」

「これから、ルイーゼのところに退院《たいいん》の報告《ほうこく》にいかなきゃならないんだ。またな。――婚約者《こんやくしゃ》に、よろしく。」

「いや、まだ婚約《こんやく》してねぇから。」

デレデレにてれるヴォルフをのこし、ぼくらはルイーゼの部屋《へや》にむかう。

ぼくはおどろいていた。

ウァドエバーが、ほかの探偵卿《たんていきょう》とコミュニケーションをとっている。――っていうか、なんか人間《にんげん》らしい。ひょっとして、退院《たいいん》するのがはやかったんじゃないのか？

「そうおどろかなくていい。」

かるくパニック状態《じょうたい》になってるぼくに、ウァドエバーがいう。

「イメージチェンジというやつだ。」

そして、ぼくにむかってニカッと笑《わら》う。

あまりの衝撃《しょうげき》に、暴《あば》れようとする意識《いしき》と体《からだ》。それをおさえるのに、ぼくは必死《ひっし》になる。

——やっぱり、これはクイーンにやられたことが原因《げんいん》なのか……。


ルイーゼの部屋《へや》にはいると、彼女《かのじょ》は、おもしろくなさそうな顔《かお》で書類《しょるい》を眺《なが》めていた。

ぼくらに気《き》づくと、

「ウァドエバーちゃん、退院《たいいん》おめでとう。——アメちゃん、食《た》べる？」

彼女《かのじょ》にいわれ、ウァドエバーが、ぼくの背中《せなか》を突《つ》く。ぼくは、キャンディを二個《こ》もらう。

「それで、なにか報告《ほうこく》すること、ある？」

「ありません。」

ルイーゼにきかれ、すかさずウァドエバーがこたえる。

ぼくは、クイーンとウァドエバーが戦《たたか》ってるという情報《じょうほう》がはいったときのことを思《おも》いだす。

戦《たたか》いの場所《ばしょ》に着《つ》いたとき、すでにクイーンの姿《すがた》と九個《こ》のエッグはなく、ウァドエバーがたおれているだけだった。

いそいでウァドエバーを病院《びょういん》へはこぶ。

不思議《ふしぎ》なことに、国際刑事警察機構《ICPO》の上層部《じょうそうぶ》には、すでに報告《ほうこく》がはいっていた。クイーンを逮捕《たいほ》するために、ウァドエバーは皇帝《アンプルール》のところからエッグを盗《ぬす》んだ。エッグを独《ひと》り占《じ》めしたようにみせかけたのも、クイーン逮捕《たいほ》のため。

これらの報告《ほうこく》をきくかぎり、国際刑事警察機構《ICPO》のねらいは、あくまでもクイーンの逮捕《たいほ》。エッグをほしがってることなど、すこしも感《かん》じさせない。

ルイーゼが、読《よ》んでいた報告書《ほうこくしょ》をテーブルに投《な》げる。

「この報告書《ほうこくしょ》のとおりなの？」

ウァドエバーを試《ため》すように、ルイーゼがきいた。

「はい。」

あっさりこたえるウァドエバー。

「…………」

しばらくウァドエバーを見《み》つめたあと、ルイーゼは引《ひ》き出《だ》しから酒《さけ》のボトルとグラスを出《だ》す。

「ソ連時代《れんじだい》の『エストニア』ですか。貴重《きちょう》な酒《さけ》をお持《も》ちですね。」

ウァドエバーのことばを無視《むし》して、ルイーゼがグラスにエストニアをダバダバそそぐ。

一口《ひとくち》飲《の》んでから、ウァドエバーにきいた。

「あなた、なんのために探偵卿《たんていきょう》をやってるの？」

「悪《あく》をたおすためです。」

間髪《かんはつ》いれず、ウァドエバーがこたえる。

「うそはいってないようね。」

「とうぜんです。舌切《したき》り雀《すずめ》も、飛《と》んできてないでしょ？」

——なんだ、舌切《したき》り雀《すずめ》って？

ぼくは、わからない。

ルイーゼがつづけて質問《しつもん》する。

「なんのために、悪《あく》をたおすの？」

「教《おし》えてあげません。」

いたずらっ子《こ》の顔《かお》で、ウァドエバーがこたえた。

ルイーゼは、ため息《いき》をついてから、酒《さけ》を飲《の》みほす。そして、独《ひと》り言《ごと》のようにつぶやいた。

「時代《じだい》がかわったのかしらね。わたしが現役《げんえき》の探偵卿《たんていきょう》をしていたとき、あなたみたいな探偵卿《たんていきょう》はいなかった。」

「…………。」

また、グラスにダバダバと酒《さけ》をつぐ。

そして、遠《とお》いむかしを偲《しの》ぶようにいう。

「みんな、推理《すいり》の方法《ほうほう》にちがいはあったけど、正義《せいぎ》を愛《あい》する熱《あつ》い気持《きも》ちはおなじだった。」

「わたしが、正義《せいぎ》を愛《あい》してないとでも？」

「愛《あい》してるの？」

「幻想《げんそう》を愛《あい》するほど、わたしは夢想人《むそうびと》ではありません。」

ルイーゼのグラスを持《も》つと、ウァドエバーはいっきに飲《の》みほした。

「正義《せいぎ》は、この酒《さけ》がもたらす酔《よ》いと似《に》ています。追《お》い求《もと》めれば求《もと》めるほど、悪酔《わるよ》いします。」

グラスを、タンとテーブルにおく。

顔《かお》をルイーゼに近《ちか》づけ、いう。

「飲《の》みすぎには注意《ちゅうい》してください。」

そして、ふりかえることなく部屋《へや》をでていく。

ぼくは、あわててあとを追《お》いかける。

「パイカルくん、きみは悪《あく》がきらいかい？」

ぼくの前《まえ》を歩《ある》くウァドエバー。ふりかえることなく、質問《しつもん》してくる。

どうしてそんな質問《しつもん》するのかわからないけど、ぼくは、ウァドエバーの背中《せなか》にむかってこたえる。

「そりゃ、きらいです。悪《あく》をたおすために、一日《いちにち》もはやく探偵卿《たんていきょう》になりたいです。」

「そうか、それはいい。」

ウァドエバーの言《い》い方《かた》には、感情《かんじょう》がこもってない。

「もう一つきこう。探偵卿《たんていきょう》は正義《せいぎ》だと思《おも》うかい？」

「とうぜんです。」

この質問《しつもん》には、すぐにこたえられた。

「探偵卿《たんていきょう》が正義《せいぎ》じゃないのなら、この世界《せかい》から正義《せいぎ》は消《き》えます。」

「……そうだね。」

ぼくの返事《へんじ》にほほえむウァドエバーは、すこし寂《さび》しそうだった。

「あと——。」

ぼくはつづける。

「『悪《あく》』の定義《ていぎ》ですが、『美《うつく》しくないもの』——これが、ぼくの定義《ていぎ》です。以前《いぜん》、ウァドエバーさんは、本物《ほんもの》の犯罪者《はんざいしゃ》は美《うつく》しいといいましたよね。ということは、ぼくにとって本物《ほんもの》の犯罪者《はんざいしゃ》は『悪《あく》』ではないことになります。」

「…………」

「ウァドエバーさんが、本物《ほんもの》の犯罪者《はんざいしゃ》なら、あなたは悪《あく》ではありません。ぼくにとっては正義《せいぎ》です。」

「…………」

ウァドエバーは、ぼくのことばをしばらく考《かんが》えてから、

「三十点《てん》だな。探偵卿《たんていきょう》をめざす者《もの》なら、もっと論理的《ろんりてき》に、わかりやすく話《はな》せるようになりたまえ。」

ビシッといった。

「はい。」

ぼくは、元気《げんき》よくこたえる。

ウァドエバーが、ぼくを見《み》る。いままで見《み》たことがない、やさしい目《め》だ。

「きみには、わたしが持《も》っている探偵卿《たんていきょう》の能力《のうりょく》を、すべて伝《つた》えよう。そこから、どんな探偵卿《たんていきょう》になるかは、きみしだいだ。」

ぼくは、力強《ちからづよ》くうなずく。

彼《かれ》のいうとおりだ。まずは、彼《かれ》とおなじ能力《のうりょく》を身《み》につけよう。そして、それを土台《どだい》にして、理《り》想《そう》の探偵卿《たんていきょう》になるんだ。

おまけ　『つるりんコッテリみるくプリン消失事件《しょうしつじけん》』もしくは『名探偵《めいたんてい》クイーン』

事件《じけん》の始《はじ》まりは、一個《こ》のプリンから——。


はるか高《たか》みにうかぶ超弩級巨大飛行船《ちょうどきゅうきょだいひこうせん》——トルバドゥール。

日課《にっか》の鍛錬《たんれん》をおえ、シャワーを浴《あ》びたジョーカーは、食料庫《しょくりょうこ》へむかう。

激《はげ》しい筋力《きんりょく》トレーニングを三日間《みっかかん》つづけ、ストレッチと座禅《ざぜん》を一日《にち》はさむ。仕事《しごと》のないときは、コンピュータのプログラムのように、このローテーションをくりかえす。

最近《さいきん》、ローテーションに追加《ついか》されたことがある。

「つるりんコッテリみるくプリン……。」

つぶやいたジョーカーの足取《あしど》りが、すこしだけ速《はや》くなる。

シャワーのあと、糖質《とうしつ》の足《た》りなくなった体《からだ》に、つるりんコッテリみるくプリンを補給《ほきゅう》する——

この楽《たの》しみが追加《ついか》され、ジョーカーの鍛錬《たんれん》は、ますます激《はげ》しくなった。

「濃厚《のうこう》なのに、くどくない。かといって、いつまでも口《くち》の中《なか》にのこる味《あじ》わい。そして、まさに〝つるりん〟という喉《のど》を通《とお》っていくときの感《かん》じ。」

ジョーカーの拳《こぶし》に力《ちから》がはいる。

「『つるりんコッテリみるくプリン』こそが、究極《きゅうきょく》のプリンとよべる！」

血《ち》のさけびが、だれもいないトルバドゥールの廊下《ろうか》にひびいた。


もともと、ジョーカーはあまいものが好《す》きである。

山奥《やまおく》の収容所《しゅうようじょ》にいるときは、「シベリア」とよばれる菓子《かし》がでるのが楽《たの》しみだった。

クイーンと暮《く》らすようになってからは、いつも大量《たいりょう》のスイーツがさしだされた。ただ、そのスイーツには大量《たいりょう》のしびれ薬《ぐすり》などがはいっていた。

「これも、ジョーカーくんのためを思《おも》ってのことだよ。おかげで、すこしぐらいの毒《どく》では効《き》かない体《からだ》になっただろ。」

笑顔《えがお》のクイーンのことばをきいて、ジョーカーの中《なか》に『あまいものは危険《きけん》』というプログラムが書《か》きこまれた。その後《ご》、このプログラムは、『クイーンからもらうすべての食《た》べ物《もの》は危険《きけん》』と書《か》きかえられる。

ジョーカーは、あまいものを食《た》べたいという気持《きも》ちを封印《ふういん》した。基本的《きほんてき》に、トルバドゥールを操《あやつ》る人工知能《じんこうちのう》――RD《アールディー》が調理《ちょうり》したものしか口《くち》にしない。クイーンからもらったものは、あらゆる試験薬《しけんやく》や成分分析機《せいぶんぶんせきき》を使《つか》って、安全《あんぜん》を確認《かくにん》する。

この数年《すうねん》、妙《みょう》なものが入《い》れられることはなくなった。でも、ジョーカーは、気《き》をぬかなかった。

――ぼくを油断《ゆだん》させ、なにかを企《たくら》んでるにちがいない。

そして先日《せんじつ》、ジョーカーは新聞広告《しんぶんこうこく》に、つぎのようなものを見《み》つけた。

> どんな商品《しょうひん》でも、どんな場所《ばしょ》にでも、おとどけします。
> ライン に『あるこん』をお友《とも》だち登録《とうろく》するだけで、あなたの生活《せいかつ》は未来《みらい》を手《て》に入《い》れます。
> これこそ、究極《きゅうきょく》のコンビニエンス！

アルティメットコンビニエンスストア――通称《つうしょう》『あるこん』。店長《てんちょう》の花菱仙太郎《はなびしせんたろう》の顔写真《かおじゃしん》が載《の》っている。

「…………」

ジョーカーは、新聞《しんぶん》の日付《ひづけ》を調《しら》べた。四月一日《がつついたち》でないことを確認《かくにん》し、〝クイーンにだまされるよりはマシだ〟と考《かんが》えて、お友《とも》だち登録《とうろく》した。

そして、『世界《せかい》でいちばんおいしいプリン』を注文《ちゅうもん》してみた。

——こんなわかりにくい注文《ちゅうもん》を、トルバドゥールまでとどけてくれるわけがない。

自分《じぶん》にいいきかせるジョーカー。

そして三十二時間後《じかんご》、彼《かれ》は、自分《じぶん》がまちがっていたことを知《し》った。一機《き》の大型《おおがた》ドローンが、トルバドゥールの船体《せんたい》をノックしたのだ。

はこばれてきたのは、厳重《げんじゅう》に梱包《こんぽう》された『つるりんコッテリみるくプリン』だった。

一口《ひとくち》食《た》べたジョーカーは、自分《じぶん》が未来《みらい》を手《て》に入《い》れたような感《かん》じがした。

——あまいものを封印《ふういん》していたのは、愚《おろ》かだった。

食料庫《しょくりょうこ》にむかいながら、ジョーカーは考《かんが》える。

——鍛錬《たんれん》のあとに、つるりんコッテリみるくプリンを食《た》べるという楽《たの》しみ。これだけで、鍛錬《たんれん》の効果《こうか》が数倍《すうばい》になる。

ジョーカーは、自分《じぶん》の変化《へんか》を感《かん》じた。

——我慢《がまん》することはたいせつだ。しかし、我《が》慢《まん》だけでは人間《にんげん》とはいえない。機械《きかい》だ。ぼくは、人間《にんげん》らしく生《い》きるんだ。

食料庫《しょくりょうこ》にはいり、コンテナのような冷蔵庫《れいぞうこ》の前《まえ》に立《た》つ。

——いまから、つるりんコッテリみるくプリンを食《た》べ、欲望《よくぼう》をすてた状態《じょうたい》で座禅《ざぜん》に取《と》り組《く》もう。

食料庫《しょくりょうこ》と冷蔵庫《れいぞうこ》のドアは特製《とくせい》で、大人《おとな》の力《ちから》でもあけるのはむずかしいぐらい重《おも》い。それを、ジョーカーは片手《かたて》であける。

「つるりんコッテリみるくプリン、つるりんコッテリみるくプリン……。」

ワクワクした気持《きも》ちで、プリンをさがす。

しかし、冷蔵庫《れいぞうこ》のどこにも、つるりんコッテリみるくプリンはなかった。

「…………」

目《め》の前《まえ》の現実《げんじつ》を受《う》け入《い》れるのに、数秒《すうびょう》かかった。

そして、ジョーカーは、大《おお》きくうなずいた。

「なるほど……。クイーンは、この絶望感《ぜつぼうかん》を味《あじ》わわせたかったんだな。」

邪眼《じゃがん》とよばれるジョーカーの目《め》は、怒《いか》りに燃《も》えていた。

クイーンのいる船室《キャビン》にむかい、ジョーカーは歩《ある》く。

すさまじい闘気《とうき》が、彼《かれ》の全身《ぜんしん》をつつんでいる。

前《まえ》から歩《ある》いてきたシロクマがジョーカーを見《み》て、ガクガクふるえながら壁《かべ》に張《は》り付《つ》く。

船室《キャビン》では、クイーンとRD《アールディー》がバランサーの勝負《しょうぶ》をしていた。寝《ね》ころんだ亀形《かめがた》のゲーム盤《ばん》に、クイーンが自分《じぶん》の角材《スティック》をおいたところだ。

「クイーン！」

ジョーカーの声《こえ》に、積《つ》みあげられた角材《スティック》がガラガラとくずれる。

［わたしの勝《か》ちですね。］

RD《アールディー》の勝《か》ち誇《ほこ》った声《こえ》が、部屋《へや》のすみのスピーカーからきこえる。

肩《かた》をすくめるクイーン。

ジョーカーに視線《しせん》をむける。

「ひどいな、ジョーカーくん。とってもいい勝負《しょうぶ》が、だいなしだ。」

そして、首《くび》をひねる。

「なんだか、とてもおこってるように見《み》えるんだけど、どうかしたのかい？　まるで、楽《たの》しみにしていたプリンを、だれかに食《た》べられたようだね。」

これをきいて、ジョーカーは、クイーンが犯人《はんにん》でまちがいないと思《おも》った。

怒《いか》りをおさえて、クイーンにきく。

「どうして、『プリン。』といったんです？」

すると、クイーンも〝どうしてなんだろう〟という感《かん》じで、首《くび》をひねった。

「いわれてみたら、どうしてだろう……？　きみがはいってきたとき、かすかにプリンの香《かお》りがしたような気《き》がしたからかな……。」

クイーンのつぶやきを、さえぎるようにしてジョーカーはいう。

「それは、つるりんコッテリみるくプリンを、あなたが盗《ぬす》み食《ぐ》いしたからです。」

「は？」

あっけにとられた顔《かお》のクイーン。フッと笑《わら》うと、ジョーカーにいう。

「きみが楽《たの》しみにしていたプリンを、わたしが食《た》べたというのかい？　……バカなことを。」

「とぼけないでください！」

ジョーカーが、テーブルをたたく。

分厚《ぶあつ》い樫《かし》の木《き》の天板《てんばん》にヒビがはいり、バランサーの角材《スティック》がはねあがった。

［わたしは、情《なさ》けないです。］

RD《アールディー》のつぶやきが、スピーカーからこぼれる。

［ふだんはソファーでゴロゴロし、朝《あさ》からワインを飲《の》んでても、クイーンは怪盗《かいとう》としての美学《びがく》を持《も》ってるものだと思《おも》ってました。なのに、冷蔵庫《れいぞうこ》のプリンを盗《ぬす》み食《ぐ》いするなんて……。コソ泥以《どろい》下《か》じゃないですか。］

クイーンは、あわてて手《て》をふる。

「ジョーカーくんもRD《アールディー》も、わたしのことをかんちがいしてるんじゃないのかな。わたしは、誇《ほこ》り高《たか》き怪盗《かいとう》。プリンの盗《ぬす》み食《ぐ》いなんか、するわけがないだろ。」

胸《むね》を張《は》るクイーン。

「…………」

【…………】

ジョーカーとRD《アールディー》から返《かえ》ってきたのは、冷《つめ》たい空気《くうき》だった。

「常日頃《つねひごろ》、怪盗《かいとう》の仕事《しごと》を真面目《まじめ》にやってたなら、すこしは信《しん》じてあげてもいいんですけどね……。」

【説得力《せっとくりょく》ということばを知《し》ってますか？　いま、あなたがいったことには、まったくないものです。】

RD《アールディー》にいわれ、クイーンは手作《てづく》りの辞書《じしょ》をソファーの下《した》からとりだす。

通風口《つうふうこう》からの風《かぜ》が、辞書《じしょ》のページをめくる。

【『【説得力《せっとくりょく》】相手《あいて》を納得《なっとく》させるだけの力《ちから》。その力《ちから》のある話《はな》し方《かた》や論理《ろんり》の展開《てんかい》のしかた。（用例《ようれい》）クイーンのことばには、説得力《せっとくりょく》がある。』――よく、こんなまちがった用例《ようれい》を載《の》せましたね。】

RD《アールディー》のあきれた声《こえ》。

「最新改訂版《さいしんかいていばん》だよ。今後《こんご》は、デジタル書籍化《しょせきか》も考《かんが》えてるんだ。」

得意《とくい》げなクイーン。

ジョーカーが、辞書《じしょ》を手《て》にとりパラパラめくる。

「『信用《しんよう》』ということばが載《の》ってませんね。まさに、あなたらしい。」

「えっ、まさか。」

ジョーカーから辞書《じしょ》をうばい、チェックするクイーン。しばらく調《しら》べたあと、辞書《じしょ》をほうりだす。

「つぎの改訂版《かいていばん》に、期待《きたい》してくれたまえ。」

すかさずRD《アールディー》が風《かぜ》を出《だ》し、ほうりだされた辞書《じしょ》をダストシュートにほうりこんだ。

ため息《いき》をついて、ジョーカーがいう。

「辞書《じしょ》をつくり直《なお》すまえに、ぼくのプリンを勝手《かって》に食《た》べたことをあやまってください。」

「だから、わたしは食《た》べてないって。RD《アールディー》からも、なんとかいってやってくれ。」

クイーンにいわれ、しかたなく口《くち》をはさむRD《アールディー》。

[ゆるしてやったらどうですか。]

それをきいて、人工知能《じんこうちのう》も〝棒読《ぼうよ》み〟ができるんだと、ジョーカーは思《おも》った。

RD《アールディー》がつづける。

[クイーンだって、悪気《わるぎ》があったわけじゃないと思《おも》います。もともと、我慢《がまん》とか節制《せっせい》とか禁欲《きんよく》ということばとは無縁《むえん》の人《ひと》ですからね。目《め》の前《まえ》にプリンがあったら食《た》べる――この超無思考短絡的《ちょうむしこうたんらくてき》

行動《こうどう》こそ、クイーンらしいじゃないですか。」

納得《なっとく》できない顔《かお》のジョーカー。

いや、それ以上《いじょう》に納得《なっとく》してないのはクイーンだ。

「だから、どうして、わたしが食《た》べた前提《ぜんてい》になってるんだ？　さっきから、食《た》べてないっていってるじゃないか！」

「じゃあ、だれが食《た》べたというんです？」

「わたしではありません。残念《ざんねん》なことに、わたしには味覚《みかく》を感《かん》じる機能《きのう》がありません。」

ジョーカーとRD《アールディー》にせまられても、

「それは……。」

こたえることができないクイーン。

肩《かた》をふるわせると、

「ジョーカーもRD《アールディー》も、きらいだぁ～！」

泣《な》きべそをかきながら、船室《キャビン》を飛《と》びだしていった。

「で、またわたしをよびだしたわけね……。」

ため息《いき》をつくパシフィスト。

クイーンはこたえず、目《め》の前《まえ》のカクテルグラスを見《み》つめている。

頰杖《ほおづえ》をついて、パシフィストがいう。

「はやく、坊《ぼう》やと人工知能《じんこうちのう》のところに帰《かえ》ってあげたら?」

「やだ。」

短《みじか》く、きっぱりこたえるクイーン。

また、ため息《いき》をつくパシフィスト。

「プリン食《た》べたのをおこられたぐらいで、家出《いえで》することないじゃない。どうせなら、もっとかっこいい理由《りゆう》で家出《いえで》しなさいよ。」

それは、お菓子売《かしう》り場《ば》の前《まえ》で動《うご》かなくなった子《こ》どもにいいきかせるときの声《こえ》。

クイーンは、首《くび》を横《よこ》にふる。

「だから、わたしは犯人《はんにん》じゃないっていってるだろ。なのに、ジョーカーくんもRD《アールディー》も、すこしも信《しん》じてくれない。わたしは、それが哀《かな》しいんだよ……。」

背広《せびろ》の胸《むね》ポケットからレースのハンカチを出《だ》し、涙《なみだ》をぬぐうクイーン。すでに、ハンカチは涙《なみだ》でグショグショになっている。

「だいたい、わたしは誇《ほこ》り高《たか》き怪盗《かいとう》なんだ。プリンを盗《ぬす》むときも、ちゃんと予告状《よこくじょう》を出《だ》し、警戒《けいかい》厳重《げんじゅう》な警備《けいび》を嘲笑《あざわら》うように盗《ぬす》みだす——それが、怪盗《かいとう》クイーン。プリンを、こっそり盗《ぬす》み食《ぐ》いする——そんなコソ泥《どろ》のようなことを、わたしがするわけないじゃないか！」

クイーンの激《はげ》しい主張《しゅちょう》を、きき流《なが》すパシフィスト。バッグから出《だ》した男物《おとこもの》のハンカチをクイーンにわたし、冷静《れいせい》な声《こえ》でいう。

「でもね、坊《ぼう》やたちの気持《きも》ちもわかるわ。だって、最近《さいきん》のあなたって、怪盗《かいとう》らしい仕事《しごと》してないじゃない。」

グラスを持《も》っていたクイーンの手《て》が、ピタッととまった。

「あなたの日常《にちじょう》って、朝起《あさお》きたら猫《ねこ》のノミとりをして、坊《ぼう》やたちへのイタズラを考《かんが》える。ワインを飲《の》み散《ち》らかし、ラジオの人生相談《じんせいそうだん》に電話《でんわ》。気《き》がむいたら新聞《しんぶん》に生活作文《せいかつさくぶん》を投稿《とうこう》して、送《おく》ってもらった掲載記念品《けいさいきねんひん》を飾《かざ》る場所《ばしょ》に悩《なや》む。——これのどこが怪盗《かいとう》なの？　暇《ひま》をもてあました主婦《しゅふ》や、定年退職《ていねんたいしょく》したお父《とう》さんじゃないのよ。」

「…………」

「わたしにいわせれば、あなたは怪盗《かいとう》じゃなく、ダメ人間《にんげん》ね。」

『ダメ人間《にんげん》クイーン』という題名《だいめい》が、『怪盗《かいとう》クイーン』を吹《ふ》き飛《と》ばす。

激《はげ》しいダメージを受《う》けたクイーンは、真《ま》っ白《しろ》い灰《はい》になった。カウンターに突《つ》っ伏《ぷ》す。束《たば》ねていた銀色《ぎんいろ》の髪《かみ》が、ファサリとひろがった。

そのそばに、バーテンダーがギムレットのグラスをおく。

「いまのあなたにできるのは、坊《ぼう》やたちのところに帰《かえ》ってあげることよ。」

立《た》ちあがると、クイーンが手《て》をつけていないギムレットのグラスをあけた。

「ごちそうさま。——できたら、こんどはもっと楽《たの》しい話題《わだい》でよんでね。」

カウンターに、紙幣《しへい》をおくパシフィスト。

突《つ》っ伏《ぷ》していたクイーンが顔《かお》をあげ、その手《て》をおさえた。

「わたしにできることが、一つあったよ。」

それは、さっきまでの死《し》んだ目《め》ではない。

自分《じぶん》のなすべきことを見《み》つけた者《もの》の目《め》。生命《せいめい》エネルギーに満《み》ちた者《もの》の目《め》だ。

「わたしが真犯人《しんはんにん》を見《み》つければいいんだよ。」

「はぁ？」

心《こころ》の底《そこ》からあきれたという声《こえ》を出《だ》すパシフィスト。

「……ねむいのですが。」

[……夜遊《よあそ》びから帰《かえ》ったと思《おも》ったら、コスプレパーティですか。]

インバネスコートに鹿撃《しかう》ち帽姿《ぼうすがた》のクイーンを前《まえ》に、ジョーカーはあくびを我慢《がまん》し、RD《アールディー》はため息《いき》をつく。

[その衣装《いしょう》はなんなんですか?]

「見《み》たらわかるだろ、名探偵《めいたんてい》に決《き》まってるじゃないか。」

くるりと回転《かいてん》するクイーン。コートの裾《すそ》がフワリとひろがる。

ジョーカーも、ため息《いき》をつく。

「ぼくは、規則正《きそくただ》しい生活《せいかつ》をして、体《からだ》も精神《せいしん》もきたえたいんです。どうして、こんな真夜中《まよなか》に名《めい》探偵《たんてい》ごっこに付《つ》き合《あ》わされないといけないんですか……。」

[わたしも、システムの掃除《そうじ》がのこってるんです。きれいにしとかないと、どこかのだれかさんがハッキングしたときにわかりませんからね。]

「それはたいへんだね。」

他人事《ひとごと》のような口調《くちょう》で、どこかのだれかさんがいった。

「でも、初動捜査《しょどうそうさ》もたいせつだからね。証拠《しょうこ》が消《き》えてしまったらたいへんだ。」

「捜査《そうさ》って……なんの捜査《そうさ》ですか？」

ジョーカーの質問《しつもん》に、

「プリン消失事件《しょうしつじけん》に決《き》まってるじゃないか！」

ビシッとクイーンがいった。

「……まだ、反省《はんせい》してないんですか？」

「はやくあやまったら、気持《きも》ちが楽《らく》になりますよ。」

ジョーカーとRD《アールディー》にいわれ、クイーンの気持《きも》ちが折《お》れそうになる。

しかし、名探偵《めいたんてい》の衣装《いしょう》を着《き》たクイーンは負《ま》けない。折《お》れそうな気持《きも》ちに添《そ》え木《ぎ》をする。

そんなクイーンに、ジョーカーがいう。

「あなたには、黒背広《くろせびろ》を着《き》た名探偵《めいたんてい》の知《し》り合《あ》いがいるじゃないですか。彼《かれ》にたのんだらいいじゃないですか。」

「いや……彼《かれ》に、食《た》べ物《もの》のからんだ事件《じけん》をたのむのはこわいよ。」

クイーンの頬《ほお》を、冷《つめ》たい汗《あせ》が流《なが》れた。

ジョーカーの背中《せなか》を押《お》していう。

「さぁ、食料庫《しょくりょうこ》にいこう。『現場百遍《げんばひゃっぺん》』は、捜査《そうさ》の基本《きほん》だ。」

先頭《せんとう》を切《き》って歩《ある》きだすクイーン。

RD《アールディー》がボソッという。

[現場百遍《げんばひゃっぺん》は、名探偵《めいたんてい》というより老刑事《ろうけいじ》ですね……。]

巨大《きょだい》な食料庫《しょくりょうこ》の前《まえ》で、クイーンは虫眼鏡《むしめがね》を出《だ》す。

そして、這《は》うようにして床《ゆか》を調《しら》べる。

「なにか手《て》がかりが見《み》つかりましたか?」

ジョーカーがきくと、クイーンはフフフフと笑《わら》う。

「いや、なにも見《み》つからない。」

「どうして、手《て》がかりが見《み》つからないのによろこんでるんですか?」

するとクイーンが、やれやれという感《かん》じで肩《かた》をすくめる。これは、名探偵《めいたんてい》がよくやる「こんなかんたんなこともわからないのかい?」というポーズだ。

「手《て》がかりが見《み》つからないのが、手《て》がかりなんだよ。」

クイーンがいうと、RD《アールディー》が口《くち》をはさむ。

[見《み》つからなくてとうぜんです。トルバドゥール内《ない》は、わたしがきちんと掃除《そうじ》してますから。]

「そこだ！」

クイーンが、天井《てんじょう》についているＲＤ《アールディー》の人工眼《じんこうアイ》を指《ゆび》さす。

「つまり、手《て》がかりは消《け》されてしまったんだよ。犯人の手によってね――。」

［わたしが犯人《はんにん》だというんですか？］

ＲＤ《アールディー》にきかれ、うなずくクイーン。

［まえにもいいましたが、わたしはプリンを食《た》べることはできません。そんなわたしが、プリンを盗《ぬす》み食《ぐ》いするわけないじゃないですか。］

「わたしは、動機《どうき》については考《かんが》えない。ただ、論理的《ろんりてき》に推理《すいり》を進《すす》めると、ＲＤ《アールディー》が犯人《はんにん》という結論《けつろん》がでるんだ。」

［では、その論理的推理《ろんりてきすいり》をきかせてください。］

いいだろうというように、クイーンがうなずく。

そして、天井《てんじょう》の人工眼《じんこうアイ》を指《ゆび》さす。

「トルバドゥール内《ない》には、プライベート空間《くうかん》以外《いがい》には、すべてＲＤ《アールディー》の人工眼《じんこうアイ》がつけられている。

そうだね、ＲＤ《アールディー》？」

［そのとおりです。］

「つまり、食料庫《しょくりょうこ》のドアをあけようとする者《もの》は、かならず人工眼《じんこうアイ》にうつる。――そうだね？」

[そのとおりです。]

RD《アールディー》の返事《へんじ》に、クイーンは満足《まんぞく》そうにうなずく。

「では、食料庫前《しょくりょうこまえ》の映像《えいぞう》をうつしてくれないか？」

[むだですよ。なにもうつってませんから。]

また、クイーンは満足《まんぞく》そうにうなずく。そして、RD《アールディー》にいう。

「なぜ、映像《えいぞう》がのこっていないか？　それは、犯人《はんにん》が証拠映像《しょうこえいぞう》を消《け》したからだ。――どうだい、じつに論理的《ろんりてき》だろ。」

[もし、映像《えいぞう》を消《け》したのが犯人《はんにん》ということになるのなら、クイーン――あなたは自分《じぶん》で自分《じぶん》が犯《はん》人《にん》だといってることになります。]

「えっ？」

思《おも》わぬRD《アールディー》のことばに、クイーンはおどろく。

[忘《わす》れたんですか？　少《すこ》しまえ、あなたが食料庫《しょくりょうこ》に潜入《せんにゅう》するために、わたしのシステムにハッキングをかけて監視映像《かんしえいぞう》をすべて消去《しょうきょ》したじゃないですか。]

「…………」

ああ、そうだったというように、クイーンがポンと手《て》を打《う》つ。

そして、あわてて弁解《べんかい》する。

「たしかに、そんなこともあった。それはすなおに認《みと》めよう。しかし、今回《こんかい》のプリンを盗《ぬす》み食《ぐ》いしたのは、わたしではない。神《かみ》に誓《ちか》える！」

「神様《かみさま》を信《しん》じてないのに、こんなときだけ利用《りよう》するんですね。」

ジョーカーの、あきれた声《こえ》。

[というわけで、わたしはシステムの掃除《そうじ》でいそがしいんです。作業《さぎょう》にもどらせてください。]

RD《アールディー》からは、解放《かいほう》してくれという気持《きも》ちが伝《つた》わってくる。

クイーンは、考《かんが》える。

——このままでは、疑《うたが》いは晴《は》れない。なんとしてでも無実《むじつ》を証明《しょうめい》するんだ！

食料庫《しょくりょうこ》のドアに手《て》をつく。巨大《きょだい》で重《おも》いドアは、ビクともしない。

そして、クイーンは気《き》づいた。

「なるほど……。そういうことだったのか……。」

不意《ふい》に笑《わら》いだしたクイーン。ジョーカーとRD《アールディー》が、不気味《ぶきみ》なものを見《み》る目《め》になる。

「ジョーカーくん、最近《さいきん》、トレーニングのほうはどうかね？」

突然《とつぜん》かわったクイーンの口調《くちょう》に、ジョーカーはとまどう。

「ええ……あなたが仕事《しごと》をしないので、ローテーションどおりにトレーニングをつづけることができます。」

「そうか。それはなによりだ。」

また、ホッホッホと笑《わら》うクイーン。

「しかし、どうしてきみは、そんなに体《からだ》をきたえるのかな？　よければ、理由《りゆう》をきかせてくれないか。」

「かんたんな話《はなし》です。ぼくは、怪盗《かいとう》のパートナーです。パートナーとして、体《からだ》をきたえておかないと、いざというときにこまりますからね。」

「なるほど、なるほど。」

うんうんとうなずくクイーン。

「だが、ほんとうの理由《りゆう》は、ほかにあるんじゃないかね？」

ジョーカーを見《み》る目《め》が、きびしい。

「どういう意味《いみ》です？」

わけがわからない顔《かお》のジョーカーに、クイーンが食料庫《しょくりょうこ》のドアをポンポンとたたく。

「ふつうの人間《にんげん》ではあけることのできない重《おも》いドア。——このドアをあけてプリンを盗《ぬす》み食《ぐ》いするために、体《からだ》をきたえてるんじゃないのかな？」

「はぁ？」

あっけにとられたジョーカーの声《こえ》。

かまわず、クイーンはつづける。

「このドアを重《おも》くしたのは、きみの修行《しゅぎょう》のためだった。」

【修行《しゅぎょう》というより、いじめとか虐待《ぎゃくたい》という感《かん》じがしますが——。】

RD《アールディー》が口《くち》をはさむが、かまわずクイーンはつづける。

「ジョーカーくんが食《た》べ物《もの》をほしいと思《おも》っても、食料庫《しょくりょうこ》のドアは重《おも》い。ふつうの力《ちから》ではあけることができない。腕力《わんりょく》をつけないと、食《た》べることができず死《し》んでしまう。だから、きみは必死《ひっし》で体《からだ》をきたえるようになった。わたしのねらいどおりだ。」

【やはり、いじめとか虐待《ぎゃくたい》のような気《き》がします。】

「きみがドアをあけられるようになると、わたしはさらにドアを重《おも》くした。それにより、きみも体《からだ》をきたえる。——そのくりかえしでドアはどんどん重《おも》くなり、やがて、一般人《いっぱんじん》の力《ちから》ではとてもあけられない重《おも》さになった。」

ジョーカーは、おとなしくクイーンの話《はなし》をきいている。

クイーンがきいた。

「そろそろ、『ぼくが犯人《はんにん》です。』と正直《しょうじき》にいったほうがいいんじゃないかな?」

「話《はなし》が見《み》えません。どうして、ぼくが犯人《はんにん》になるんですか?」

こまったもんだというように、クイーンが首《くび》をふる。そして、ジョーカーを指《ゆび》さし、ビシッといった。

「一般人《いっぱんじん》ではあけることのできない重《おも》いドア。それをあけられるジョーカーくん——きみが犯人《はんにん》だ!」

「…………」

なにもいい返《かえ》さないジョーカーを見《み》て、クイーンは満足《まんぞく》そうにうなずく。

「だまってるのは、自分《じぶん》が犯人《はんにん》だと認《みと》めたわけだね。」

「あきれてことばがないんです。ドアをあけられる者《もの》が犯人《はんにん》なら、ぼくよりも力《ちから》の強《つよ》いクイーン《あなた》のほうが、犯人《はんにん》らしいと思《おも》うんですが——。」

「…………」

クイーンは、しばらく考《かんが》えて、ポンと手《て》を打《う》った。

そして、あわてて弁解《べんかい》する。

「いや、だから、その――。」

なにかいおうとするのだが、なにをいっていいのかわからない。

ジョーカーがため息《いき》をつく。

「もういいですよ。これから、買《か》ったプリンは、あなたのわからない場所《ばしょ》にかくすようにしますから。」

［プリンは、わたしのほうで注文《ちゅうもん》しておきます。もちろん、クイーンのお小遣《こづか》いからお金《かね》を出《だ》します。］

RD《アールディー》が、仕事《しごと》にもどろうとする。

クイーンは、手足《てあし》をバタバタさせていう。

「なんだよ、みんな！　どうして、信《しん》じてくれないんだよ！　わたしじゃないって、いってるじゃないか！」

泣《な》きさけぶ姿《すがた》は、名探偵《めいたんてい》というより、お菓子《かし》売《う》り場《ば》の前《まえ》で駄々《だだ》をこねる子《こ》どものようだ。

「ああ、もう……。真夜中《まよなか》なんですから、さわがないでください。」

［ご近所迷惑《きんじょめいわく》ですよ。］

ジョーカーとRD《アールディー》がこまっていると、のっそり姿《すがた》をあらわすものがあった。シロクマだ。頭《あたま》にナイトキャップをかぶってる。寝《ね》てるところを起《お》こされたのか、とてもねむそうだ。

さわいでるクイーンとジョーカーを避《よ》けるようにして、シロクマは食料庫《しょくりょうこ》のドアの前《まえ》に立《た》つ。一般人《いっぱんじん》ではあけられない重《おも》いドアを、シロクマは軽々《かるがる》とあけ、中《なか》にはいる。冷蔵庫《れいぞうこ》をあけてガサガサやっていたシロクマは、冷凍《れいとう》したチキンと白菜《はくさい》を見《み》つけ、自分《じぶん》のベッドにもどっていく。

「そういえば、思《おも》いだしました……。」

ジョーカーが、ボソッという。

「プリンがなくなったのに気《き》づき船室《キャビン》へいく途中《とちゅう》、ぼくは廊下《ろうか》でシロクマとすれちがいました。」

「……………。」

「船室《キャビン》にはいったとき、あなたは脈絡《みゃくらく》もなく『プリン。』といいました。これは、廊下《ろうか》のほうからはいってきたプリンのにおいを感《かん》じたからでたことばじゃないでしょうか。」

「……………。」

「なぜ、廊下《ろうか》からプリンのにおいがしたのか？　それは、シロクマがプリンを食《た》べてにおいがうっていたからじゃないでしょうか？」

「…………」

「ぼくがにおいに気《き》づかなかったのは、プリンがなくなったことで頭《あたま》に血《ち》が上《のぼ》っていたからでしょう。」

「…………」

「Q《キュー》．E《イー》．D《ディー》．——証明終了《しょうめいしゅうりょう》です。」

「…………」

だまってきいていたクイーンの肩《かた》がふるえる。そして、爆発《ばくはつ》したようにさけぶ。

「だから、わたしじゃないといってただろ！」

ジョーカーは光《ひかり》の速《はや》さで自室《じしつ》ににげこみ、RD《アールディー》はすべてのシステムをシャットダウンした。

それから、数日後《すうじつご》——。

「だいたい、わたしが盗《ぬす》み食《ぐ》いなどというコソ泥《どろ》のようなまねをするはずないじゃないか。」

ソファーにどっかりすわったクイーンが、ネチネチとくりかえす。

ジョーカーとRD《アールディー》はウンザリしながらも、犯人《はんにん》あつかいした後《うし》ろめたさで、なにもいえない。

クイーンは、ソファーの下《した》からワインを出《だ》すと、RD《アールディー》の人工眼《じんこうアイ》に見《み》えるようにボトルの首《くび》を切断《せつだん》した。

グビグビとラッパ飲《の》みしてから、ジョーカーにいう。

「プリンが食《た》べたいな。ジョーカーくん、つるりんコッテリみるくプリンを持《も》ってきてくれたまえ。」

「わかりました。」

おとなしくこたえて、船室《キャビン》をでるジョーカー。

RD《アールディー》が話《はな》しかけてくる。

[完全《かんぜん》に調子《ちょうし》に乗《の》ってますね。]

「だまらせる、なにかいい手《て》はないかな？」

[毒《どく》をしかけても、クイーンには効《き》きませんしね……。]

ジョーカーとRD《アールディー》のため息《いき》が、廊下《ろうか》にひびく。

「なにかいうと、『犯人《はんにん》あつかいされたときはつらかったなぁ。』と、またネチネチいいだすし――。」

[はやく忘《わす》れてほしいんですが、こういうことだけは異常《いじょう》におぼえてますし。]

打《う》つ手《て》なしの、ジョーカーとRD《アールディー》。

船室《キャビン》のほうからは、「プリン、まだぁ～？」というクイーンの声《こえ》が追《お》っかけてくる。

また、ジョーカーとRD《アールディー》はため息《いき》をついた。


プリンを持《も》ち船室《キャビン》にもどると、空気《くうき》の感《かん》じがかわっていた。

さっきまでがカラメルの焼《や》けたあまいムードだとすると、いまは、ダイヤモンドダストが舞《ま》う張《は》りつめた雰囲気《ふんいき》。

――なにがあったんだ？

全身《ぜんしん》に緊張《きんちょう》が走《はし》るジョーカー。

ソファーでは、クイーンがテレビを見《み》ていた。

その姿《すがた》は、さっきまでの「プリン、まだぁ～？」といっていたダメ人間《にんげん》とは思《おも》えない。

獲物《えもの》を見《み》つけた肉食獣《にくしょくじゅう》のように、ギラギラしたオーラを出《だ》している。

ジョーカーも、テレビを見《み》る。

ニュース番組《ばんぐみ》だ。アフリカで新種《しんしゅ》の猫《ねこ》が見《み》つかったというニュース。とてもかわった猫《ねこ》で、敵《てき》に見《み》つからないよう擬態化《ぎたいか》するという。

「どう思《おも》う、ジョーカーくん？」

ニュースがおわったあと、クイーンがきいた。

「猫《ねこ》で擬態化《ぎたいか》するって、ずいぶんかわってますね。」

動物《どうぶつ》や昆虫《こんちゅう》は、危険《きけん》から身《み》を守《まも》るために姿《すがた》をかえる擬態《ぎたい》という能力《のうりょく》を持《も》っているものがある。

木《こ》の葉《は》そっくりのコノハチョウや、体《からだ》の色《いろ》をかえるカメレオンなどが、例《れい》としてあげられる。

クイーンが、ソファーから立《た》ちあがる。

「毎年《まいとし》見《み》つかる新種《しんしゅ》の生物《せいぶつ》は、微生物《びせいぶつ》なども入《い》れると千五百種《しゅ》もあるという。その点《てん》では、新種《しんしゅ》の生物《せいぶつ》が発見《はっけん》されたというのは、めずらしいニュースではない。しかし、この猫《ねこ》は、新種《しんしゅ》の生物《せいぶつ》が見《み》つかったというニュースでかたづけられない謎《なぞ》を持《も》ってるような気《き》がする。」

「根拠《こんきょ》は、なんですか？」

「怪盗《かいとう》の勘《かん》だよ。」

ほほえむクイーン。

「この猫《ねこ》は、なにか大《おお》きな謎《なぞ》を持《も》っている。その謎《なぞ》をさぐるのは、浪漫《ロマン》あふれる怪盗《かいとう》の仕事《しごと》だと思《おも》わないかい？」

「あなたのいうとおりです。」

ジョーカーが、うやうやしく礼《れい》をする。そして、クイーンの前《まえ》に、持《も》ってきたプリンをおいた。

「せっかくだが、プリンはかたづけてくれたまえ。仕事《しごと》がおわったら、いっしょに味《あじ》わおうじゃないか。」

つづいて、クイーンがRD《アールディー》に指示《しじ》を出《だ》す。

「トルバドゥールの針路《しんろ》を、アフリカにむけてくれ。」

【了解《りょうかい》しました。】

元気《げんき》にこたえるRD《アールディー》。

怪盗《かいとう》を乗《の》せた超弩級巨大飛行船《ちょうどきゅうきょだいひこうせん》トルバドゥールが、その大《おお》きな船体《せんたい》をアフリカにむける。


〈Fin《フィン》〉

怪盗《かいとう》クイーンの 華麗《かれい》なるお仕事《しごと》 スクラップ帳《ちょう》

怪盗《かいとう》クイーン サーカス団《だん》と対決《たいけつ》!?

働《はたら》いてるアピールを
しても休暇《きゅうか》は
ありませんよ　RD《アールディー》

豪華客船《ごうかきゃくせん》に予告状《よこくじょう》とどく!

魔窟《まくつ》に謎《なぞ》の助《すけ》っ人《と》あらわる

四龍島《スーロントウ》球場《きゅうじょう》でおこなわれた試合《しあい》で、覆面選手《ふくめんせんしゅ》が鮮烈《せんれつ》なデビューを遂《と》げた。九回裏《きゅうかいうら》、代打《だいだ》として出場《しゅつじょう》し、特大《とくだい》ホームランを放《はな》った。

BOOK

ギザで発生《はっせい》した超常現象《ちょうじょうげんしょう》について

エジプト・ギザのピラミッドで発生《はっせい》した怪現象《かいげんしょう》は目下《もっか》調査中《ちょうさちゅう》。光《ひかり》の筋《すじ》が見《み》えたという目撃談《もくげきだん》が複数《ふくすう》寄《よ》せられているものの、詳細《しょうさい》はわかっていない。何《なに》かしらの高《こう》エネルギーが発生《はっせい》していたようである。

見《み》せびらかすように
置《お》いてあったので
片付《かたづ》けますね
ジョーカー

狙《ねら》われたヴォイニッチ文書《ぶんしょ》

不老不死《ふろうふし》の薬《くすり》の行方《ゆくえ》は……？

コンビニ店員《てんいん》の花菱《はなびし》さんは「コンビニの僻地展開《へきちてんかい》は天才的《てんさいてき》だね！　え？　クイーン？……最後《さいご》まで、正体《しょうたい》はよくわからなかったよ」と語《かた》った。

オリエント急行絶品《きゅうこうぜっぴん》グルメ

ヨーロッパを横断《おうだん》するオリエント急行《きゅうこう》——そこには、摩訶不思議《まかふしぎ》な怪盗《かいとう》ショーを彩《いろど》るグルメが用意《ようい》されている。シェフが腕《うで》によりをかけて準備《じゅんび》した世界《せかい》三大料理《だいりょうり》のひとつ、トルコ料理《りょうり》はまさに絶品《ぜっぴん》。「もう食《た》べられないと思《おも》うと……」と、乗客《じょうきゃく》も涙《なみだ》を呑《の》んでその味《あじ》を惜《お》しんだ。（伊藤真里《いとうまり》）

SCRAP

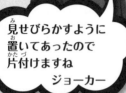

あとがき

どうも、はやみねかおるです。

『ブラッククイーンは微笑《ほほえ》まない』――久《ひさ》しぶりのクイーン冒険譚《ぼうけんたん》、楽《たの》しんでいただけたら幸《さいわ》いです。

☆

今回《こんかい》の物語《ものがたり》を書《か》くにあたって、一番最初《いちばんさいしょ》に思《おも》ったのは、「長《なが》くしない！」ということでした。

仕事部屋《しごとべや》の本棚《ほんだな》に、今《いま》まで書《か》いた本《ほん》を並《なら》べてあります。その中《なか》で、怪盗《かいとう》クイーンの本《ほん》だけが異様《いよう》に厚《あつ》いんです。

「こんなに長《なが》い話《はなし》、読《よ》んでくれる子《こ》いるのかな？」

「読《よ》むの疲《つか》れるだろうな……。」（書《か》くのも疲《つか》れるんですけどね。）

「お小遣《こづか》いで買《か》える値段《ねだん》だろうか？」（ページ単価《たんか》は安《やす》いです。）

いろんな不安《ふあん》が頭《あたま》の中《なか》で渦巻《うずま》きました。

そこで今回《こんかい》は、できるだけ短《みじか》くまとまるように努力《どりょく》しました。いかがだったでしょうか？

☆

次《つぎ》に思《おも》ったのは、「怪盗《かいとう》として、ちゃんとしたトリックを使《つか》って盗《ぬす》む話《はなし》を書《か》きたい。」ということでした。

そこで、不可能状況《ふかのうじょうきょう》で盗《ぬす》み出《だ》すトリックを考《かんが》えて書《か》き始《はじ》めたのですが……。

困《こま》ったことが起《お》きました。しばらく仕事《しごと》をサボっていたクイーンは、真面目《まじめ》に怪盗《かいとう》をするのが似合《にあ》わなくなってたのです。台詞《せりふ》はギクシャクするし、アクションもぎこちない。

それはもう、まるで〝いつも授業中《じゅぎょうちゅう》に寝《ね》てる子《こ》どもが、授業参観《じゅぎょうさんかん》の時《とき》だけ背筋《せすじ》を伸《の》ばして座《すわ》ってる〟って感《かん》じでした。

クイーンが華麗《かれい》なる怪盗《かいとう》に戻《もど》るには、少《すこ》しばかりリハビリ期間《きかん》が必要《ひつよう》なようです。

というわけで、代《か》わりにブラッククイーンに登場《とうじょう》してもらいました。その正体《しょうたい》については本文《ほんもん》を読《よ》んでください。

☆

ぼくは、ネットで、「はやみねな日々《ひび》」という不定期《ふていき》な日記《にっき》を公開《こうかい》してます。

その中《なか》で、「ブラッククイーン」の物語《ものがたり》を執筆中《しっぴつちゅう》と書《か》いたら、読《よ》んだ方《かた》たちがいろいろストーリーを想像《そうぞう》してくれました。

中《なか》には、とてもワクワクする展開《てんかい》のものもあり、勉強《べんきょう》になりました。

これからも仕事《しごと》のことなどを「はやみねな日々《ひび》」で紹介《しょうかい》していこうと思《おも》うので、よければ読《よ》んでやってください。

☆

最後《さいご》に感謝《かんしゃ》の言葉《ことば》を——。

いつも、華麗《かれい》なクイーンをはじめ、素敵《すてき》なキャラクターを描《か》いてくださるK２商会先生《ケーツーしょうかいせんせい》。ありがとうございます。イラストに負《ま》けないよう、文章《ぶんしょう》も頑張《がんば》ります。

青《あお》い鳥文庫編集部《とりぶんこへんしゅうぶ》の山室《やまむろ》さん。締《し》め切《き》り厳守《げんしゅ》で書《か》き上《あ》げることができ、ホッとしてます。ぼくが気《き》づいてなかったテーマ性《せい》を見《み》つけていただきありがとうございます。

それから、奥《おく》さんと二人《ふたり》の息子《むすこ》——琢人《たくと》と彩人《さいと》へ。本《ほん》に埋《う》もれた生活《せいかつ》を改善《かいぜん》しようと、新《あたら》しく事務所兼書庫兼住居《じむしょけんしょこけんじゅうきょ》を建《た》てました。まだ慣《な》れないかもしれませんが、そのうち落《お》ち着《つ》くと思《おも》うので勘弁《かんべん》してください。

☆

短《みじか》く書《か》くという最初《さいしょ》の目的《もくてき》は達成《たっせい》できました。しかし、「もう終《お》わりなのかい？　まだ、わたしのショータイムは終《お》わってないよ。」と、なかなかクイーンが帰《かえ》ってくれません。

そこで、次回予告《じかいよこく》をする約束《やくそく》で、無理矢理《むりやり》退場《たいじょう》してもらいました。

というわけで、次回予告《じかいよこく》！

アフリカで見《み》つかった新種《しんしゅ》の猫《ねこ》。さまざまなものに擬態《ぎたい》する能力《のうりょく》を持《も》つという。その秘密《ひみつ》を手《て》に入《い》れようと、世界中《せかいじゅう》の軍隊《ぐんたい》や犯罪組織《はんざいそしき》が動《うご》き出《だ》す。それらの中《なか》には『ものまねカラオケワールドカップ』出場《しゅつじょう》を狙《ねら》うクイーンもいた。秘密《ひみつ》を手《て》に入《い》れるのは、誰《だれ》か？——というような話《はなし》になるのでしょうか？

とにかく、次《つぎ》のクイーンの冒険譚《ぼうけんたん》でお目《め》にかかれるのを楽《たの》しみにしてます。（クイーンにも、しっかりリハビリさせますので——。）

それまでお元気《げんき》で。

では！

Good Night, And Have A Nice Dream!《グッドナイトアンドハブアナイスドリーム》

【はやみねかおる　作品リスト】2019年1月現在

◆ 講談社 青い鳥文庫

＜名探偵夢水清志郎シリーズ＞

『そして五人がいなくなる』1994年2月刊,『亡霊《ゴースト》は夜歩く』1994年12月刊
『消える総生島』1995年9月刊,『魔女の隠れ里』1996年10月刊
『踊る夜光怪人』1997年7月刊,『機巧館《からくりやかた》のかぞえ唄』1998年6月刊
『ギヤマン壺の謎』1999年7月刊,『徳利《とっくり》長屋《ながや》の怪』1999年11月刊
『人形は笑わない』2001年8月刊,『「ミステリーの館」へ、ようこそ』2002年8月刊
『あやかし修学旅行 ―鵺《ぬえ》のなく夜―』2003年7月刊
『笛吹き男とサクセス塾の秘密』2004年12月刊,『ハワイ幽霊城の謎』2006年9月刊
『卒業 ～開かずの教室を開けるとき～』2009年3月刊
『名探偵VS.怪人幻影師』2011年2月刊,『名探偵VS.学校の七不思議』2012年8月刊
『名探偵と封じられた秘宝』2014年11月刊

＜怪盗クイーンシリーズ＞

『怪盗クイーンはサーカスがお好き』2002年3月刊
『怪盗クイーンの優雅な休暇《バカンス》』2003年4月刊
『怪盗クイーンと魔窟王の対決』2004年5月刊
『オリエント急行とパンドラの匣《ケース》』2005年7月刊
『怪盗クイーン、仮面舞踏会にて ―ピラミッドキャップの謎 前編―』2008年2月刊
『怪盗クイーンに月の砂漠を ―ピラミッドキャップの謎 後編―』2008年5月刊
『怪盗クイーン、かぐや姫は夢を見る』2011年10月刊
『怪盗クイーンと悪魔の錬金術師 ―バースディパーティ 前編―』2013年7月刊
『怪盗クイーンと魔界の陰陽師 ―バースディパーティ 後編―』2014年4月刊
『怪盗クイーン　ブラッククイーンは微笑《ほほえ》まない』2016年7月刊
『怪盗クイーン　ケニアの大地に立つ』2017年10月刊
『怪盗クイーン 公式ファンブック 一週間でわかる怪盗の美学』2013年10月刊

＜大中小《だいちゅうしょう》探偵クラブ＞

『大中小探偵クラブ　―神の目をもつ名探偵、誕生！―』2015年9月刊
『大中小探偵クラブ　―鬼腕村《おにかいなむら》の殺ミイラ事件―』2016年3月刊
『大中小探偵クラブ　―猫又家《ねこまたけ》埋蔵金《まいぞうきん》の謎―』2017年1月刊

『バイバイ スクール 学校の七不思議事件』1996年2月刊
『怪盗道化師《ピエロ》』2002年4月刊
『オタカラウォーズ　迷路の町のＵＦＯ事件』2006年2月刊
『ぼくと未来屋の夏』2013年6月刊
『恐竜がくれた夏休み』2014年8月刊
『復活!!　虹北学園文芸部』2015年4月刊
『打順未定、ポジションは駄菓子屋前』2018年6月刊

◆ 青い鳥文庫　短編集

「怪盗クイーンからの予告状」（『いつも心に好奇心《ミステリー》！』収録）2000年9月刊
「出逢い＋１《プラスワン》」（『おもしろい話が読みたい！ 白虎編《びゃっこへん》』収録）2005年7月刊
「少年名探偵WHO《フー》 ―魔神降臨事件―」（『あなたに贈る物語《ストーリー》』収録）2006年11月刊
「怪盗クイーン外伝 初楼《ういろう》 ―前史―」（『おもしろい話が読みたい！ ワンダー編』収録）2010年6月刊

◆ 青い鳥　おもしろランド

『怪盗クイーン公式ファンブック 一週間でわかる怪盗の美学』2013 年 10 月刊

『はやみねかおる公式ファンブック 赤い夢の館へ、ようこそ。』2015 年 12 月刊

◆ 講談社文庫

名探偵夢水清志郎シリーズ『そして五人がいなくなる』～『徳利長屋《とっくりながや》の怪』2006 年 7 月刊～

『赤い夢の迷宮』(作／勇嶺薫《はやみねかおる》) 2010 年 5 月刊

『都会《まち》のトム＆ソーヤ』①～⑩ 2012 年 9 月刊～

◆ 講談社 YA! ENTERTAINMENT

『都会《まち》のトム＆ソーヤ ①』2003 年 10 月刊

『都会のトム＆ソーヤ ② 乱《らん》！ RUN《ラン》！ ラン！』2004 年 7 月刊

『都会のトム＆ソーヤ ③ いつになったら作戦《ミッション》終了？』2005 年 4 月刊

『都会のトム＆ソーヤ ④ 四重奏《カルテット》』2006 年 4 月刊

『都会のトム＆ソーヤ ⑤ IN《イン》 塀戸《VADE》』(上・下) 2007 年 7 月刊

『都会のトム＆ソーヤ ⑥ ぼくの家へおいで』2008 年 9 月刊

『都会のトム＆ソーヤ ⑦ 怪人は夢に舞う＜理論編＞』2009 年 11 月刊

『都会のトム＆ソーヤ ⑧ 怪人は夢に舞う＜実践編＞』2010 年 9 月刊

『都会のトム＆ソーヤ ⑨ 前夜祭 (イブ) ＜内人 side＞』2011 年 11 月刊

『都会のトム＆ソーヤ ⑩ 前夜祭 (イブ) ＜創也 side＞』2012 年 2 月刊

『都会のトム＆ソーヤ ⑪ DOUBLE《ダブル》』(上・下) 2013 年 8 月刊

『都会のトム＆ソーヤ ⑫ IN《イン》 THE《ザ》 ナイト』2015 年 3 月刊

『都会のトム＆ソーヤ ⑬ 黒須島クローズド』2015 年 11 月刊

『都会のトム＆ソーヤ ⑭《夢幻《むげん》》』(上) 2016 年 11 月刊，(下) 2017 年 3 月刊

『都会のトム＆ソーヤ完全ガイド』2009 年 4 月刊

「打順未定、ポジションは駄菓子屋前」(『YA! アンソロジー 友情リアル』収録) 2009 年 9 月刊

「打順未定、ポジションは駄菓子屋前、契約は未更改」(『YA! アンソロジー エール』収録) 2013 年 9 月刊

『都会のトム＆ソーヤ　ゲーム・ブック　修学旅行においで』2012 年 8 月刊

『都会のトム＆ソーヤ　ゲーム・ブック　「館《やかた》」からの脱出』2013 年 11 月刊

◆ 講談社ノベルス

「少年名探偵　虹北恭助《こうほくきょうすけ》の冒険」シリーズ　2000 年 7 月刊～

『赤い夢の迷宮』(作／勇嶺薫《はやみねかおる》) 2007 年 5 月刊，『ぼくと未来屋の夏』2010 年 7 月刊

◆ 講談社タイガ

『ディリユージョン社の提供でお送りします』2017 年 4 月刊

『メタブックはイメージです―ディリユージョン社の提供でお送りします―』2018 年 7 月刊

「思い出の館のショウシツ」(『謎の館へようこそ』収録) 2017 年 10 月刊

◆ 単行本

講談社ミステリーランド『ぼくと未来屋の夏』2003 年 10 月刊

『ぼくらの先生！』2008 年 10 月刊，『恐竜がくれた夏休み』2009 年 5 月刊

『復活!!　虹北学園文芸部』2009 年 7 月刊

『帰天城《かえりそらじょう》の謎 ―TRICK《トリック》 青春版―』2010 年 5 月刊

『4 月のおはなし　ドキドキ新学期』(絵／田中六大) 2013 年 2 月刊

＊著者紹介

はやみねかおる

1964年、三重県に生まれる。三重大学教育学部を卒業後、小学校の教師となり、クラスの本ぎらいの子どもたちを夢中にさせる本をさがすうちに、みずから書きはじめる。「怪盗道化師《ピエロ》」で第30回講談社児童文学新人賞に入選。〈名探偵夢水清志郎事件ノート〉〈怪盗クイーン〉〈大中小探偵クラブ〉〈YA! ENTERTAINMENT「都会《まち》のトム＆ソーヤ」〉〈少年名探偵虹北恭助の冒険〉などのシリーズのほか、『バイバイ　スクール』『ぼくと未来屋の夏』『復活!!　虹北学園文芸部』『帰天城《かえりそらじょう》の謎　TRICꓘ　青春版』（以上すべて講談社）などの作品がある。

＊画家紹介

K２商会《ケーツーしょうかい》

Niki＆Nikkeの二人組イラストレーター。〈怪盗クイーン〉シリーズは、Nikiの担当。

TVゲームのキャラクターデザインやカードゲームのイラストのほか、ファンタジー小説のさし絵なども手がけている。さし絵に、「ファンム・アレース」（講談社 YA! ENTERTAINMENT）など。

公式サイトは、「PLEASURE」(http://k2shople.web.fc2.com)。

講談社　青い鳥文庫

怪盗《かいとう》クイーン

ブラッククイーンは微笑《ほほえ》まない

はやみねかおる

2016年7月15日　第1刷発行
2022年9月2日　第3刷発行

(定価はカバーに表示してあります。)

発行者　鈴木章一

発行所　株式会社講談社

東京都文京区音羽2-12-21　郵便番号112-8001

電話　編集　(03) 5395-3536
販売　(03) 5395-3625
業務　(03) 5395-3615

N.D.C.913　360p　18cm

装　丁　久住和代
印　刷　図書印刷株式会社
製　本　図書印刷株式会社
本文データ制作　講談社デジタル製作

KODANSHA

ISBN978-4-06-285565-5

怪盗《かいとう》クイーンは
サーカスがお好《す》き

怪盗《かいとう》クイーンの
優雅《ゆうが》な休暇《バカンス》

怪盗《かいとう》クイーンと
魔窟王《まくつおう》の対決《たいけつ》

オリエント急行《きゅうこう》と
パンドラの匣《ケース》
名探偵夢水清志郎《めいたんていゆめみずきよしろう》&《アンド》
怪盗《かいとう》クイーンの華麗《かれい》なる大冒険《だいぼうけん》

怪盗《かいとう》クイーン、
仮面舞踏会《かめんぶとうかい》にて
ピラミッドキャップの謎《なぞ》 前編《ぜんぺん》

怪盗《かいとう》クイーンに
月《つき》の砂漠《さばく》を
ピラミッドキャップの謎《なぞ》 後編《こうへん》

怪盗《かいとう》クイーン、
かぐや姫《ひめ》は夢《ゆめ》を見《み》る

怪盗《かいとう》クイーンと
悪魔《あくま》の錬金術師《れんきんじゅつし》
バースディパーティ 前編《ぜんぺん》

怪盗《かいとう》クイーンと
魔界《まかい》の陰陽師《おんみょうじ》
バースディパーティ 後編《こうへん》

ブラッククイーンは
微笑《ほほえ》まない

…以降続刊…

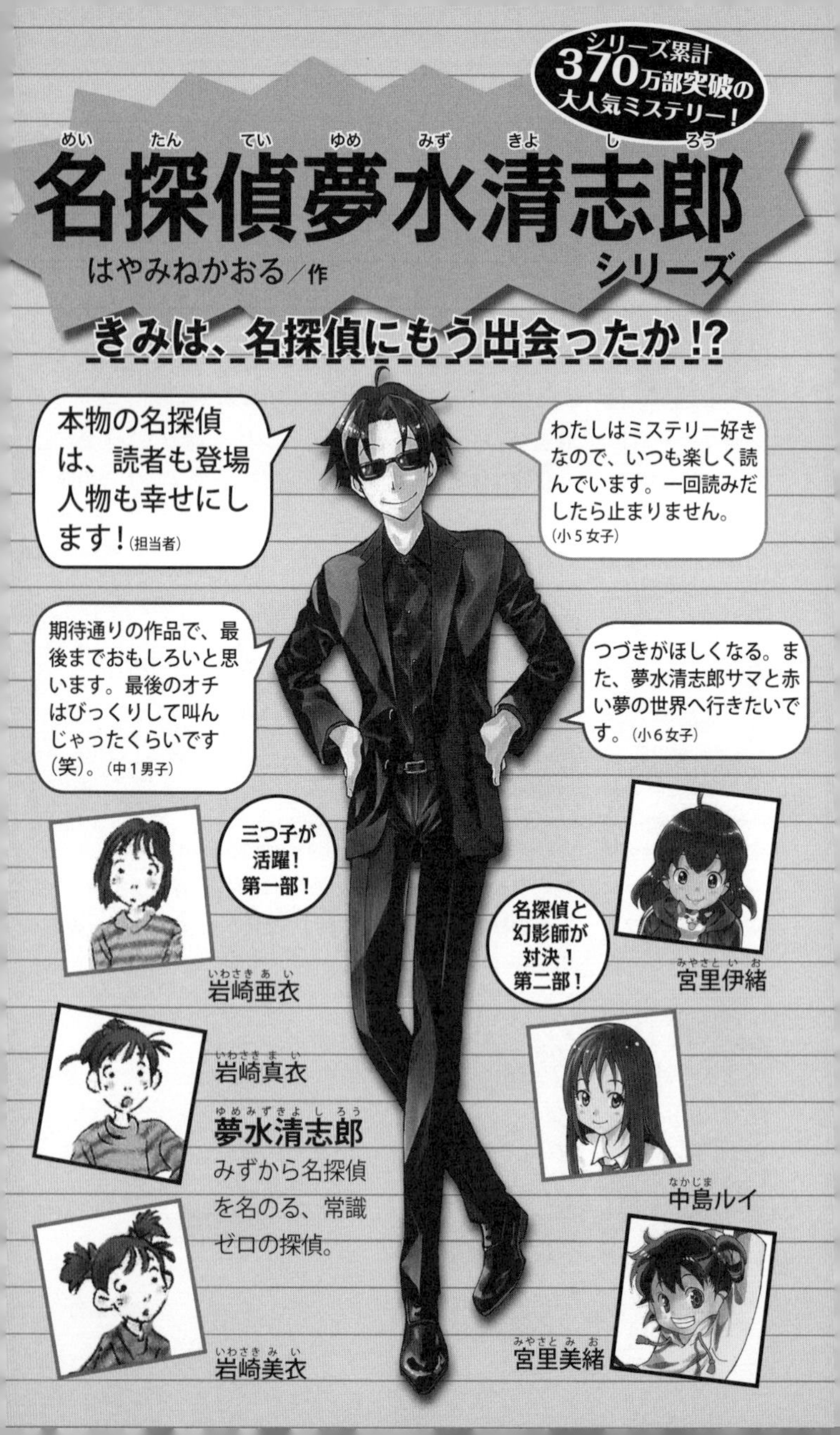
シリーズ累計
370万部突破の
大人気ミステリー！
名《めい》探《たん》偵《てい》夢《ゆめ》水《みず》清《きよ》志《し》郎《ろう》
シリーズ
はやみねかおる／作
きみは、名探偵にもう出会ったか⁉
本物の名探偵は、読者も登場人物も幸せにします！（担当者）
わたしはミステリー好きなので、いつも楽しく読んでいます。一回読みだしたら止まりません。（小５女子）
期待通りの作品で、最後までおもしろいと思います。最後のオチはびっくりして叫んじゃったくらいです（笑）。（中１男子）
つづきがほしくなる。また、夢水清志郎サマと赤い夢の世界へ行きたいです。（小６女子）
三つ子が活躍！第一部！
名探偵と幻影師が対決！第二部！
岩崎《いわさき》亜衣《あい》
宮里《みやさと》伊緒《いお》
岩崎《いわさき》真衣《まい》
夢水清志郎《ゆめみずきよしろう》
みずから名探偵を名のる、常識ゼロの探偵。
中島《なかじま》ルイ
宮里《みやさと》美緒《みお》
岩崎《いわさき》美衣《みい》

赤い夢へようこそ！

第一部　名探偵夢水清志郎事件ノート

村田四郎／絵

亜衣、真衣、美衣の三つ子が大活躍！

三つ子のとなりに名探偵が越してきた！

学校で四つの伝説がよみがえる!?

映画ロケの一行に名探偵がもぐりこむ。

桜の咲く里で謎の推理ゲーム開始！

魅力的問題児レーチが帰ってきた！

第二部　名探偵夢水清志郎の事件簿

佐藤友生／絵

名探偵と
怪人《かいじん》幻影師《ドリーマー》
注目の対決

…以降続刊…

はやみねかおるの大人気シリーズ!!

都《ま》会《ち》のトム＆ソーヤ シリーズ

にしけいこ／絵

創也（頭脳明晰）×内人（平平凡凡？）。
謎の天才ゲームクリエイターをさがすふたりの行く手には、多くの危険が待っていた。知恵と工夫の新・冒険記！

内藤内人《ないとうないと》

塾通いに追われる、平凡な中学２年生。おばあちゃんから受けついだサバイバル能力だけは人並みはずれている。

竜王創也《りゅうおうそうや》

超巨大企業、竜王グループの御曹司で、学校はじまって以来の天才。究極のゲームをつくることが夢。

YA! ENTERTAINMENT

冷静で IQ が高く、エリートタイプの創也。平凡で、「おばあちゃんの知恵袋」的存在の内人。二人は、ふとしたことで、新しいゲームソフトを作ることに。

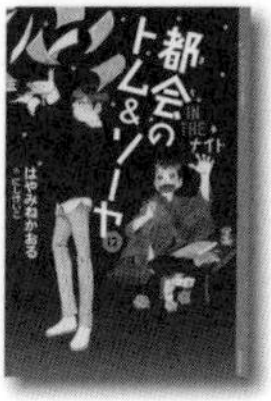

「講談社《こうだんしゃ》 青《あお》い鳥文庫《とりぶんこ》」刊行《かんこう》のことば

太陽《たいよう》と水《みず》と土《つち》のめぐみをうけて、葉《は》をしげらせ、花《はな》をさかせ、実《み》をむすんでいる森《もり》。小《こ》鳥《とり》や、けものや、こん虫《ちゅう》たちが、春《はる》・夏《なつ》・秋《あき》・冬《ふゆ》の生活《せいかつ》のリズムに合《あ》わせてくらしている森《もり》。森《もり》には、かぎりない自然《しぜん》の力《ちから》と、いのちのかがやきがあります。

本《ほん》の世界《せかい》も森《もり》と同《おな》じです。そこには、人間《にんげん》の理想《りそう》や知恵《ちえ》、夢《ゆめ》や楽《たの》しさがいっぱいつまっています。

本《ほん》の森《もり》をおとずれると、チルチルとミチルが「青《あお》い鳥《とり》」を追《お》い求《もと》めた旅《たび》で、さまざまな体験《たいけん》を得《え》たように、みなさんも思《おも》いがけないすばらしい世界《せかい》にめぐりあえて、心《こころ》をゆたかにするにちがいありません。

「講談社《こうだんしゃ》 青《あお》い鳥文庫《とりぶんこ》」は、七十年《ねん》の歴史《れきし》を持《も》つ講談社《こうだんしゃ》が、一人《ひとり》でも多《おお》くの人《ひと》のために、すぐれた作品《さくひん》をよりすぐり、安《やす》い定価《ていか》でおおくりする本《ほん》の森《もり》です。その一さつ一さつが、みなさんにとって、青《あお》い鳥《とり》であることをいのって出版《しゅっぱん》していきます。この森《もり》が美《うつく》しいみどりの葉《は》をしげらせ、あざやかな花《はな》を開《ひら》き、明日《あす》をになうみなさんの心《こころ》のふるさととして、大《おお》きく育《そだ》つよう、応援《おうえん》を願《ねが》っています。

昭和《しょうわ》五十五年《ねん》十一月《がつ》

講談社